——阅读之前 没有真相

午 夜 文 库

阿加莎·克里斯蒂

其他系列及非系列

阿加莎·克里斯蒂
Agatha Christie（1890—1976）

无可争议的侦探小说女王，侦探文学史上最伟大的作家之一。

阿加莎·克里斯蒂原名为阿加莎·玛丽·克拉丽莎·米勒，一八九〇年九月十五日生于英国德文郡托基的阿什菲尔德宅邸。她几乎没有接受过正规的教育，但酷爱阅读，尤其痴迷于歇洛克·福尔摩斯的故事。

第一次世界大战期间，阿加莎·克里斯蒂成了一名志愿者。战争结束后，她创作了自己的第一部侦探小说《斯泰尔斯庄园奇案》。几经周折，作品于一九二〇年正式出版，由此开启了克里斯蒂辉煌的创作生涯。一九二六年，《罗杰疑案》由哈珀柯林斯出版公司出版。这部作品一举奠定了阿加莎·克里斯蒂在侦探文学领域不可撼动的地位。之后，她又陆续出版了《东方快车谋杀案》、《ABC 谋杀案》、《尼罗河上的惨案》、《无人生还》、《阳光下的罪恶》等脍炙人口的作品。时至今日，这些作品依然是世界侦探文学宝库里最宝贵的财富。根据她的小说改编而成的舞台剧《捕鼠器》，已经成为世界上公演场次最多的剧目；而在影视改编方面，《东方快车谋杀案》为英格丽·褒曼斩获奥斯卡大奖，《尼罗河上的惨案》更是成为几代人心目中的经典。

阿加莎·克里斯蒂的创作生涯持续了五十余年，总共创作了八十余部侦探小说。她的作品畅销全世界一百多个国家和地区，累计销量已经突破二十亿册。她创造的小胡子侦探波洛和老处女侦探马普尔小姐为读者津津乐道。阿加莎·克里斯蒂是柯南·道尔之后最伟大的侦探小说作家，是侦探文学黄金时代的开创者和集大成者。一九七一年，英国女王授予克里斯蒂爵士称号，以表彰其不朽的贡献。

一九七六年一月十二日，阿加莎·克里斯蒂逝世于英国牛津郡沃灵福德家中，被安葬于牛津郡的圣玛丽教堂墓园，享年八十五岁。

波洛系列

1920 The Mysterious Affair at Styles《斯泰尔斯庄园奇案》
1923 Murder on the Links《高尔夫球场命案》
1924 Poirot Investigates《首相绑架案》
1926 The Murder of Roger Ackroyd《罗杰疑案》
1927 The Big Four《四魔头》
1928 The Mystery of the Blue Train《蓝色列车之谜》
1932 Peril at End House《悬崖山庄奇案》
1933 Lord Edgware Dies《人性记录》
1934 Murder on the Orient Express《东方快车谋杀案》
1935 Three–Act Tragedy《三幕悲剧》
1935 Death in the Clouds《云中命案》
1936 The ABC Murders《ABC 谋杀案》
1936 Murder in Mesopotamia《古墓之谜》
1936 Cards on the Table《底牌》
1937 Dumb Witness《沉默的证人》
1937 Death on the Nile《尼罗河上的惨案》
1937 Murder in the Mews《幽巷谋杀案》
1938 Appointment with Death《死亡约会》
1938 Hercule Poirot's Christmas《波洛圣诞探案记》
1940 Sad Cypress《H 庄园的午餐》
1940 One, Two, Buckle My Shoe《牙医谋杀案》
1941 Evil Under the Sun《阳光下的罪恶》
1943 Five Little Pigs《五只小猪》
1946 The Hollow《空幻之屋》
1947 The Labours of Hercules《赫尔克里·波洛的丰功伟绩》
1948 Taken at the Flood《致命遗产》
1952 Mrs. McGinty's Dead《清洁女工之死》
1953 After the Funeral《葬礼之后》
1955 Hickory Dickory Dock《山核桃大街谋杀案》
1956 Dead Man's Folly《弄假成真》
1959 Cat Among the Pigeons《鸽群中的猫》
1960 The Adventure of the Christmas Pudding《雪地上的女尸》

1963 The Clocks《怪钟疑案》
1966 Third Girl《第三个女郎》
1969 Hallowe'en Party《万圣节前夜的谋杀》
1972 Elephants Can Remember《大象的证词》
1974 Poirot's Early Stories《蒙面女人》
1975 Curtain—Poirot's Last Case《帷幕》

马普尔小姐系列

1930 The Murder at the Vicarage《寓所谜案》
1932 The Thirteen Problems《死亡草》
1942 The Body in the Library《藏书室女尸之谜》
1943 The Moving Finger《魔手》
1950 A Murder Is Announced《谋杀启事》
1952 They Do It with Mirrors《借镜杀人》
1953 A Pocket Full of Rye《黑麦奇案》
1957 4.50 from Paddington《命案目睹记》
1962 The Mirror Crack'd from Side to side《破镜谋杀案》
1964 A Caribbean Mystery《加勒比海之谜》
1965 At Bertram's Hotel《伯特伦旅馆》
1971 Nemesis《复仇女神》
1976 Sleeping Murder《沉睡谋杀案》
1979 Miss Marple's Final Cases《马普尔小姐最后的案件》

其他系列及非系列

1922 The Secret Adversary《暗藏杀机》
1924 The Man in the Brown Suit《褐衣男子》
1925 The Secret of Chimneys《烟囱别墅之谜》
1929 Partners in Crime《犯罪团伙》
1929 The Seven Dials Mystery《七面钟之谜》
1930 The Mysterious Mr. Quin《神秘的奎因先生》
1931 The Sittaford Mystery《斯塔福特疑案》
1933 The Witness for the Prosecution and Other Stories《控方证人》
1934 Why Didn't They Ask Evans?《悬崖上的谋杀》
1934 The Listerdale Mystery《金色的机遇》

阿加莎·克里斯蒂 侦探作品年表

1934 Parker Pyne Investigates《惊险的浪漫》
1939 Murder Is Easy《逆我者亡》
1939 And Then There Were None《无人生还》
1941 N or M?《桑苏西来客》
1944 Towards Zero《零点》
1945 Sparkling Cyanide《死亡的怀念》
1945 Death Comes as the End《死亡终局》
1949 Crooked House《怪屋》
1950 Three Blind Mice and Other Stories《三只瞎老鼠》
1951 They Came to Baghdad《他们来到巴格达》
1954 Destination Unknown《地狱之旅》
1958 Ordeal by Innocence《奉命谋杀》
1961 The Pale Horse《灰马酒店》
1967 Endless Night《长夜》
1968 By the Pricking of My Thumbs《煦阳岭的疑云》
1970 Passenger to Frankfurt《天涯过客》
1973 Postern of Fate《命运之门》
1997 While the Light Lasts《灯火阑珊》

出版前言

纵观世界侦探文学一百七十余年的历史，如果说有谁已经超脱了这一类型文学的类型化束缚，恐怕我们只能想起两个名字——一个是虚构的人物歇洛克·福尔摩斯，而另一个便是真实的作家阿加莎·克里斯蒂。

阿加莎·克里斯蒂以她个人独特的魅力创造了侦探文学史上无数的传奇：她的创作生涯长达五十余年，一生撰写了八十余部侦探小说；她开创了侦探小说史上最著名的“黄金时代”；她让阅读从贵族走入家庭，渗透到每个人的生活中；她的作品被翻译成一百多种文字，畅销全球一百五十余个国家，作品销量与《圣经》、《莎士比亚戏剧集》同列世界畅销书前三名；她的《罗杰疑案》、《无人生还》、《东方快车谋杀案》、《尼罗河上的惨案》都是侦探小说史上的经典；她是侦探小说女王，因在侦探小说领域的独特贡献而被册封为爵士；她是侦探小说的符号和象征。她本身就是传奇。沏一杯红茶，配一张躺椅，在暖暖的阳光下读阿加莎的小说是一种生活方式，是惬意的享受，也是一种态度。

午夜文库成立之初就试图引进阿加莎的作品，但几次都与版权擦肩而过。随着午夜文库的专业化和影响力日益增强，阿加莎·克里斯蒂的版权继承人和哈珀柯林斯出版公司主动要求将版权独家授予新星出版社，并将阿加莎系列侦探小说并入午夜文库。这是对我们长期以来执著于侦探小说出版的褒奖，是对我们的信任与鼓励，更是一种压力和责任。

新版阿加莎·克里斯蒂作品由专业的侦探小说翻译家以最权威的英文版本为底本，全新翻译，并加入双语作品年表和阿加莎·克里斯蒂家族独家授权的照片、手稿等资料，力求全景展现“侦探女王”的风采与魅力。使读者不仅欣赏到作家的巧妙构思、离奇桥段和睿智语言，而且能体味到浓郁的英伦风情。

阿加莎作品的出版是一项系统工程，规模庞大，我们将努力使之臻于完美。或存在疏漏之处，欢迎方家指正。

新星出版社

午夜文库编辑部

Agatha Christie

Over the next few years, we plan to celebrate two very important Agatha Christie anniversaries. In 2015, it is the 125th anniversary of her birth in Torquay, South Devon, England, and in 2020 it will be 100 years after her first book, THE MYSTERIOUS AFFAIR AT STYLES, featuring her famous detective, Hercule Poirot, was published. This is therefore a very appropriate moment to publish a new edition of her works, and I am delighted that HarperCollins has chosen to work with New Star on these new editions. New Star is China's top crime publisher, and has a strong and dedicated editorial staff and a confirmed passion for Agatha Christie, making them the ideal partner. It is the right time to make these classic books available in modern translations and so to bring Agatha Christie's books anew to her many fans in China, giving them a new reason to re-read these much-loved stories, as well as introducing them to a whole new audience. How delighted Agatha Christie would have been that her stories (as she called them) are still giving so much pleasure to so many people all over the world!

I think there are two very remarkable things about Agatha Christie's stories. The first is that they are so adaptable. It doesn't really matter which language they appear in, the stories and the plots still give the same thrill, still provide the same puzzles, and the characters still have the same attraction. Readers in China will I am sure enjoy Hercule Poirot and Miss Marple just as much as we do in England, and readers in China will still be transfixed by the surprises and horrors of AND THEN THERE WERE NONE, one of the great classics of 20th century detective fiction, as we are here.

Agatha Christie

The second is that the stories give a wonderful picture of England, particularly rural England, at the time Agatha Christie lived. She wrote books from 1920 until 1970 but it is sometimes hard to tell which part of her life each book was written in. Her characters and the life they lived were very much the same. The life we all live is changing very quickly these days but "the Agatha Christie world stays the same. Perhaps the Miss Marple stories provide the best example of this, and in some ways THE BODY IN THE LIBRARY and NEMESIS are quite similar, despite the fact that thirty years elapsed between the time they were written.

Perhaps I might end by mentioning three Agatha Christies (other than the ones mentioned above) which I think demonstrate why she is so popular, even in the twenty-first century. The first is MURDER ON THE ORIENT EXPRESS, one of the most famous with one of the most ingenious and human plots. Read this on one of your long train journeys in China! Next is A MURDER IS ANNOUNCED, a Miss Marple which was her 50th book. It has my favourite murderer in it! And last is ENDLESS NIGHT a story about evil and how it affects three young people, written at the time when I knew her best, and understood how deeply she cared and sympathised with young people and the world they lived in.

Whichever are your favourites I hope you enjoy these stories that New Star are introducing to you again. I think it is a great publishing event.

Mathew Prichard

Grandson of Agatha Christie

Chairman of Agatha Christie Ltd

致中国读者

（午夜文库版阿加莎·克里斯蒂作品集序）

在接下来的几年中，我们一直在筹备两个非常重要的关于阿加莎·克里斯蒂的纪念日。二〇一五年是她的一百二十五岁生日——她于一八九〇年出生于英国的托基市；二〇二〇年则是她的处女作《斯泰尔斯庄园奇案》问世一百周年的日子，她笔下最著名的侦探赫尔克里·波洛就是在这本书中首次登场。因此新星出版社为中国读者们推出全新版本的克里斯蒂作品正是恰逢其时，而且我很高兴哈珀柯林斯选择了新星来出版这一全新版本。新星出版社是中国最好的侦探小说出版机构，拥有强大而且专业的编辑团队，并且对阿加莎·克里斯蒂的作品极有热情，这使得他们成为我们最理想的合作伙伴。如今正是一个良机，可以将这些经典作品重新翻译为更现代、更权威的版本，带给她的中国书迷，让大家有理由重温这些备受喜爱的故事，同时也可以将它们介绍给新的读者。如果阿加莎·克里斯蒂知道她的小故事们（她这样称呼自己的这些作品）仍然能给世界上这么多人带来如此巨大的阅读享受，该有多么高兴啊！

我认为阿加莎·克里斯蒂的作品有两个非常重要的特征。首先它们是非常易于理解的。无论以哪种语言呈现，故事和情节都同样惊险刺激，呈现给读者的谜团都同样精彩，而书中人物的魅力也丝毫不受影响。我完全可以肯定，中国的读者能够像我们英国人一样充分享受赫尔克里·波洛和马普尔小姐带来的乐趣；中国读者也会和我们一样，读到二十世纪最伟大的侦探经典作品——比如《无人生还》——的时候，被震惊和恐惧牢牢钉在原地。

第二个特征是这些故事给我们展开了一幅英格兰的精彩画卷，特别是阿加莎·克里斯蒂那个年代的英国乡村。她的作品写于上世纪二十年代至七十年代间，不过有时候很难说清楚每一本书是在她人生中的哪一段日子里写下的。她笔下的人物，以及他们的生活，多多少少都有些相似。如今，我们的生活瞬息万变，但“阿加莎·克里斯蒂的世界”依旧永恒。也许马普尔小姐的故事提供了最好的范例：《藏书室女尸之谜》与《复仇女神》看起来颇为相似，但实际上它们的创作年代竟然相差了三十年。

最后，我想提三本书，在我心目中（除了上面提过的几本之外）这几本最能说明克里斯蒂为什么能够一直受到大家的喜爱。首先是《东方快车谋杀案》，最著名，也是最机智巧妙、最有人性的一本。当你在中国乘火车长途旅行时，不妨拿出来读读吧！第二本是《谋杀启事》，一个马普尔小姐系列的故事，也是克里斯蒂的第五十本著作。这本书里的诡计是我个人最喜欢的。最后是《长夜》，一个关于邪恶如何影响三个年轻人生活的故事。这本书的写作时间正是我最了解她的时候。我能体会到她对年轻人以及他们生活的世界关心至深。

现在新星出版社重新将这些故事奉献给了读者。无论你最爱的是哪一本，我都希望你能感受到这份快乐。我相信这是出版界的一件盛事。

阿加莎·克里斯蒂外孙

阿加莎·克里斯蒂有限责任公司董事长

马修·普理查德

二〇一三年二月二十日

阿加莎·克里斯蒂侦探作品集㊻

惊险的浪漫

Parker Pyne Investigates

Agatha Christie®

（英）阿加莎·克里斯蒂 著
林 元 译

新 星 出 版 社 NEW STAR PRESS

作者序

那日，我在一家街角餐厅吃午餐，其间，坐在我后面一桌的客人正在谈论统计数据方面的事情。受到谈话内容的吸引，我打算看一看说话人的样子。就在我把头扭过去的时候，隐约中我瞥见了帕克·派恩先生，他戴着眼镜，脸上的微笑被他光秃秃的头顶衬托得十分灿烂。我之前从没想过统计数据方面的事情（其实现在也想得不多！），但是他们刚刚高谈阔论的激情点燃了我对统计数据的兴趣。我当时正在考虑创作一个新的短篇故事系列，机缘巧合之下，我当即就定下了写作大纲和方案，然后开始迫不及待地写出如下的作品。

我最喜欢的两篇分别是《九年之痒》和《金钱与幸福》。其中《金钱与幸福》的主题灵感来源于创作这个故事的十年前、我在浏览商店橱窗时邂逅的一位与我搭讪的陌生女人。她当时极度怨恨地说："我真想知道我可以拿我得到的这些钱做什么。坐游艇我会晕船、两三辆汽车和几件毛皮大衣已经足以、太多的油腻食品也让我反胃。" 震惊之余，我提议说："可以考虑捐给医院啊。" 结果她听完一脸的不屑，轻蔑地丢下一句："我可不想做慈善，我的钱要花得物有所值。"就怒气冲冲地走开了。

当然，这已经是二十五年前的故事了。这位富太太当年遇到的问题现在已经完全可以通过所得税稽查人员得到解决，只是她大概会感到更加愤怒吧。

阿加莎·克里斯蒂

中年夫人的烦恼

帕金顿先生摔门而出，只身前往车站，打算赶八点四十五分的那班车进城。就在刚才，他因为找不到帽子感到非常不爽，在家里骂骂咧咧了好一通。此时，他的太太正坐在餐桌旁边，面色通红，嘴唇紧闭，她没哭是因为她当下最强烈的感觉是愤怒而不是悲伤。“我受够了，真的受够了！”帕金顿太太呆坐在那里，心中充满了愤恨。不一会儿，她便开始嘀咕：“这个小骚货，贱女人！乔治怎么会这么傻，看上她！”

怒气散去，伤感袭来。帕金顿太太的眼里泛起了泪花，眼泪一滴滴从她那张青春不再的脸颊上滑落。“我不能再忍了，但说起来容易做起来难，我该怎么办？”一时间，她觉得自己是那么孤独无助，仿佛陷入了彻底的绝望。

过了一会儿，她缓缓地拿起手边的晨报随意翻看起来。头版上的一则似曾相识的私人广告闯入了她的视线。

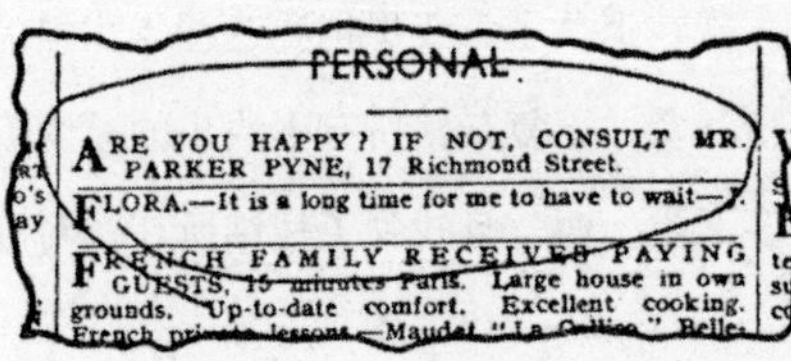
PERSONAL

ARE YOU HAPPY? IF NOT, CONSULT MR. PARKER PYNE, 17 Richmond Street.

FLORA.—It is a long time for me to have to wait—J.

FRENCH FAMILY RECEIVES PAYING GUESTS, 15 minutes Paris. Large house in own grounds. Up-to-date comfort. Excellent cooking. French private lessons.—Maudet "La Gallice," Belle-

你快乐吗？如果不，请到里士满大街十七号，

帕克·派恩先生在这里愿意为您解忧。

“荒唐！真够荒唐。”帕金顿太太脱口而出，“不过，若只是见一下面倒也无妨。”

当日上午十一点，略显紧张的帕金顿太太出现在帕克·派恩先生的私人办公室。

事实证明，帕金顿太太一颗惴惴不安的心在她第一眼看到帕克·派恩先生的时候便放下了。帕克·派恩先生不算胖，只是块头比较大；光秃秃的脑瓜顶很是显眼；一双小眼睛在一副粗框架眼镜后面熠熠发光。

“请坐，您是看过我的广告后找来的吧？”帕克·派恩先生为了避免冷场及时开了口。

“是的。”帕金顿太太简短地答道。

“我还知道，您不快乐，”帕克·派恩先生用一种愉悦又笃定的口吻继续说，“其实很少有人是真正快乐的。要是你知道真正感到快乐和幸福的人究竟少到什么程度，你一定会大吃一惊的。”

“真的吗？”帕金顿太太应了一声，尽管她并不觉得别人是否快乐跟她有什么关系。

“我知道您不关心这个，但我很感兴趣，”帕克·派恩先生开始饶有兴致地娓娓道来，“我在政府部门兢兢业业地和各种统计数据打了三十五年的交道。现在退休了，我想把我这些年积攒的经验好好地重新利用起来。事情其实并不复杂，所有不快乐的原因都可以归咎于五类，相信我，至多五类。而一旦找到了症结所在，对症下药就不是什么难事了。

“我就好比是一个医生，先要对病人的病情做出诊断，然后对症下药。不过，有些病确实是治不好的，如果是那样的话，我也会坦白地告知我无能为力。但帕金顿太太您的事情，如果让我接手的话，我保证可以做到‘药到病除’。”

是这样的吗？这是一派胡言还是可能确有其事？听完帕克·派恩先生的这一席话，帕金顿太太疑虑地思忖着，但与此同时，她也满怀希望地盯着眼前的这个男人。

“我现在可以开始为您诊断了吗？”帕克·派恩先生微笑着，把身子往椅背上一靠，十指指尖相对，“你的问题和你丈夫有关。你的婚姻生活大体还算幸福，我想，你丈夫的事业做得是风生水起。不过，我估计这件事情还牵扯到一个年轻女人，她应该就在你丈夫的办公室里。”

“对，她是打字员。一个风骚做作的小贱货。红唇、丝袜、卷发。”帕金顿太太不吐不快。

帕克·派恩先生不住地点头，一副想要安慰她的样子。“我敢肯定，你丈夫一定和你说他和她之间根本就没有什么。”

“对，这是他的原话。”

“那么他是不是还说，他为什么不可以和这位年轻女士保持一种纯洁的友谊关系呢？那样的话他就能够为这位年轻女士无趣的生活带来一些光明和快乐。她是个可怜的孩子，平日里根本毫无乐趣可言。据我猜测，您丈夫就是这样描述他们之间的关系的。”

帕金顿太太听了这番话，用力地点了点头。“骗人的，全都是骗人的！他经常带她去河边溜达。其实我也喜欢去河边散步，可是五六年前他就说过这妨碍了他打高尔夫球。而现在他却可以为了这个女人放弃打高尔夫球。我喜欢看电影，可乔治总是说他太累了，不想晚上还要出门。而现在呢，他可以带着这个女人去跳舞！一直玩到凌晨三点才回家。我，我真是无话可说。”

“而且，他还认为女人根本就不应该起嫉妒之心，更何况是毫无缘由的嫉妒。我说的对吗？“

“对，就是这样。”帕金顿太太再一次点了点头，继而又问：“你怎么会知道这些？”

“数据喽。”帕克·派恩先生轻描淡写地说。

“我好痛苦，”帕金顿太太哽咽着说，“在乔治眼里，我一直都在扮演好太太的角色。我们刚结婚时，我拼命地干活，帮助他出人头地。我勤俭持家，把他的衣食住行打理得井井有条。我甚至从不多看别的男人一眼。现在，我们发达了，终于可以好好享受，做一些我之前一直想做的事情了。但事情却搞成了这样。”

帕克·派恩先生神情严肃地点了点头。“我保证，您的情况我完全了解。”

“那么，您可以做些什么吗？”帕金顿太太用近乎耳语般的声音发问。

“当然，我亲爱的女士。我有办法，是的，我有办法。”

“什么办法？”帕金顿太太瞪圆了眼睛，充满期待地等待对方做出回答。

“您就放心交给我处理吧，费用是二百几尼[①]。”

“二百几尼！”

“是的，帕金顿太太，您负担得起这笔钱。这就好比您会为了身体的健康支付这样一笔手术费用，而事实上快乐和身体的健康同等重

①几尼，一六六三年英国发行的一种金币，等值于二十一先令，于一八一三年停止流通。

要。”

“事成之后付款，我没说错吧？”

“不，现在付。”

“这恐怕不太可能吧。”帕金顿太太一边说一边站了起来。

“是不是觉得这有点像没看到实物就胡乱买东西？”帕克·派恩先生有些兴奋地说，“确实，这不是一笔小钱，而且还有点儿冒险。不过，您相信我，这笔钱您得花，这个险您也得冒。这些是我的条件。”

“二百几尼！”

“没错，二百几尼，不小的一笔钱。好了，祝您愉快，帕金顿太太。如果您改变了主意，随时告诉我。”帕克·派恩先生平静地微笑着，握了握帕金顿太太的手。

待帕金顿太太离开后，他按动了办公桌上的传呼器。片刻，一个戴着眼镜、不苟言笑的女士走了进来。

“莱蒙小姐[①]，帮我做份文件，顺便通知克劳德，我需要马上见到他。”

“新客户吗？”

“对，新客户。她现在还有点犹豫，但她会回来的，估计就在下午四点左右。先把她的资料输入进去。”

“A 计划？”

“当然，A 计划。大概每个人都以为自己的情况有多与众不同，这还真是有趣。好了，就这样，提醒一下克劳德，让他别搞得太另类了，不要用香水，头发也最好剪短点儿。”

下午四点刚过十五分，帕金顿太太又一次出现在帕克·派恩先生

①即日后为波洛聘用的秘书小姐。

的办公室里。这次，她带来了支票。一会儿工夫，她手里的支票就变成了一张收据。

“那么现在要做些什么？”帕金顿太太用希望的眼神望着帕克·派恩先生。

“现在，您可以回家了，”帕克·派恩先生微笑着说，“明天一早您会收到邮件，上面有详细的指示，我希望您可以按指示做。”

帕金顿太太满怀希望、心情愉悦地离开了。

当晚，帕金顿先生心存戒备地回到家，盘算着如果早餐时候的争论再次被提起的话他要怎么为自己争辩。但事实证明，他想多了，他太太完全没有想吵架的意思，只是看上去一副一反常态、心事重重的样子。

乔治打开收音机，脑海里开始浮现出他和南希的事情。他想送一件毛皮大衣给她，但又不知道那个孩子会不会接受，因为他知道南希有多么的高傲，他无意冒犯。不过南希的确曾经抱怨过她因为她那件价钱便宜却无法御寒的花呢外套而挨冻。想到这里，他立刻觉得南希大概是不会介意的。

他想，他们应该尽快再来一次晚上的约会。带着南希这样一位少有的可爱姑娘去一家很棒的餐厅该是多么令人愉悦的一件事情，就连一些年轻人都会嫉妒他。重要的是，她喜欢他，还说他看起来一点都不老。

他抬起头，看着妻子的眼睛。一时间，他觉得自己很罪恶，这感觉让他十分不安。玛丽亚是一个多么小心眼儿又多疑的女人啊，和她在一起真是毫无乐趣可言。

他关掉了收音机，起身去睡觉。

第二天早上，帕金顿太太先后拆开了两封预料之外的信件——来自裁缝店和美容院的预约函。第三封才是来自帕克·派恩先生的，邀请她当日赏光，在利兹酒店共进午餐。

帕金顿先生出门前说他晚上得去见一个生意上的人，大概不会回家吃晚饭了。看到帕金顿太太心不在焉地点了点头，帕金顿先生如释重负地出了门，心中窃喜自己躲过了一场风暴。

“夫人，几年前您就该来了。不过，现在也还不算太晚。”知名美容院里的护肤顾问一边埋怨着帕金顿太太对肌肤的疏于管理，一边开始按摩她的脸并加以熏蒸，然后按步骤敷泥巴、抹乳霜、扑粉，最后又做了各种修整。

帕金顿太太看着镜子里的自己，自言自语道：“我确信我现在看起来年轻多了。”

随后，她又去了裁缝店。经过一番打扮，帕金顿太太一下子变得时髦起来，整个人都感觉棒极了。

下午一点半，帕金顿太太如约到达利兹酒店，见到了已经恭候在那里的帕克·派恩先生。帕克·派恩先生穿得无可挑剔，看起来依然让人觉得很放松和安全。

“很迷人。”帕克·派恩先生不露声色地自上而下打量了一番帕金顿太太。“恕我冒昧，我已经为您点了一杯白夫人[①]。”

帕金顿太太并没有喝鸡尾酒的习惯，不过她也没有提出异议，只是一边小心翼翼地喝着那杯让她心潮澎湃的东西，一边认真聆听坐在她面前的导师的谆谆教诲。

“帕金顿太太，您的丈夫需要被‘刺激’一下，”帕克·派恩先生说，“您明白吧？要‘刺激一下’他。为了做到这个，我要把我的一个

①一种鸡尾酒，由杜松子酒、橙利口酒和柠檬汁制成。

朋友介绍给您，今天您就和他一起共进午餐。”

这时，一个小伙子走了进来。小伙子在左顾右盼中发现了帕克·派恩先生，之后便步态优雅地朝他们坐的方向走了过来。

“这位是克劳德·勒特雷尔先生，这位是帕金顿太太。”帕克·派恩先生为两人做了介绍。

长相帅气的克劳德·勒特雷尔先生大约不到三十岁的样子，衣着得体，不但温文尔雅而且还风度翩翩。

“很高兴见到您。”他轻声说。

刚刚和新顾问同桌而坐的时候，帕金顿太太显得十分拘谨。不过，她这种紧张的情绪很快就被那位既熟知巴黎又在里维埃拉[①]待过不少时间的勒特雷尔先生化解了。他们渐渐聊到了跳舞，帕金顿太太抑制不住地吐露了她的心声——曾经很喜欢，但已经很久没跳过了，原因是帕金顿先生不想晚上出去陪她。

“但他总不至于连门都不让你出吧，那样也太刻薄了，”克劳德微笑着，露出一排让人目眩的牙齿，“都什么年代了，女人不该再为男人的妒忌心做出牺牲了。”

帕金顿太太本来想说她的事情和男人的妒忌心没有什么关系，不过没有说出口，毕竟，这说法听起来还不错。

克劳德·勒特雷尔轻描淡写地聊着各种酒吧，最后，他们说好次日晚上要一起去那家很受欢迎的“小天使”转转。

* * *

①里维埃拉（Riviera），位于法国东南部的边境地带，毗邻意大利，是阿加莎本人十分喜爱的度假圣地。

回到家后，不知道要怎么对丈夫开口的帕金顿太太有点紧张，因为她觉得乔治一定会认为这是一件荒唐透顶的事情。不过，这件害得帕金顿太太整个早上都心神不宁的事情却因为下午两点钟接到的一通电话留言得以迎刃而解——帕金顿先生晚上会留在城里吃饭。

那晚的约会很成功。帕金顿太太就像一个姑娘似的翩翩起舞，在克劳德·勒特雷尔娴熟的指导下，她还学会了一些时下流行的舞步。她的袍子和新做的发型（出自当天早上帕克·派恩先生为她预约的一位时尚发型师之手）都受到了克劳德的赞许。告别时，他吻了她的手，这让帕金顿太太有种触电般的感觉，她已经很久没有享受过这样美好的夜晚了。

接下来的十天，帕金顿太太和克劳德要么吃饭要么喝茶要么跳舞，日子过得恍恍惚惚。这期间，克劳德·勒特雷尔不但对帕金顿太太倾诉了自己不幸的童年以及他父亲一贫如洗的悲惨遭遇，还坦言自己几乎对所有女人都心怀芥蒂，因为他曾经在感情纠葛中被伤害得太深了。

到了第十一天，当帕金顿太太和克劳德正在红海军上将跳舞的时候，帕金顿先生和他办公室里的那位姑娘终于露面了。

不过帕金顿先生却并没有认出帕金顿太太。他们四个人在舞池里相安无事地旋转着，越转越靠近。

“你好呀，乔治。”帕金顿太太顺势轻轻打了声招呼。

由于惊恐，乔治的脸色大变。不过，这却让从对方的惊恐中觉察出负罪感的帕金顿太太获得了极大的快感。

觉得自己已经掌控了整个局势的帕金顿太太颇为得意地坐回了自己的位置，继续在暗中观察乔治：可怜的人，又胖又秃，还在笨拙地跳舞，活像一颗按下去又弹起来的皮球！可怜的人，他那么渴望拥有年轻人的活力，却只跳得出二十年前的舞步。那个和他一起跳舞的姑娘也很可怜，明明已经感觉无聊透顶了，却还得装出一副很喜欢的样子，还好乔治看不到她的表情。

转念，她想到了自己，瞥了一眼此时正恰到好处地沉默不语的克劳德，顿时觉得自己是多么让人羡慕——克劳德不但知冷知热，而且从不顶嘴吵架。恐怕没有哪位丈夫可以做到不顶嘴不吵架，婚后的生活总会让他们原形毕露。

她又看了看，而这次，她看到的是一双乌黑明亮、带着忧郁和爱恋的眸子正温柔地望着她。

“我们可以再跳一支舞吗？”他小声问道。

他们再一次起舞，感觉飘飘欲仙。

此时，帕金顿太太感受到乔治充满歉意的目光。按理说她应该高兴，因为她终于成功地让他嫉妒了。但她现在又不想这样了，她不想让乔治不高兴，她开始可怜他了。

“哦，你回来了。”帕金顿先生没好气地说。在帕金顿太太到家前，他已经在家里忐忑不安了一个小时。

“是的，我回来了。”帕金顿太太一边脱下她那件花费四十几尼的晚礼服，一边微笑着答道。

帕金顿先生清了清嗓子，说：“没想到今天会遇到你。”

“确实很巧。”帕金顿太太说。

“我带那个姑娘出去只是想表示一下关心，她家里最近麻烦事很多，我只是表示一下关心，你明白的。”

帕金顿太太点了点头，心里一直在想：乔治这个可怜的老家伙，像只皮球一样跳来跳去，明明热得浑身冒汗却还自我感觉良好。

“刚才和你一起的那个小子是谁？我不认识，对吧？”

“勒特雷尔。他的全名是克劳德·勒特雷尔。”

“你是怎么认识他的？”

“哦，别人介绍的。”帕金顿太太支支吾吾。

“和这样的人出去跳舞，你简直就是在浪费生命。别再犯傻了，亲爱的。”

此时，帕金顿太太的嘴角微微上扬，她感觉自己正在被整个世界温柔对待。这令她一时语塞，不知如何回答。

“有点变化总是好的吧。”她随和地说。

“你最好小心一点，你应该知道这些经常出入酒吧夜店的游手好闲的人都是怎么回事。很多中年妇女有时候真的会愚蠢到家。我只是提醒你，亲爱的，我可不想你做出什么有失身份的事情来。”

“这个理由听起来倒像是为了我好嘛。”帕金顿太太说。

“呃，当然。”

“那么我希望你也一样，”帕金顿太太温和地说，“做人嘛，开心最重要。不是吗？我记得差不多十天前咱们一起吃早餐的时候你是这样说的。”

帕金顿先生目光犀利地看着他的太太，而帕金顿太太则是一脸无辜，没有露出丝毫鄙视他的神情，还趁机打了一个哈欠。

“我得去睡了。哦，对了，乔治，我最近大手大脚的，花了不少钱，估计那些数额高得吓人的账单就快寄到了。我想你不会介意的，对吧？”

“账单？”帕金顿先生迟疑了一下。

“是的。有买衣服的、做按摩的、做头发的。我这么做很败家，不过我知道你不会介意的。”

她独自上了楼，帕金顿先生呆坐在原地，欲言又止。对于今晚的偶遇，玛丽亚的反应相当大度，看起来她好像毫不在意。不过她这么突然地花起钱来还真是让人有点儿不适应，她曾经是多么懂得勤俭持家啊！

女人真是麻烦！乔治帕金顿摇了摇头。那个姑娘的兄弟最近遇上了一些麻烦，不过他是自愿帮她的，现在他太太这边也是一样，真是糟糕透了。看来最近都不太平。

有时候，有些话在说出来的那一刻是苍白无力的，但之后却会被听到的人重新想起来。次日一早，帕金顿太太仿佛中了魔咒一样，脑子里全都是帕金顿先生前一天晚上的碎碎念：游手好闲的酒吧老油条、中年妇女、自欺欺人。

帕金顿太太并不害怕，她只是沉着地思考着她的处境，尽可能回想起她所知道的所有有关小白脸的新闻报道和她曾经读到过的中年妇女上当受骗的案例。

克劳德会是小白脸吗？她觉得他是。但想想又觉得不对，因为每次出去都是克劳德替她付钱。不过这钱应该是帕克·派恩先生的，或者说到底，羊毛出在羊身上，这些钱根本就出自她自己的那两百几尼。

她自己是一个中年傻瓜吗？克劳德·勒特雷尔是不是在背后就是这样笑话她的呢？一想到这里，帕金顿太太的脸都红了。

不过，就算克劳德是个小白脸而自己又是个中年傻瓜，那又怎么样呢？她觉得她应该给克劳德买些什么，金色的香烟盒这类的小东西就不错。

帕金顿太太鬼使神差般地来到了爱丝普蕾百货[①]。她在那儿选了一个香烟盒，付好钱后便前往克拉里奇酒店[②]与克劳德汇合共进午餐。

①爱丝普蕾百货（Asprey's）：一家总部位于英国伦敦的珠宝设计、制造和零售商。其旗舰店位于伦敦的邦德街。该公司亦负责给世界各国皇室织造冠冕和权杖。

②克拉里奇酒店（Claridge's）：位于伦敦市中心梅菲尔（Mayfair）区域的核心地带，毗邻伦敦西区、邦德商业街、白金汉宫以及海德公园。

当两人正小口地抿着各自杯中的咖啡时，帕金顿太太像变戏法一样，从包里掏出了那个刚买好的香烟盒，喃喃地说："一个小礼物。"

他看了一眼，皱起眉头。"给我的？"

"是的，希望你喜欢。"

克劳德把手伸了过去，顺势使劲一推，把东西推回给了帕金顿太太。"你为什么要送我东西？我是不会要的。我看你还是拿回去吧。"他很生气，深邃的眼睛里闪着光。

"对不起。"她小声嘀咕着，默默地把东西塞进包里。

那一天，两个人都拘谨了很多。

第二天一早，帕金顿太太接到了克劳德打来的电话。"我今天必须见到你，下午我去你家可以吗？"

她只说让他下午三点过来。

再次见面时，克劳德脸色苍白，看起来很紧张。他们客套了一会儿，两人之间显得愈发不自然。

猛然间，克劳德站了起来，直直地看着帕金顿太太。"你以为我是什么？这就是我今天要来问的。我们已经是朋友了，对吧？但你依旧认为我不过是个靠女人养活的小白脸，一个无所事事的吃软饭的。你就是这么想的，对吧？"

"不，不是那样的。"

已经激动得面无血色的克劳德根本不理会帕金顿太太的辩解。"你就是那样想的！好吧，就是那样的。我今天来就是要告诉你，你想的都是真的。我就是为了钱才来陪你、逗你开心、和你做爱、让你把你丈夫抛在脑后。这些就是我的工作。很卑鄙，对吧？"

"你为什么要告诉我这些？"

"因为我不想干了，我没有办法让自己再继续这样对你了。你和别的女人都不同，你让我有安全感，我信任你、喜欢你。你大概认为我这只是在逢场作戏地说说而已，”他往她跟前凑了凑，“我就是要证明给你看，事情并不是你想象的那个样子。因为你，我要走了，因为你，我要让自己成为一个真正的男人，而不是一个令人作呕的家伙。”

还来不及反应，帕金顿太太就被克劳德拉入怀中，两片嘴唇也迎来了热烈的一吻。然后，他松开手，直直地站在她面前。

“再见了。我就是个无赖，不过我发誓从现在开始我会改变。你还记得你说过自己喜欢读报纸上知心专栏的消息吗？往后每一年的今天我都会在那里发出一条消息，一直都在改过自新的我会向你证明我记得我的承诺。那个时候你就会知道你对我来说是多么重要了。另外，我从来没有从你这里得到过什么，但我有一样东西要送给你。”他从手上脱下了一枚素金指环，“这是我妈妈的，现在我想把它送给你。那么，再见了。”

当晚，乔治 · 帕金顿很早就到家了。帕金顿太太正出神地望着壁炉里的火苗，温柔却心不在焉地和他说了几句。

“呃，玛丽亚，”他突然结结巴巴地说，“还是因为那个姑娘吗？”

“你说什么？亲爱的。”

“我，我没有想让你不开心，你知道的。我和那个姑娘之间什么都没有发生过。”

“我知道。是我自己愚蠢罢了。只要你开心就去见她，多少次都可以。”

这本该是一番可以让乔治 · 帕金顿听后欢呼雀跃起来的话，但奇怪的是，现在却令他感到十分不安。如果是你的太太怂恿你去和别的姑娘约会，你能心安理得吗？这感觉简直糟透了！就像是在贪图享乐，又像是一个大男人在玩火自焚，最终遭世人唾弃。乔治 · 帕金顿突然间感到累了，同时觉得自己也没资本再继续玩下去了。现在想想，那个姑娘还真是精明。

“玛丽亚，要是你愿意的话，不如我们一起去什么地方走走吧。”乔治怯怯地提议。

“哦，不用管我。我挺开心的。”

“但我想带你离开这里。我们可以去里维埃拉。”

帕金顿太太依旧远远地坐着，莞尔一笑。

乔治这个可怜的老家伙，他们可是向来都彼此坦诚相待的结发夫妻。想到这些，帕金顿的笑容变得愈发温柔。

“那很好啊，亲爱的。”帕金顿太太说

帕克·派恩先生的办公室里，帕克·派恩先生正在和莱蒙小姐谈话。

“文娱开支报价是多少？”

“一百零二英镑十四先令六便士。”

正说着，克劳德推门进来，他看起来情绪不佳。

“早安，克劳德，”帕克·派恩先生问候道，“事情进展得还算令人满意吧？”

“我想是吧。”

“你的戒指呢？还有，上面刻了什么？”

“玛蒂尔德，1899。”克劳德毫无兴致地说。

“干得不错！那么，那则广告要怎么写？”

“‘一切都好。承诺不变。克劳德。’”

“莱蒙小姐，你记录一下：十一月三日，支付私人来信专栏一百零二英镑十四先令六便士。对，没错，这可以管十年，这样算的话我们足足挣到了九十二英镑二先令四便士。这已经算相当多了。”

莱蒙小姐走后，克劳德终于忍不住了。

“实话说吧，我不喜欢这个卑劣肮脏的游戏。”

“我的小伙子！你觉得这很卑劣？是的，那女人挺不错的，那么现在你就去告诉她我们所编造的谎言，让她被伤心包围起来吧。可恶，真叫人作呕。”

帕克·派恩先生抬起手，扶了扶眼镜，好奇地看着克劳德，仿佛后者是他的科学研究对象。

“哦，我的老天！”他冷冷地说，“我怎么好像记不起你在做之前那些，咳，见不得人的勾当的时候受到过良心的谴责啊。你在里维埃拉做出的那些事情是多么厚颜无耻，更不用说在加州黄瓜大王的妻子——海蒂·韦斯特夫人身上捞到的好处了，这些都充分证明了你冷酷无情的商人本性。”

“好，就算是，但是我现在感觉不一样了，”克劳德底气不足地为自己争辩，“这样玩儿下去可不怎么好。”

“克劳德，我亲爱的，”帕克·派恩先生语重心长地说，就好像此时他是一名校长，正在警示一个自己相当器重的学生，“这一单你功不可没。你让一个不快乐的女人得到了每个女人都需要的东西——浪漫。一个女人心如死灰，激情对她来说已经没用了，但浪漫却可以，而且历久弥新，足以让她应对未来。孩子，这就是人性，我清楚得很。”他咳嗽了几下，接着说：“对于帕金顿太太来说，我们已经圆满地履行了我们的承诺。”

“随便吧，反正我不喜欢这样。”克劳德咕哝着走出了房间。

帕克·派恩先生随即从抽屉里取出一份新的文件，写道：

情场老手居然良心发现。备注：继续跟进。

惊险的浪漫

1

帕克·派恩先生办公室外，维尔布拉汉姆少校踌躇不决，反复读着晨报上面那则让他念念不忘的广告。广告语很简单，但足以把他吸引到此地。

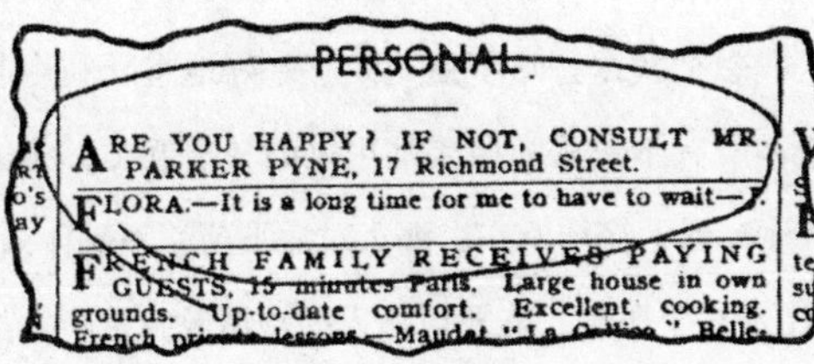

PERSONAL

ARE YOU HAPPY? IF NOT, CONSULT MR. PARKER PYNE, 17 Richmond Street.

FLORA.—It is a long time for me to have to wait—F.

FRENCH FAMILY RECEIVES PAYING GUESTS, 15 minutes Paris. Large house in own grounds. Up-to-date comfort. Excellent cooking. French private lessons.—Maudet "La Colline," Belle-

你快乐吗？如果不，请到里士满大街十七号，

帕克·派恩先生在这里愿意为您解忧。

终于，少校深吸一口气，倏地推开一扇弹簧门走进了帕克·派恩先生的接待室。一个正在打字的素颜女士抬头看了他一眼。

“帕克·派恩先生在吗？”他红着脸问道。

“这边请。”

跟着素颜女士，少校走进了帕克·派恩先生的办公室，见到了正襟危坐的帕克·派恩先生。

“早上好，”派恩先生说，“要不要坐下来，和我说说我能为您做些什么？”

“我叫维尔布拉汉姆——”对方自报家门。

“少校，还是上校？”派恩先生问。

“少校。”

“啊！最近刚从海外回来吧？印度？还是东非？”

“东非。”

“我想那一定是个不错的国家。不过，重返家乡的你却反而感觉不怎么好。这就是你的困扰，对不对？”

“您说得太对了。不过，您是怎么知道的呢？”

帕克·派恩先生得意地挥了挥手。“这是我的工作，我自然应该知道。我在政府部门兢兢业业地和各种统计数据打了三十五年的交道。现在退休了，我想把我这些年积攒的经验好好地重新利用起来。事情其实并不复杂，所有不快乐的原因都可以归咎于五类，相信我，至多五类。而一旦你找到了症结所在，那么对症下药就不是什么难事了。

“我就好比是一个医生，先要对病人的病情做出诊断，然后对症下药。不过，有些病确实是治不好的，如果是那样的话，我会坦白地告知我无能为力。但事情一旦让我接手的话，我保证可以做到‘药到病除’。维尔布拉汉姆少校，我敢说，这个国家的百分之九十六的退伍军人都不快乐。曾经，他们肩负保卫国家的使命，随时都有可能面临危险，这让他们每天都积极向上；而后来，生活环境一下子简单了很多，这反而让他们感到意志消沉，无所适从。”

“您说得一点儿没错，”少校说，“我就是受不了无事可做，还有村子里那些没完没了的家长里短，婆婆妈妈。但是我又能怎么办呢？除了退休金，我只有一点点的收入。我在科伯姆[①]有一套不错的房子。我没钱以打猎或钓鱼为乐。我还单身。邻居都是些自得其乐的家伙，不过他们都没见过什么世面。”

“不管是从眼下还是长远来看，你的困扰就是你觉得你的生活仿佛一潭死水。”帕克·派恩先生说。

“可恶的一潭死水。”

“你喜欢的感觉应该是刺激，或者还需要来点儿惊险。对吗？”派恩先生问。

“这在这种小地方是无法实现的。”说到这里，少校耸了耸肩。

“你再说一遍？”帕克·派恩先生很认真地说，“这你可就错了。如果你找对路的话，在伦敦有大把的惊险和刺激等着你。你目前感受到的仅仅是我们英式生活的表相——平静、愉悦。但这不等于没有另一面。如果你愿意的话，我可以带你领略一下。”

维尔布拉汉姆少校若有所思地望着帕克·派恩先生。他觉得派恩先生的话有一种安慰和鼓舞的力量。帕克·派恩先生不算胖，但是块头不小；秃顶，不过头形比例很完美；粗粗的框架眼镜后面一对小眼睛熠熠发光。而且，他好像整个人都会发光——一种坚定自信的光。

“不过我得警告你，”派恩先生接着说，“你得冒点儿险。”

“这就对了。”少校的眼睛开始放光，迫不及待地说，“那您的收费是多少？”

“我的费用嘛，”派恩先生说，“五十英镑，先付款。如果一个月后

①科伯姆（Cobham），位于伦敦市区西南的一个村子。

您还是感到无聊，我退钱给您。”

维尔布拉汉姆考虑了一下。“够公平，”他说，“我同意。我现在就给你开支票。”

手续办妥，一切就绪。帕克·派恩先生按响了办公桌上的传呼器。

“现在是一点钟，”他说，“我需要你带一位年轻的女士去吃午餐。”

门开了。

“来，玛德琳，亲爱的，我来帮你介绍，这是维尔布拉汉姆少校，他等下会带你去吃午餐。”

维尔布拉汉姆轻轻地眨了眨眼睛，没人觉察出有什么特别。刚进来的这个姑娘看起来并不阳光，还有点懒洋洋的，长长的黑睫毛下一双眼睛倒很是迷人，恰到好处的肤色映衬着性感的红唇。婀娜的身段在精致的外衣下摇曳生姿。从头到脚，可谓完美。

“呃，很满意。”维尔布拉汉姆少校说。

“萨拉小姐。”帕克·派恩先生说。

“真是谢谢您了。”玛德琳放低声音说。

“我有你的地址，”帕克·派恩先生大声说，“明天早上你会收到之后的指示。”

维尔布拉汉姆少校带着可爱的玛德琳离开了办公室。

下午三点，玛德琳回到了办公室。

“进展如何？”帕克·派恩先生抬起头。

“我想我吓到他了，“玛德琳摇了摇头，“他以为我是来勾引他的交际花。”

“和我估计的差不多。”帕克·派恩先生不动声色地继续说，“那你按照我说的做了吗？”

“当然，我们在一起随便聊聊其他桌的客人。我发现他喜欢的类型是那种金发碧眼、面色稍微苍白一些的，而且还不能太高。”

“这很简单，”派恩先生说，“把B计划拿给我，我来看看我们手头有什么。”他的手指在一张名单上滑动着，最终停在了一个名字上面。“弗里达·克莱格。是的，我想弗里达·克莱格相当合适。不过我最好先见一见奥利弗夫人[①]。”

2

第二天一早，维尔布拉汉姆少校收到了一张字条：

> 下周一上午十一点到位于汉普斯特德[②]的修道士巷找琼斯先生，就说你是芭乐航运公司的。

维尔布拉汉姆少校言听计从，待周一（那日正好是银行休息日）一到，便动身前往修道士巷。不过，他根本就没有遇到什么琼斯先生，因为路上发生了一些情况。

而让他更想不到的是，他的整个世界即将在路途中发生改变——他将遇到他未来的太太。维尔布拉汉姆少校走在摩肩接踵的大街上，

①即波洛的老友阿里阿德涅·奥利弗夫人。

②汉普斯特德（Hampstead），英国伦敦的一个区。该区长期以来以知识分子、艺术家和文学家居住区著称，在二十世纪上半叶又容纳了大批逃避俄国革命和纳粹的知识分子。汉普斯特德拥有伦敦地区一些最昂贵的住宅，该区拥有的百万富翁的数目超过英国其他任何地方。

在地铁里被挤得窒息，费了好大的力气才找到字条上指明的修道士巷。

修道士巷是一条死路，年久失修的道路上布满了车辙和脚印，道路两边远远地竖着一排排的房子。这些房子都很大，即便有过辉煌的曾经，现在依然逃不过摇摇欲坠的命运。

维尔布拉汉姆少校一边走一边费力地辨析各个门柱上那些模糊不清的名字，直到一阵抽泣声让他毛骨悚然、为之一惊。

声音再度传来，并且越发清晰可辨。他断定，自己刚刚经过的那个院子里有人在喊“救命！”

维尔布拉汉姆少校毫不犹豫地推开摇摇晃晃的院门，一个箭步，悄无声息地冲上了杂草丛生的屋前小路。小路旁边的灌木丛中，两个体型健硕的黑人正紧抓着一个姑娘不放手，那个姑娘一边奋力挣扎，一边勇敢地扭动身体对着两个彪形大汉又踢又踹。其中一个黑人用手捂住了姑娘的嘴巴，让她根本无法挣脱出来。

两个黑人都在全力以赴地对付姑娘，谁都没有注意到维尔布拉汉姆正在悄悄靠近，直到那个捂住姑娘嘴巴的黑人在下巴遭到沉重的一击后往后打了个趔趄。另一个黑人见状吃了一惊，松开抓住姑娘的手转身要跑，却被早就蓄势待发的维尔布拉汉姆一拳击中，往后退了几步就摔倒在地。接着，维尔布拉汉姆开始对付另一个正朝他步步逼近的同伙。

不过那两个人很快就打不动了。第二个人翻身坐起来，起身就往门口冲去。另一个也跟着跑了。维尔布拉汉姆开始还追了他们几步，但马上便改了主意，转身走到那个由于受到惊吓正靠在树旁喘着粗气的姑娘身边。

“哦，谢谢您！”她气喘吁吁地说，“刚才真是太可怕了。”

维尔布拉汉姆少校直到这时才看清楚他刚才救下来的是谁。一个二十岁出头的姑娘，金发碧眼，恬淡可人。

“还好您来了！”她上气不接下气地说。

“没事，没事了，”维尔布拉汉姆语气充满安抚地说，“一切都过去了。不过我想我们最好赶紧离开这里。那些家伙有可能还会回来。”

姑娘的唇边掠过一丝笑意。“您已经把他们打成那样了，我想他们是不会再来了。哦，您真是太厉害了！”

姑娘用崇敬的眼神望着维尔布拉汉姆少校，这目光温暖如火，烤得少校面色发红。“这没什么，”他低声说，“我应该做的。让您受惊了，女士。来，试试，拉住我的胳膊，看看您能不能走？您刚才毕竟受到了不小的惊吓。”

“我已经没事了。”姑娘说。不过她还是拉住了他伸过来的胳膊。她依然有些发抖，一边往大门口走，一边回头去看那幢房子。“我搞不明白，”她咕哝着，“那明显是一幢空房子。”

“对，空着的，没错。”少校一边随声附和一边抬起头，仿佛看到腐朽浑浊的空气飘荡在百叶窗外。

“而且这里就是白衣修士区，”她指着大门上一个模糊不清的名字说，“我要去的地方就是白衣修士区。”

“从现在开始，什么都不要担心，”维尔布拉汉姆少校说，“我们很快就可以叫到一辆出租车，然后就可以找个地方喝杯咖啡了。”

在巷子的尽头，他们绕上了一条相对人多的大街。两人十分幸运地搭上了一辆刚刚空出来的出租车。

“别说话了，”上车后，维尔布拉汉姆温和地劝慰他的同伴，“往后靠，放松些。刚才那一幕一定把您吓坏了。”

她感激地看着他。

“呃，顺便说一下，我叫维尔布拉汉姆。”

“我叫克莱格，弗里达·克莱格。”

十分钟后，两个人面对面坐在一张小桌旁。弗里达一边抿着热咖啡一边感激地望着她的救命恩人。

“好像是做了一场梦，一场噩梦。”弗里达耸了耸肩膀，“不久以前我还曾经希望在我身上能发生一些事情呢，什么事情都行！不过看来我不喜欢任何历险。”

“告诉我刚才是怎么回事吧。”

“呃，恐怕在告诉你事情经过之前，我得先好好讲讲我自己。”

“很好啊。”维尔布拉汉姆鞠了一躬说。

“我是一个孤儿。父亲是一名船长，我八岁时他就死了。母亲三年前也死了。我在城里工作，是煤气公司的一名办事员。上周有一天晚上，我下了班正要回住处，结果遇到一位等着要见我的男士。他叫里德，是名从墨尔本过来的律师。”

“他彬彬有礼，问了我几个关于我家里的问题。他说他很多年前就认识我父亲了。其实他就是帮我父亲处理过一些法律上的事务。然后他告诉我他来访的目的。‘克莱格小姐，’他说，‘您父亲在他过世的前几年曾经手过一桩金融交易。而从目前这桩交易的结果来看，您很有可能从中受益。’这对我来说简直出乎意料。

“‘您应该从没听说过这件事情，’他说，‘我想，约翰·克莱格从来都没有把这当回事儿，不曾想却偏偏有了结果。不过，至于您可以提出什么样的要求，还都得取决于您手里有没有特定的文件。这些文件应该是您父亲财产的一部分，但是因为没有人知晓它们的价值，说不定它们已经被销毁了。您有没有保存过您父亲的一些文件呢？’

“我说我母亲把我父亲的各种东西都保存在了一个旧的水手箱里。‘我曾经因为好奇在里面翻找过，但是没找到什么好玩儿的。’

“‘那很可能是因为您无从知晓这些文件的重要性。’他微笑着说。

“所以，我又去查看了那个箱子，拿了里面的几份文件出来给他。他看了之后说他一下子还无法确定这些文件是不是能起到作用。他想把它们先拿走，如果有新情况的话会再和我联系。

“上周六我最后一次查信箱的时候收到了他寄来的一封信，上面告知我去他家里讨论一下。他给了一个地址：白衣修士区，修道士巷，汉普斯特德。我应该是今天上午差十五分钟十一点的时候到达那里的。

“因为找路，我稍微迟了一些才到。当时，我正穿过院门着急地往房子里冲，两个可怕的男人从旁边的灌木丛里跳出来冲向我。我还来不及呼喊，其中一个人就用手捂住了我的嘴巴。我使劲转头，大喊救命。还好您听到了我的呼救。当时要不是您——”弗里达顿住了，激动、惊恐溢于言表。

“真庆幸我当时正好在那里。天哪！我真应该抓住那两个畜生。我想你应该从来没有见过他们吧？”

她摇了摇头。“您觉得这是怎么回事？”

“很难说。不过有一点看起来相当明确。你父亲那些文件里面一定有某人想要的东西。那个叫里德的人胡编乱造了一个故事给你听，目的就是要借机翻看这些文件。但很显然，他没有找到他要的东西。”

“哦！”弗里达说，“难怪我上周六回家后感觉我的东西被动过了。实话说吧，我还怀疑是我的房东因为好奇溜门撬锁进了我的房间呢。但现在看来——”

“如果是这样，那么当时的情况就是：有人得到许可进入你的房间找东西，不过没找到他要找的。于是他怀疑你可能是知道了那份文件，或者什么其他的东西，是有价值的，从而把它们都带在身边。所以他就谋划了刚才的那场偷袭。如果你确实随身携带，那么刚才他们就已经把东西抢走了。如果你没有带在身边，那么他会把你抓起来，逼你讲出你把东西藏在了什么地方。”

“那可能会是什么东西呢？”弗里达大声说。

“我不知道。但一定是对他相当有用的东西，不然他不至于如此大费周章。”

“这不太可能啊。”

“噢。那我可不知道。你父亲是个水手，去过很多人迹罕至的地方。他很有可能曾经得到过一些什么有价值的东西，而不自知。”

“您真的这么认为吗？”弗里达苍白的面色一下子红润了起来。

“是的，我确定。问题是我们接下来要怎么做？我想你应该不想让警方介入吧？”

“噢，不，请不要。”

“我很高兴你这么说。我不觉得警察可以起到什么作用，他们只会让你感到不愉快。现在，我们去吃个午餐，我会陪你回到住处，以确保你安全到达。然后我们就可以找一找那份文件。因为，你知道，文件一定被放在了什么地方。”

“父亲可能已经把文件销毁了。”

“这当然有可能，不过有人明显不这么认为。也就是说我们还有希望。”

“您觉得最终会是什么东西？秘密宝藏吗？”

“啊！有可能！”维尔布拉汉姆少校叫了出来，他很认同这个猜想，整个人都兴奋地愉悦起来，“不过，克莱格小姐，我们该去吃午餐了。”

他们在一起愉快地用餐。其间，维尔布拉汉姆少校对弗里达讲起了他在东非的生活，他所描述的抓大象的场景让弗里达听得心惊肉跳。

午餐后，少校坚持陪弗里达一起坐出租车回家。

弗里达的住处在诺丁山门[①] 附近。下车后，弗里达和房东简单说了几句话就带着维尔布拉汉姆少校上楼了。她小小的卧室和客厅都在三楼。

“和我们想的完全一样，”她说，“周六上午有一个男人来过，跟我的房东说我房间里的线路出了问题，他要铺设新的电缆线，所以在我房间里逗留了一些时候。”

“把你父亲的那个箱子拿给我看一下。”维尔布拉汉姆说。

弗里达拿出一个镶着黄铜边的盒子。“你看，”说着她打开了盖子，“空的。”

少校若有所思地点了点头。“会不会放在其他地方了？”

“我确定没有。我母亲把所有东西都放在这里保存了。”

维尔布拉汉姆又仔细看了看箱子里面。突然，他喊了出来：“箱子的内衬被切开过。”他小心翼翼地把手伸进去摸索，果然听到了窸窸窣窣的声音。“有东西滑到下面去了。”

一会儿工夫，一张被折叠过几次的脏纸片出现在他的手里。他刚刚把纸片放在桌子上抹平，身后就传来弗里达失望的叹息声。

“不过是些奇怪的记号罢了。”

“你这样认为？这些全都是斯瓦希里语！”维尔布拉汉姆少校喊了出来，“东非的土著方言。”

“真少见！”弗里达说，“那您会读吗？”

“差不多吧。但这真是太不可思议了。”他把纸片拿近窗口。

“上面说了些什么吗？”弗里达用有些颤抖的声音问。维尔布拉汉

①诺丁山门（Notting Hill Gate），位于伦敦市区西部，是通往诺丁山的主要通道之一。该地理位置曾为高速公路收费站，因此得名。

姆先是把纸片上的字从头到尾读了两遍才应声。“这个嘛，”他笑着说，“你的秘密宝藏，没有错。”

“秘密宝藏？不是真的吧？您是说类似西班牙黄金舰队[①]的沉船那样的吗？”

“倒是也没有那么传奇，不过也差不多。这份文件指明了一处不为人知的象牙藏匿地点。”

“象牙？”弗里达惊叫道。

“没错，就是大象。如你所知，法律对可射杀的大象数量是有规定的，但总是有人对此置若罔闻。这些人一旦被抓到就会受到法律的制裁，不过，他们早已把象牙都藏好了。这些被藏匿的象牙数量非常巨大。这份文件非常清楚地记录了应该如何找到藏匿点。来，看这里，我们必须去找，就你和我。”

“您的意思是那真的值很多钱吧？”

“对你来说是一笔不小的财富。”

“但是我父亲怎么会得到那份文件的？”

维尔布拉汉姆耸了耸肩。“也许是你父亲身边的一个人。他当时用斯瓦希里语秘密地记录下这份文件，在他临死的时候他把这份文件交给了你父亲，因为他们可能是朋友。不过，你父亲因为看不懂，就没把这份文件当作一回事儿。这只是我的猜测而已，但是我敢说真实情况八九不离十。”

弗里达叹了口气。“这还真让人兴奋。”

“那么问题来了，我们要如何处置这份价值连城的文件，”维尔布

①一七〇二年，西班牙历史上著名的“黄金舰队”在大西洋维哥湾被英国人击沉，从而留下探宝史上一大遗案。据被俘的西班牙海军上将估计，约有五千辆马车的黄金珠宝沉入海底。

拉汉姆说，“我不想把它留在这儿，随时会有人再来找。我想你应该也不会把它交给我吧？”

“我当然会。但是，这会不会让您的处境变得很危险？”弗里达支支吾吾。

“我可不是好对付的，”维尔布拉汉姆严肃地说，“你不用为我担心。说着，他把文件折起来夹在他随身携带的一本书里。“我明天晚上可以过来看你吗？”他继续说，“到那时我就会有一个成熟的计划了，我可以自己查找文件上的那些地方。你几点从城里回来？”

“六点半左右。”

“非常好。明天六点半，我们先碰个头，然后请你赏光和我共进晚餐。我们是该庆祝一下啦，相处已经这么久了。”

次日，维尔布拉汉姆少校准时到达他们约定的地点，按响了克莱格小姐的门铃。不过来开门的却是一个女佣。

“找克莱格小姐？她出去了。”

“哦，”维尔布拉汉姆回应了一声，不过他并没有想要进去等，“我晚点再来。”

他开始在街对面闲逛，希望可以在不经意间看到弗里达步态轻盈地向他走来。时间一分一秒地过去了。差十五分七点。七点。七点十五分。依旧不见弗里达的身影，这让他感到一丝不安。他掉头回去，再次按响了弗里达住处的门铃。

“你好，”他说，“我和克莱格小姐约好了六点半见面。你确定她不在家吗？或者她留下过什么消息？”

“您就是维尔布拉汉姆少校吗？”门房问。

“是的。”

“这里有张她亲笔写的留言条给您。”

亲爱的维尔布拉汉姆少校，我遇到了一些奇怪的事情，现在一言难尽。您可以到白衣修士区来找我吗？看到这则留言后立即出发。

弗里达·克莱格，上

维尔布拉汉姆皱了皱眉，计上心来。他若无其事地从口袋里掏出一封信，在信封上写下了他裁缝的地址。“请问，”他对女门房说，“可以给我一张邮票吗？”

“我想帕金斯太太是不会介意的。”

一会儿工夫，门房就拿来了邮票。维尔布拉汉姆留下一先令邮票钱后就立刻赶往地铁站，顺路把那封信投进了邮筒。

弗里达留下的那张字条让他感到很不安。究竟是什么会让她那样一个姑娘只身前往昨天才刚刚遭遇过可怕袭击的地点呢？

想到接下来要做的荒唐事，他摇了摇头。难道是里德又出现了？他或者别的什么人已经攫取了弗里达的信任？到底是什么把弗里达引去汉普斯特德的？

他看了看手表，将近七点半。按照弗里达的预想，他应该一个小时前就出发去找她了，现在他已经迟了很多。但愿这是她故意留给他的什么线索吧。

她留的这张字条让他摸不着头脑，因为字里行间显露出的那种我行我素的口吻不像是弗里达·克莱格的作风。

差十分钟八点，他到达修道士巷，此时夜色已深。他小心地张望，四下里空无一人。于是他轻轻地推开那扇摇摇晃晃的门，让来回摆动的门带动合页搞出一些动静来。院子里的主路上是空的，整座房子也黑漆漆的。他小心翼翼地往前走，不时留意着左右两边的情况，生怕会被吓到。

维尔布拉汉姆轻手轻脚地钻进了院子里的灌木丛，想办法绕到了房子的后面。在那里，他终于有所发现：一层的一个洗碗间样子的房间的窗户没关紧。他掀起纱窗，用手电筒（他在来的路上买的）往里面照，房间里什么都没有，他便爬了进去。

他小心翼翼地从里面打开了洗碗间的门，溜进了房子。他拿出手电筒继续照。照到了一间空空的厨房，厨房外面有几节梯级和一扇门，很明显，穿过去就可以到达房子的前面。

他一边推门一边留意周围的动静，神不知鬼不觉地就来到了房子的前厅。四周依旧鸦雀无声。此时，他左右手边各有一扇门。他走近右边那扇门，在门外听了一会儿便开始转动门把手。门缓缓地开了，他钻了进去。

他再次拿出手电筒，发现屋子里空无一物。

就在这时，他听到身后的动静，感觉有一股旋风在向他靠近。可他已经来不及做出反应了，刹那间，他的身子往前一倾，整个人摔倒在地失去了知觉。

不知过了多久，维尔布拉汉姆在阵痛中渐渐恢复了意识，他感到头痛，企图挪动自己的身体，但发现自己被绳子捆住了。

瞬间，他的脑子恢复了思考能力，想起刚才的情景——他是被人击中头部而昏倒的。

墙上高挂的煤油灯发出微弱的光亮，这一点点的光亮足以让维尔布拉汉姆确定自己被关在了地下室里。他四下看了看，突感心口一紧——和他一样被捆绑住的弗里达就在几步之外。他焦虑地盯着她，她一边叹气，一边慢慢睁开眼睛，茫然地注视着周围直到欣喜地认出他。

“你怎么也在这里！”她说，“发生了什么？”

“我太让你失望了，”维尔布拉汉姆说，“让你落入如此境地。告诉我，你是不是给我留了字条让我来这里找你？”

弗里达惊恐地张大眼睛。“怎么是我？明明是你给我留的字条。”

“哦，是吗？”

“是的。我在办公室收到的，上面说不用到家里碰面了，来这里找你就好。”

“看来我们两个是中了同一个圈套。”他咆哮道，和她解释了事情经过。

“我明白了，”弗里达说，“那这么做是为了什么？”

“得到那份文件。我们肯定从昨天开始就被人跟踪了，所以他们才会识破我的计策。”

“那他们得到文件了吗？”弗里达问。

“很不走运，我现在无从知晓。”维尔布拉汉姆看着他被绑起来的双手沮丧地说。

突然，四下无人的房间里传来说话的声音，两人同时为之一颤。

“是的，谢谢，已经拿到了，准确无误。”

这声音让两人不寒而栗。

“是里德先生。”弗里达咕哝着。

“我可不仅仅是里德先生。”那个声音说，“亲爱的女士，我还有很多名字。现在，我得抱歉地告诉二位，你们已经妨碍到我的计划了，对此我绝对不能容忍。既然你们已经发现了这幢房子，那么问题就很严重了。虽然你们现在还没有报警，但你们很快就会那样做的。

“我恐怕不能相信你们。你们可能会发誓，但是誓言这东西一般都靠不住。你们看，这幢房子对我来说非常有用，你们可以认为这里就是我收拾残局的地点。进了这幢房子的人就别想活着出去了。很抱歉地告诉你们，你们会从这里上西天。真可惜，但是别无选择。”

那个声音稍稍停顿了一会儿后继续说：“不会有血淋淋的场面，我憎恨血腥的东西。我的办法既简单又不会痛。好了，我得走了。二位晚安。”

“喂！”维尔布拉汉姆大喊，“你想怎么样就冲着我来，这件事和这位年轻的女士没有任何关系。放她走不会对你不利。”

他的话犹如石沉大海，没有半点回音。

但此时却传来了弗里达的哭喊声：“水——进水了！”

维尔布拉汉姆忍痛扭转身体朝弗里达目光所及的方向看去。他看到一股源源不断的水流正从天花板附近的一个洞里往外流。

弗里达歇斯底里地喊道：“我们会被淹死的。”

维尔布拉汉姆额头渗出汗珠。“我们不会就这么没命的，”他说，“我们一起求救。一定会有人听到的。就现在，开始。”他们声嘶力竭地呼喊着。

“恐怕是没有人能听到了，”维尔布拉汉姆沮丧地说，“这里是地下室，而且我估计所有的门缝也都被塞得严严实实。毕竟，假设我们的呼救能被外界听到的话，那帮混蛋肯定早就把我们的嘴巴堵上了。”

“噢，”弗里达哭着说，“都是我的错。是我把你卷进来的。”

“别担心我，小丫头。我更担心的是你。我可是久经沙场了。不要灰心，我会帮你摆脱困境的。我们还有很多时间，按照现在的水流速度来看，要淹死我们还得有几个小时。”

“您真是太神奇了！”弗里达说，“我从来没在生活中遇到过像您这样的人，您仿佛是从书中走出来的。”

“瞎说，我只不过是运用常识估算了一下而已。现在我们得赶紧把可恶的绳索解开。”

努力了一刻钟的功夫，维尔布拉汉姆明显地感到自己刚才的拉拉扯扯起作用了，身上的绳索渐渐松散开来。他使劲扭动身体，用牙齿去够绑住双手手腕的绳结。

手腕上的绳结被解开后，其他的也就迎刃而解了。虽然身体还有些僵硬麻木，但是恢复自由的维尔布拉汉姆马上开始帮弗里达松绑，不一会儿弗里达也恢复了自由。

这个时候，屋子里的水不过才没到他们的脚踝。

“接下来，”维尔布拉汉姆说，“我们得赶紧离开这里。”

地下室的门要比房间地面高出几个台阶，维尔布拉汉姆少校上前检查了一番。

“这个很好弄，”他说，“都是些不结实的东西，门可以从合叶这边被打开。”他用肩膀撞过去，再一拉，喀啦喀啦几声木板断裂的声响过后，门开了。

门外是一条楼梯，通向顶部的另一扇门。不过和刚才那扇门不同，这扇门是实木的，外面还有铁栅栏。

“这个有点难，”维尔布拉汉姆说，“啊哈，不过我们运气还不错，门没有上锁。”

他推开门，环顾了一下四周就叫弗里达过来。穿过这扇门，他们来到了厨房后面的一条通道。一会儿工夫，俩人就沐浴在修道士巷的夜色下了。

“噢！”弗里达抽泣着，“噢，刚才真的是太恐怖了。”

“亲爱的小可怜，”他赶紧揽她入怀，“你已经非常勇敢了，弗里达，我亲爱的小天使。你有没有——我其实想说，我爱你，弗里达，你愿意嫁给我吗？”

两人都没有作声，静静地等待着沉默过后的心意相通。维尔布拉汉姆首先打破了宁静，略带神秘地笑着说："接下来还有呢，象牙宝藏的秘密还在我们这里呢。"

"他们不是已经从你身上抢走了吗？"

少校听了弗里达的话不禁再次发笑。"他们没有得逞！事情是这样的，我今晚来见你之前已经准备好了一份假的文件，而那份真的已经被我放在信封里寄给我的裁缝了。他们从我身上抢走的就是那份假的，祝他们寻宝愉快！亲爱的，你知道我们接下来要怎么做吧？我们一起去东非度蜜月，顺便寻宝。"

3

帕克·派恩先生走出办公室，一步跨两个台阶，前往位于整幢房子最高层的奥利弗女士的办公室。奥利弗夫人是一位非常了不起的小说家，现在是派恩先生团队的一分子。

帕克·派恩先生敲敲门就直接进去了。奥利弗夫人正坐在她的办公桌前，桌上放着一部打字机、几个笔记本、一堆散乱放着的手稿，还有一大袋子苹果。

"奥利弗夫人，这真是一个非常棒的故事。"帕克·派恩先生心情愉悦地说。

"进展不错，对吗？"奥利弗夫人说，"我很高兴。"

"那个'水漫地下室'的情节设置，"帕克·派恩先生说，"您是不是觉得下次如果能有一些新的原创东西效果会更好呢？"他怯怯地提议道。

奥利弗夫人摇摇头，从她的包里拿出一个苹果。“我想没有必要，派恩先生。你要知道，人们对于水淹地下室、放毒气等等这类的故事情节都习以为常了。事先了解过相关情节会令他们在身临其境的时候感到更加惊恐。派恩先生，你要知道，老百姓都是很保守的，老掉牙的伎俩对他们更有效。”

“好吧，我想您是对的，”帕克·派恩先生觉得奥利弗夫人的说法有些牵强，不过看着眼前这位已经创作完成了四十六本英美畅销小说，并且每本都有法、德、意、匈、日、芬兰和阿比西尼亚等多国语言译本的女小说家，他决定换个话题，“您的费用是？”

奥利弗夫人拿过来一张纸。“总体来说，花费并不多。珀西和杰瑞那两个黑人要的很少。扬·洛里默，那个扮演里德先生的演员认为他扮演的角色值五几尼。至于地下室里的那个声音嘛，当然是份录音。”

“噢，差点忘了，”奥利弗夫人说，“还有要给约翰的报酬。五先令。”

“约翰？”

“对，就是那个往地下室墙上的小洞里灌水的那个男孩。”

“啊，对。顺便了解一下，奥利弗夫人您怎么会懂斯瓦希里语呢？”

“我不懂啊。”

“明白了。那也许是通过大英博物馆。”

“不对。是德尔弗里奇情报局。“

“现代商业资源可真了不起啊！”他小声说。

“我担心的事情只有一件，”奥利弗夫人说，“那两个年轻人不会在那里找到任何宝藏的。”

“人不可能拥有一切，”帕克·派恩先生说，“到那时，他们的蜜月都度完了。”

“弗里达，今天几号？”正在写信的维尔布拉汉姆问身旁躺椅上的太太。

“十六号。”

“我的天，十六号！”

“怎么了亲爱的？”

“没什么。我只是恰好想到了一个叫琼斯的家伙。”

即便双方在婚姻里有多么两情相悦，一方也总会有不想分享的事情。

“可恶，”维尔布拉汉姆少校心想，“我应该给他们打个电话，把我的钱要回来。”但转念间，这个一向刚直不阿的男人就已经把自己换位到对方的角度重新思考这个问题了。“说到底还是我没有按规矩来，我也不知道如果我见到琼斯会发生什么。反正不管怎么说，事情的结果就是，如果我当时没有去找琼斯，我就不会碰巧听到弗里达的呼救，我们也不会认识彼此。所以，从某种意义上来说，那五十英镑他们倒也受之无愧！”

与此同时，维尔布拉汉姆太太也正沉浸在自己一连串的思绪中。“我可真是个小傻子，居然相信了那则广告，还付给那些人三几尼。而事实上他们拿了钱以后却什么都没做。我真没想到我会在遇到里德先生后就遇见我的查理，还真是奇怪又浪漫啊。不过，纯粹从概率的角度来看的话，我可能根本就不会遇见他。”

她转过身，眼睛里满是崇拜地看着她的丈夫。

此偷彼盗

1

“找我？”大名鼎鼎的帕克·派恩先生若无其事地接通了办公桌上的传呼器。

“一位年轻的女士想见您，”喇叭中传出秘书莱蒙小姐的声音，“但她没有预约。”

“让她进来吧，莱蒙小姐。”话音落下不久，帕克·派恩先生就已经起身和这位到访者握手寒暄起来，“早上好，快请坐吧。”

来访者是位可爱的年轻姑娘，一头乌黑的卷发像波浪一样披散在脑后，头戴一顶白色针织帽。搭配得恰如其分的网眼长袜和一双精巧的鞋子把她整个人衬托得相当美丽动人。不过，她明显很紧张。

“您就是帕克·派恩先生？”她问。

“是我。”

“就是做广告的那个？”

“做广告的那个。”

“上面说如果感到不……不开心，就……来找您。”她结结巴巴地说。

“是的。”

片刻的沉默过后，她鼓足勇气说：“好吧，我现在感到非常不开心。所以我觉得我有必要来一趟，看看再说。”

听到这里，帕克·派恩先生并没有急着接话。在他看来，对方还没说完。

“我，我现在遇到了很大的麻烦。”她紧张得攥起手来。

“哦，”帕克·派恩先生接过话头，“可以告诉我是什么麻烦吗？”

姑娘迟疑起来，她目不转睛地看着帕克·派恩先生，眼神中透着无助。突然，她脱口而出。

“可以，我全都告诉您。我已经想好了。我最近很焦虑，简直快要发疯了。我不知道该怎么办，该去找谁。我碰巧看到了您的广告，本来没有把它当回事，心想不过是个唬人的玩意儿。可谁知我后来总是会想起它来，想到上面那些不知为什么让人感到欣慰的话。所以我就来了，来看看总是没有什么坏处的。如果我不喜欢的话完全可以找个理由随时走掉。不过，好像并不需要。”

“是这样的，是这样的。”派恩先生说。

“您看，”姑娘说，“这在我听起来就像是，好吧，相信他吧。”

“那么你觉得可以信任我了吗？”他微笑着问。

“这很奇怪，”姑娘下意识地用有些莽撞的语气说，“但是我相信您。我确定我可以信任您。尽管我对您一无所知！”

“你大可放心，”派恩先生说，“我绝不会辜负你的信任。”

“那么，”姑娘说，“我来告诉你是什么事。我叫达芙妮·圣约翰。”

“是的，圣约翰小姐。”

“是女士。我……已经……结婚了。”

“可恶！”派恩先生小声咕哝了一下，他这才注意到她左手无名指上的白金戒指。“我真够蠢的。”

“要是我还单身，”姑娘说，“我才不会在乎这么多呢。我的意思是说，这件事情就没那么严重。现在事情麻烦就麻烦在杰拉尔德的想法上。”

她把手伸进包里，把掏出来的东西往桌上一丢，一件熠熠发光的东西滚到了帕克·派恩先生的眼前。

那是一枚镶单钻的白金戒指。

派恩先生拾起戒指，拿到窗边，在玻璃窗上划了几下，接着，他戴上珠宝商专用的眼镜，又仔仔细细地看了一遍。

“非常棒的一颗钻石，”他一边说一边走回到办公桌前，“应该说，价值至少有两千英镑。”

“是的。这是偷来的！我偷来的！我不知道该怎么办。”

“天呐！”帕克·派恩先生感叹道，“这太有趣了。”

这让他的女客户一下子情绪失控，拿着手帕啜泣起来。

“好了，好了，”派恩先生说，“一切都会没事的。”

姑娘擦干眼泪，抽抽搭搭地说：“真的吗？噢，是真的吗？”

“当然是真的。现在，你只管告诉我事情的来龙去脉就好。”

“好吧，那就从我手头变得拮据开始说起。您一定看得出来我有多奢侈。杰拉尔德，就是我的丈夫，对此相当反感。他年纪比我大很多，是个十足的保守派，在他看来，欠债简直就是天理不容。所以我没告诉他我在外面欠了债，而是和一些朋友去了勒图凯[1]，心想着要是

①勒图凯（Le Touquet），法国城市。

运气好的话我就可以自己搞定。一开始我赢了，但后来又输了，我决心要扳回局面，于是奋力一搏，然后又——”

“是的，我明白了，”帕克·派恩先生说，“你不用描述得太细。总之就是你的处境从未如此糟糕过。我没说错吧？”

达芙妮·圣约翰点了点头。“而且您知道，我那时候根本不能把事情告诉杰拉尔德，因为他痛恨赌博。噢，我当时的处境简直是一团糟。不过后来我们就去投奔了住在科伯姆附近的多塞默先生一家。多塞默先生相当阔绰，他的夫人——漂亮的纳奥米——是我的同学。我们在她家里的时候，正巧这个戒指上的钻石松动了，于是在我们要离开的那天早上，纳奥米就让我把戒指带去邦德街[①] 交给她的珠宝商。”

“那么接下来就到了最复杂的部分，”帕克·派恩先生提示道，“继续说，圣约翰女士。”

“您不会告诉任何人的，对吧？”姑娘用一种请求的语气提出了要求。

“在我这里，所有客人的隐私都是神圣不可侵犯的。而且，圣约翰女士，你都已经讲了这么多，就算接下来你不打算继续说了，我应该还是可以靠自己猜出整件事情的经过。”

“那倒是。好吧，我说。不过我很不喜欢讲到接下来的部分，因为那听起来让人很不舒服。我到了邦德街之后，在那里看到了一家名叫维罗的经营仿冒珠宝首饰的店。我当时脑袋一热就带着戒指走了进去，编了一个理由——佩戴正品出国恐有不妥——顺理成章地定制了一个一模一样的戒指。

“后来我就拿到了一个足以以假乱真的赝品，然后用挂号邮件把它

①邦德街（Bond Street），伦敦三大购物街之一，位于伦敦西区，曾经是艺术品经销商和古董店的聚集处。

寄给了多塞默夫人。那个包裹被我处理得相当考究，我用的是纳奥米指定的那家珠宝店的专用盒子，所以根本看不出破绽。再后来，我就把那个真的戒指拿去当掉了。”她一边说一边双手掩面。“我怎么能干出这样的事情来？我怎么可以？我太缺德了，是个小偷。”

帕克·派恩先生清了清嗓子。“我想您还没有说完。”

“对，我还没说完呢。这件事情发生在六个星期前，我用那笔钱还清了所有的债务，但自那之后，我的内心就没有安宁过。后来我的一位年长的表亲过世了，我因此得到了一些钱。拿到钱后我立刻就去赎回了那枚让我心神不宁的戒指。按道理事情应该就此解决了，可没想到又出现了相当棘手的情况。”

“是什么呢？”

“我们和多塞默一家发生了口角。起因是鲁本先生曾经说服杰拉尔德收购的一些股份出了问题，让杰拉尔德损失惨重。结果，恼羞成怒的杰拉尔德和鲁本先生撕破了脸皮，噢，我的天！所以，您看吧，我现在没有办法拿回那个赝品戒指了。”

“你能不能把那枚真的戒指匿名地寄还给多塞默夫人？”

“那样的话整件事情就穿帮了。她一定会检查她现有的戒指，很快就会发现那是个赝品，然后立刻就会开始怀疑我曾经做过些什么。”

“你不是说她是你的一个朋友吗。有没有想过告诉她整件事情的真相，然后期待她的原谅？”

圣约翰女士摇了摇头。“我们的关系还没有好到那种程度。但凡牵扯到金钱、珠宝之类，纳奥米是绝不会宽容的。如果我把戒指还给她，她大概还不至于会去起诉我，但是她一定会把我的所作所为讲给每一个人听，那我就完蛋了。而杰拉尔德也会知道，他永远都不会原谅我。噢，这一切真是太可怕了。”她又开始哭泣，“我一直都在想，但我不知道该怎么做！噢，派恩先生，您就不能做些什么吗？”

“我能做些事情。”帕克·派恩先生说。

“您可以吗？真的吗？”

“当然可以。我会建议一个最简单的办法，因为根据我这么多年的经验来看，最简单的就是最好的，这可以避免遇到不必要的麻烦。当然，我也会考虑到你的异议。现在，除了你自己就没有人知道你的这个烂摊子了吧？”

“还有您。”

“哦，我不算。那么，可以说，目前来看你的秘密是安全的。唯一要做的就是神不知鬼不觉地把两个戒指对调一下。”

“对，就是这样。”圣约翰女士神情激动。

“这应该不难办到。我们得花点时间来考虑一下最佳方案，然后再——”

圣约翰女士匆忙抢过话头。“但问题是时间不多了！所以我才被逼得快要发疯。纳奥米已经打算去重新镶嵌她的戒指了。”

“你怎么知道的？”

“纯属巧合。有次我和一个女性朋友一起吃午餐，她给我看了她最新款式的绿宝石戒指——还说纳奥米·多塞默就想把她的钻石戒指改装成她那个式样的。”

“也就是说我们得赶紧行动了，”派恩先生若有所思，“我们首先得找个理由进入她家，而且这个理由还要尽可能地冠冕堂皇一些。因为用人一类的大都不会有机会接触到那些值钱的戒指。圣约翰女士，您有什么想法吗？”

“哦，我倒是听说纳奥米打算在星期三办一场派对，而且我的那位朋友还说纳奥米一直在挑选专业舞者。我不知道现在她找到了没有。”

“我觉得我们可以从这件事情下手，”帕克·派恩先生说，“只是花钱多少的问题，如果她已经找好舞者的话，我们就需要多花一些钱，仅此而已。还有，你知不知道她家的总电灯开关在哪里？”

“这个我正好知道。有天深夜她家的保险丝烧断了，但用人都在睡觉，所以我看到了总开关的箱子，就隐藏在大厅后面的一个小碗柜里。”

应帕克·派恩先生的要求，圣约翰女士画了一张草图。

“那么，现在开始，”帕克·派恩先生说，“一切都会好起来的，圣约翰女士，你不要再担心了。至于那枚戒指，你现在可以把它交给我吗？还是你想等到星期三？”

“嗯，我想我最好还是先自己保管吧。”

“那么，现在开始，不要再担心了。”帕克·派恩先生用劝告的口吻说。

“那——您的费用是？”她怯怯地问。

“这个问题我们可以先放一放。星期三的时候我会告诉你大概要用掉多少钱。不过我可以保证的是这笔钱不会太多。”

他把她送出了办公室，然后按响了办公桌上的传呼器。

“叫克劳德和玛德琳来我的办公室。”

克劳德·勒特雷尔是全英格兰花花公子界最帅的，而玛德琳·萨拉则是妓女界最引人瞩目的。

帕克·派恩先生满意地看着眼前的两个年轻人。“孩子们，”他说，“我有个工作要交给你们，现在开始，你们就是国际著名专业舞者了，要认真对待这件事情，尤其是克劳德，你知道应该怎么做。”

2

多塞默夫人舞会的准备工作已经就绪，她对此非常满意。她检查并确认了鲜花的布置，又让厨房多准备了一些餐点，然后跟她的丈夫说一切都如她所愿！

要说唯一有点扫兴的就是她接到了迈克尔和胡安妮塔临时违约的消息。这两个人是她从红色海军上将酒吧挑选的舞者，由于胡安妮塔扭伤了脚踝，两个人当晚的工作只好交给另外派来的两个人完成。

两名据说曾在巴黎红极一时的替补舞者如约而至，得到了多塞默夫人的认可。当晚，舞者朱尔斯和桑琪亚娴熟地扮演着专业舞者的角色，出色地演绎了狂野奔放的“西班牙革命”、“退化的梦想”以及一连串精致优美的现代舞小品集锦。

歌舞表演结束后，大家继续之前的邀舞。多塞默夫人受邀与美男子朱尔斯翩翩起舞，两人在舞池中陶醉不已，多塞默夫人感受到了前所未有的默契。

另一边，鲁本先生正在到处寻找风姿绰约的桑琪亚，却徒劳无功，因为桑琪亚根本就不在舞厅里。

此时此刻，桑琪亚已经潜入空无一人的大厅，守在一个小箱子旁，目不转睛地看着她手腕上那块镶着珠宝的手表。

“您一定不是英国人，英国人跳不出您这样的舞步，”朱尔斯在多塞默夫人耳边低语着，“你这个小妖精，风一般的精灵。*Droushcka petrovka navarouchi.*”

“你刚才说什么？”

“是俄语，”朱尔斯假惺惺地说，“这话我不敢用英语和你说，只好用俄语了。”

多塞默夫人陶醉地闭上了眼睛，朱尔斯趁机把她搂得更紧了。

突然，所有的灯都灭了。漆黑一片中，朱尔斯弯下身子要去亲吻多塞默夫人搭在他肩膀上的手。她急着要把手抽回，但不想还是被朱尔斯抓个正着，轻轻抬起放到他的唇边。不知不觉间一枚戒指就从她的指间滑到了他的手里。

在多塞默夫人看来，刚才黑暗中发生的一切不过才用了一秒钟的工夫，当她再次睁开眼睛时，发现朱尔斯正微笑地望着她。

“您的戒指，”他说，“刚才滑下来了。可以让我为您戴上吗？”话音未落，眼神芜杂的舞者朱尔斯便已经完成了这一项简单到不能再简单的动作。

鲁本先生在一边抱怨着刚刚跳闸的总开关。“一群废物，我看是可笑的失误。”

然而，这在多塞默夫人看来是那么的无足轻重，她只想继续沉浸在刚才那令人愉悦的黑暗中。

3

星期四一早，帕克 · 派恩先生刚到办公室就发现圣约翰女士已经等候在门外。

“让她进来。”派恩先生说。

“怎么样了？”圣约翰女士急切地说。

“你脸色可不太好。”派恩先生嗔怪道。

她摇了摇头。“我昨晚整夜没睡。我一直在想——”

“行了，这是一点点需要报销的费用，包括车费、服装，还有付给迈克尔和胡安妮塔的五十镑。总共是六十五镑十七先令。”

“好的，没问题！不过昨天晚上一切都顺利吗？戒指换回来了吗？”

帕克·派恩先生用一种吃惊的表情看着圣约翰女士。“我亲爱的女士，自然是很顺利。我以为你早就明白了。”

“终于可以松口气了！我一直担心——”

帕克·派恩先生不满地摇了摇头。“对于这场计划来说，只许成功不许失败。如果对一个委托没有成功的把握，我是不会接下来的。只要是我接手的委托，就一定势在必得。”

“可以确定她拿回了她的戒指并且什么都没怀疑吗？”

“什么都没有。这次的行动天衣无缝。”

达芙妮·圣约翰叹了口气。“您不知道我之前的心理负担有多大。您刚才说的费用是多少？”

“六十五镑十七先令。”

圣约翰女士打开包，把点好的钱如数交给帕克·派恩先生，后者表示感谢后便开了收据。

“不过，给您的费用呢？”达芙妮嘀咕着，“这只是实报实销的费用啊。”

“这项委托我不收费。”

“噢，派恩先生！这怎么可以，我真办不到！”

“我亲爱的女士，对于这项委托，我坚决分文不取，这是我的原则。好了，拿好您的收据。接下来——”

就像是一个魔术师成功地完成了一个动作，帕克·派恩先生微笑着从口袋里掏出一个小盒子推给了坐在桌子另一端的达芙妮。很显然，盒子里就是那枚以假乱真的戒指。

“可恶！”圣约翰女士做了个鬼脸，“我真讨厌你啊！真想把你从窗户扔出去。”

“我可不能那么做，”派恩先生说，“那样会吓到别人的。”

“您确定这个不是真的吗？”达芙妮问。

“不，不是真的！你之前给我看的那枚已经妥妥地戴在多塞默夫人的指间了。”

“那就好。”达芙妮的脸上洋溢起开心的笑容。

“你刚才那么问倒也不奇怪，”帕克·派恩先生说，“我那个可怜的克劳德确实没什么脑子，他很有可能把事情搞砸。所以，为了保险起见，我今天早上找了一位专家帮我确认。”

听罢，圣约翰女士又赶紧坐了下来。“噢！那他是怎么说的？”

“一个非常棒的赝品，”帕克·派恩先生微笑着说，“做工一流。所以，现在您可以放心了吗？”

圣约翰女士欲言又止，目不转睛地看着帕克·派恩先生。后者坐回办公桌前，一脸仁慈地看着她。

“这次的行动很危险，如同火中取栗，”帕克·派恩先生神情空洞，“我是不会让我的人置身险境的。不好意思，您刚才说了什么吗？”

“我——不，没有。”

“好，那么，圣约翰女士，让我来给您讲个故事。这个故事和一位年轻的女士有关，而且，我想，是一位金发女士。不过，她还没有结婚，不姓圣约翰，教名也不是达芙妮。她叫恩尼斯汀·理查兹，曾经一直都是多塞默夫人的秘书。

“事情是这样的，有一天多塞默夫人钻戒的底托松了，于是她让理查兹小姐帮她拿去修理。这听起来是不是和您的故事很像？而理查兹小姐的想法也正好和您的一样。她做了一个赝品。不过，她是个有远见的年轻人，她知道将来某一天多塞默夫人一旦发现自己的钻戒被掉过包，那么她自己便立刻会被怀疑。

“所以后来发生了什么呢？我猜，理查兹小姐先是花钱买了一顶假发，而且我想应该是第七号款式，”帕克·派恩先生一脸无辜地看着他客人头上的卷发，“就是深棕色的那款。然后她找到我，给我看她的戒指，让我确信她手里的那枚是真品，从而解除我对她的怀疑。之后便开始实施她已经计划好的调包计。按照计划，她把当初多塞默夫人让她拿去修理的那枚戒指送去珠宝店，而珠宝店的人修理好之后便直接把戒指交还给了多塞默夫人。

“至于那枚赝品，就是昨天晚上在滑铁卢车站匆匆交接给我们的。不出我所料，理查兹小姐完全没有想到勒特雷尔先生会是个懂珠宝的行家。不过为了保证整件事情都光明正大，我还是在回程的车上安排我的一个钻石商朋友做鉴定，他看过后当场断定戒指上的钻石是假的，是一件相当唬人的赝品。

“圣约翰女士，您一定对事情的发展趋势心知肚明，不是吗？那天的舞会过后，多塞默夫人迟早都会发现她的戒指被掉过包，而那时她最先想到的一定就是那天晚上漆黑一片的时候帮她戴戒指的那个帅哥！之后她会很快找到那两个被我们收买的舞者，从他们口中得知我的安排，然后就会找上门来。那时候我如果讲出和圣约翰女士有关的那个经不住推敲的故事，多塞默夫人怎么可能会买账，因为她根本就不认识什么圣约翰女士。

“所以，现在您明白了吧。我是不会让那样的事情发生的。所以我的朋友克劳德那天晚上帮多塞默夫人戴回去的那枚戒指就是她手指上原来戴着的那枚。”说完，帕克·派恩先生的笑容开始变得不那么温和了。

“这也就是我为什么不从你这里收取服务费用，你懂了吗？我给出的承诺是让客人开心。但很显然，我没能让你开心。我再多说一点。你现在还很年轻，大概还是第一次动脑筋做这样的事情。而我则相反，这么多年的经验让我深谙其中的门道。长年累月和各种统计数据打交道的我可以确信地说，百分之八十七不诚实的人都不会有好下场。百分之八十七啊，你好自为之吧！”

被拆穿的圣约翰女士优雅尽失，倏地站起身来。“你这个老滑头！骗我上钩，让我白花了一笔钱！而且还一直——”因为说得太急，她被自己的话呛住了，头也不回地往门口冲。

“你的戒指。”帕克·派恩先生一边说一边把戒指递了出去。

仓皇的“圣约翰女士”抓过戒指看了一眼就把它扔出了窗外。

帕克·派恩先生饶有兴致地望着窗外。“如我所料，”他说，“有好戏看了，楼下那个卖伤心小狗玩具[①] 的老兄恐怕要不知所措了。”

①伤心小狗玩具（Dismal Desmonds），诞生于二十世纪二十年代的一款十分受欢迎的玩具。该玩具曾于二战时期停产，之后在八九十年代重新进入市场。

九年之痒

1

富有同情心，这无疑是让帕克·派恩先生得以久负盛名的一项资产，与之俱来的还有他身上所散发出的自信的光芒。他的办公室就是为各种忧心忡忡、不知所措的客人们准备的，只要他们找上门来，帕克·派恩先生自有办法让他们吐露心声。

一天早晨，帕克·派恩先生的办公室迎来了一位新客人——雷金纳德·韦德。派恩先生端坐在办公桌前，暗自将眼前这位韦德先生归入了不善言辞的那一类客人。对于这类客人来说，他们是很难用语言来表达自己的情感的。

韦德先生身材高大魁梧，蓝色的双眸在古铜色皮肤的映衬下显得十分动人。他坐在那里一边心不在焉地拽着自己的小胡子，一边可怜巴巴地望着帕克·派恩先生，仿佛是一只不会说话的小动物。

“我是看了那则广告后找来的，您知道是哪一条。”他飞快地说。

“要是我我也会来的。听起来是有点奇怪，不过不试试怎么知道会发生什么？”

帕克·派恩先生又重新解释了一遍他刚才的话。“当事情越来越糟的时候，人们总是愿意冒险一试。”

“一点没错，就是这样。我愿意试一试，任何方法都可以。派恩先生，现在的形势对我很不利。我不知道该怎么办了。真的是走投无路，可恶。”

“这也就是，”派恩先生说，“为什么你会需要我。我知道该怎么办！任何与人有关的困扰对我来说都不足为奇。”

“噢，这听起来很高深！”

“其实不是。各种与人有关系的困扰都可以被轻而易举地归入以下几大类原因：身体不适、精神空虚、丈夫外遇、妻子外遇。”

“的确让您一言击中。”

“告诉我是怎么回事。”派恩先生说。

“也没什么好说的。我妻子要我同意和她离婚，她好嫁给别人。”

“这种事情真是越来越稀松平常了。依我看，您在这件事情上并不同意您妻子的想法，对吗？”

“我爱她，”韦德先生直白地说，“您明白吗，我爱她。”

韦德先生的话直白又有些乏味。不过，就算他能对帕克·派恩先生说出“我爱她。我甘愿拜倒在她的石榴裙下，为了她遍体鳞伤”这样的话来，也不见得就能对事情有更多的帮助。

“但是没有用，您明白吗，”韦德先生继续说道，“我能做些什么？我是说，我这样一个无助的人能做些什么。如果她执意要嫁给别人，我也只能奉陪到底了。”

“所以您已经在心里承认她确实应该和您离婚了，对吗？”

“当然，我可不想闹到法庭上去。”

帕克·派恩先生若有所思地看着他。“但是您又找到了我，这是为什么？”

这句话让韦德先生不好意思地笑了出来。“我也不知道。想必您也看得出来，我不是一个聪明人，想不出什么主意。但是我觉得您可以，嗯，提供一些建议。事情是这样的，我现在还有六个月的时间，她说如果这六个月过完她依然心意未改，那么我就要出局。我希望您可以帮我出点主意，因为我现在无论做什么都会招她厌烦。

“派恩先生，您知道为什么事情会变成现在这样吗？都是因为我这个人不够聪明！我喜欢各种球类运动，高尔夫球、网球都不在话下。但是对于音乐和艺术这类的东西我就完全不懂了。我太太很聪慧，她喜欢的是绘画、歌剧、音乐会这些东西，久而久之，免不了对我心生厌烦。而现在她身边的那个油腔滑调的长发家伙却对她喜欢的东西样样了解。他可以跟她高谈阔论，这是我做不到的。所以，从某种程度上说，我能够理解一个又聪明又漂亮的女士为什么会无法忍受我这样一个无趣的人。”

帕克·派恩先生不满地说：“您结婚几年了？九年？我估计您从一开始就抱有刚才所说的那种心态。错了，我的先生，您真是大错特错！绝对不能对女人感到歉疚，那样的话她会觉得你就是像你自己认为的那样糟糕。相反，您应该为自己在运动方面的造诣感到自豪。您应该视音乐和艺术为‘我太太喜欢的那些没用的东西’。您应该让她觉得自己不擅长体育运动是多么可惜的一件事。我亲爱的先生，谦卑的态度如果放在婚姻中就意味着随时会被淘汰出局！女人都是一样的。这也就难怪您的太太不想再和您过下去了。”

韦德先生一脸茫然地望着帕克·派恩先生。“那么，您认为我应该怎么做？”

“问得好。您应该做您九年前就该做的事情，但是现在一切都来不及了。必须采取新的行动。您有没有和别的女人搞过暧昧？”

“当然没有。”

“或者我是不是该换个说法，就是，您有没有挑逗过别的女人？”

“我对女人一向都不太上心。”

“您这样是不对的。必须从现在开始。”

韦德先生的表情一下子变得警觉起来。“噢，这我可真的做不到，我是说——”

“您不会惹上任何麻烦的。我会派一位工作人员帮助您。她会告诉您该做些什么，并且绝对不会对您有任何非分之想。”

韦德先生渐渐放松下来。“那就好。但是，您真的认为这可行吗？我的意思是，我感觉这会让艾瑞斯更加急切地要摆脱我。”

“您太不了解人性了，韦德先生。而且您更加不了解女性。从一个女性的角度来看，现在的您不过就是一件报废的东西。没人要。没人要的东西对女人来说有什么用？一点用都没有。换个角度想。假如您的太太发现您正和她一样想要重获自由，她会怎么样呢？”

“她应该会感到很高兴吧。”

“也许她应该高兴，但实际上她不会！等到她看到一位迷人的年轻女士——尤其还是一位明明身后爱慕者成群的年轻姑娘——陪伴您左右的时候，您的行情自然也就见涨。接着，您的太太就会联想到她的朋友，觉得他们都会认为是因为她让您感到了厌倦您才会想要娶一个更有魅力的女人。这样她就被激怒了。”

“您真是这样认为的？”

“我确定。到那时，您就不会再是‘可怜的老雷吉’了，而是‘那个老滑头雷吉’了。这可是天壤之别啊！到那时，就算她还没有放弃那个男人，她也一定会尝试重新夺回您。到那时，您先不要急着让她得手，而是要开始合情合理地跟她对峙，攻击她之前提出的例如‘最好还是分开’，‘性格不合’那些为了离婚的说辞，让她知道她根本就没有好好了解过您。我们最好现在就开始行动，在接下来的每一个合适的时间点上您都会收到详尽的指示。”

听到这里，韦德先生看起来还是一头雾水。“您真的认为您的计策会奏效吗？”他疑惑地问。

“我不会说我有十足的把握，”帕克·派恩先生用一种很严谨的语气说，“不排除会有您太太因为被爱情冲昏头脑而对您完全不管不顾的这种可能性。不过我认为这种可能性不大，毕竟她会想到离婚的原因大概还是因为对您的厌倦。要知道，您在婚姻生活中所持的一贯忠贞不渝的态度是失策的，这足以让她感到窒息。如果您能按我说的做，我可以说您有百分之九十七的胜算。”

“已经很好了，”韦德先生说，“我愿意一试。顺便问一下，您怎么收费？”

“我的费用是两百几尼，预先支付。”

随即，韦德先生拿出了他的支票簿。

2

阳光下，洛里默高尔夫球场绿茵茵的草坪显得舒适宜人。身着一袭精致紫色衣裙的艾瑞斯·韦德优雅地躺在一张长椅上，恰到好处地成为茵茵绿草中一抹诱人的点缀。娴熟到位的妆容让她看起来远远没有三十五岁。

她正在和马斯顿夫人交谈。马斯顿夫人的丈夫也十分热衷运动并且喜爱谈论股市和高尔夫球，而且，作为朋友，善于共情的马斯顿夫人总是能给艾瑞斯带来足够的心理安慰。

“所以说，一个人就该别跟自己较劲，同时也要给别人留一条生路，”艾瑞斯颇有心得地说。

“亲爱的，你很棒，”马斯顿夫人顺着她的话往下说，但同时也按捺不住自己的好奇心，“快告诉我，那个姑娘是谁？”

艾瑞斯无力地耸了耸肩膀。“别问我！她是雷吉找来的，一个小朋友吧！不过这也还真是有趣，你也知道，雷吉平时是根本不会多看别的姑娘一眼，可那天他却支支吾吾地过来跟我说他想约这位萨拉小姐度周末。我当时一听就忍不住笑了，心想，这居然是雷吉提出来的要求！所以，她就来了。”

“他在哪儿认识她的？”

“我不知道。他对此总是遮遮掩掩，闪烁其词。”

“也许他早就认识她了。”

“我想那倒不会。”韦德太太继续说，“当然，我还是很高兴的，单纯的高兴。我的意思是，这样一来我就好办多了。雷吉是个好人，但和他在一起我就是开心不起来。我曾不止一次地和辛克森说过我的所作所为对雷吉是一种伤害。不过他总是说雷吉会没事的。现在看来他是对的。两天前雷吉看起来还是一副伤心欲绝的模样，但是现在转眼就想约这个姑娘了！就像我说的，这件事情真是有趣。雷吉过得开心就好。我猜这个可怜的家伙是不是认为我会因此心生嫉妒。真可笑！所以我当时就说，‘当然没问题，去约你的朋友啊。’可怜的雷吉，就算那样的姑娘真的会把他放在眼里，那也只不过是因为她自己想找点乐子罢了。”

“她确实很迷人，”马斯顿夫人说，“不过也相当危险，你能明白我的意思吗？这类姑娘就是爱和男人搞在一起。我莫名感觉她不会是一个好姑娘。”

“大概不会。”韦德太太说。

“她的装束真是奢华。”马斯顿太太说。

“但你不觉得夸张到怪异吗？”

“至少价格一定不菲。”

“过头了。她看起来有些浮夸。”

“他们走过来了。”马斯顿夫人说。

3

玛德琳·萨拉和雷吉·韦德非常开心地一路说笑着穿过草坪走了过来。玛德琳找了把椅子坐下，摘下贝雷帽后开始不经意地用手抚弄着一头精致黑亮的卷发。

不可否认。她的确很美。

“刚刚真是太愉快了！”她大声说，“好热。我现在看起来一定很狼狈。”

雷吉·韦德知道自己应该说话了，不由得紧张起来。“你看上去，看上去，”他强装微笑，“没什么。”

玛德琳看着他的眼睛，示意他不必继续勉强。不过，这一细节却被眼尖的马斯顿夫人注意到了。

“你应该学着打高尔夫球，”玛德琳对艾瑞斯说，“不会玩这个真是少了很多乐趣啊。你为什么不试一试呢？我有一个朋友试过，而且后来还打得不错。她可比你老多了。”

“我对那类事情不感兴趣。”艾瑞斯冷冷地说。

“你很缺乏运动细胞吗？这真是太逊了！运动可以让人感到一种置身世外的心旷神怡。不过，说真的，韦德太太，现在的教练都很有一套，就算是运动细胞很少的人也能被他们训练得相当不错。我的网球水平在去年夏天就得到了很大的提高。当然，我在高尔夫球方面就没什么希望了。”

“瞎说！”雷吉说，“你只是还需要一些指导。刚才你不是已经用球道木杆[①] 打得很好了吗。”

“那还不是你教我的。你真是一个好老师。很多人自己懂但是教不了别人，你却很有天赋。如果能够像你一样，那感觉一定很棒——你什么都会做。”

“别瞎说了。我可不怎么样——什么都不行。”雷吉被夸懵了。

“您一定很以他为荣吧，”玛德琳转头对韦德太太说，“这么多年您都是怎么做的？让他能够这样死心塌地守着您。您一定很精明，要不就是您把他藏起来了。”

韦德太太默不作声，颤抖着拿起了放在她手边的书。

雷吉在一旁小声嘀咕着要去换件衣服，随即转身离开。

“能邀请我到这里来，您真的是很贴心，”玛德琳对韦德太太说，“有些女人总是爱怀疑丈夫的朋友。我觉得这种嫉妒心理非常可笑，您觉得呢？”

“我也这么觉得。我是做梦都不会去嫉妒雷吉的。”

“您能这么想真的是太了不起了！谁都看得出雷吉是一个多么有魅力的男人。当初我得知他已经结婚的消息真是吃了一惊。真搞不懂为

①球道木杆，一种要求既要有距离又要有准确性的球杆，一般用来击打地面或是砂上的球，使用难度较高，容易出现各种错误球。

什么好男人总是在那么年轻的时候就被抢购一空。”

“很高兴你告诉我你觉得雷吉很有魅力。”韦德太太说。

“他本来就是，难道不是吗？相貌英俊又擅长运动，而且还从不对别的女人有非分之想。这些都足以让我们心动不已啊。”

“我想你应该有很多男性朋友吧。”韦德太太说。

“噢，是的。比起女人我更喜欢男人。很少有真正对我好的女人。这实在是让我费解。”

“也许是因为你对她们的丈夫都太好了。”马斯顿夫人在一旁发出银铃般的笑声。

“就算是吧。有时候一个人会做出对不起别人的事情。要知道，真的有太多男人已经厌倦了他们那些无趣的太太。就比如那些附庸风雅又自以为是还喜欢卖弄文采的太太们。男人向来还是喜欢那些朝气蓬勃的姑娘。我认为现代社会中结婚离婚这一机制是完全合乎情理的。一个人完全可以趁自己还年轻时重新开始和一个品味、观念相同的人共度一生。这样做到最后对每一个人都有好处。我的意思是，那些卖弄学识的太太很有可能找到能够令她们称心如意的留着长头发的家伙。然后她们应该就此放手，另觅他人。您说是吗，韦德太太？”

“那是当然。”

话音落下，空气中弥漫着一种让玛德琳大脑一片空白的寒意。她嘟囔着要给自己换杯茶，借机溜了出去。

“现在的女孩子真是让人感到恶心，”韦德太太说，“满脑子的不切实际。”

“我倒觉得她有个实际的想法，艾瑞斯，”马斯顿太太说，“她爱上雷吉了。”

“胡说八道！”

“是的。我刚才注意到她看雷吉的眼神了。她根本不在乎雷吉有没有结婚。她就是想得到他。我看这就是不要脸。”

韦德太太沉默片刻，然后不自信地笑了出来，“就算如此，那又如何呢？”

随即，她也起身上楼。此时她的丈夫正在衣帽间里一边哼着小曲一边换衣服。

“亲爱的，感觉很开心，是不是？”韦德太太说。

“噢，呃，是啊，还不错。”

“我很高兴看到你开心的样子。”

“是啊，挺开心的。”

雷吉·韦德不是一个擅长装模作样的人，但他现在不得不这样做，他只要一想到自己其实是在演戏就感到尴尬难耐。他不敢看他妻子的眼睛，甚至在她过来和他说话的时候干脆闪到一边。他觉得自己很丢人，同时对这场闹剧厌恶至极。他的负罪感已经一览无余地写在了脸上，什么也帮不了他。

“你认识她多久了？”韦德太太突然问。

“呃，你说谁？”

“当然是萨拉小姐了。”

“这个嘛，我也记不清了。我的意思是，有一段时间了吧。”

“真的？你可从来没有提起过。”

“没有吗？那应该是我忘了吧。”

“还真是忘了！”韦德太太说着转身离开，宛如一股淡紫色的烟雾。

用过下午茶后，韦德先生带萨拉小姐去玫瑰园参观。他们走路穿过草坪，一路上都感到身后有两双眼睛在迫切地注视着他们。

玫瑰园里，逃离了监视的韦德先生如释重负。“嘿，听我说，我觉得我们还是放弃吧。我太太刚才看我的眼神都不对了，一副很讨厌我的样子。”

“别担心，”玛德琳不以为然，“这很正常。”

“你真这么认为？”

“是的，”玛德琳压低声音继续说，“你的太太现在正在阳台的角落处踱来踱去呢。她想看看我们在干些什么。你现在最好和我接吻。”

“噢！”韦德先生神情紧张，“一定要吗？我是说——”

“快吻我！”玛德琳态度强硬地说道。

韦德先生吻了下去，就好像蜻蜓点水一般。玛德琳为了掩饰对方动作不到位的逢场作戏，一下子抱了上去。这让不明就里的韦德先生打了个趔趄。

“噢！”他说。

“你讨厌吻我吗？”玛德琳问。

“不，当然不是，”韦德先生殷勤地说，“我只是——只是有点吃惊。”之后他立刻转移了话题，“你觉得我们在玫瑰园里的时间够长了吗？”

“我想够了，”玛德琳说，“我们在这儿的表现还不错。”

待他们回到草坪的时候，马斯顿太太说韦德太太已经回屋休息了。

过了一些时候，面容憔悴的韦德先生找到了玛德琳。

“她现在很糟糕，近乎歇斯底里。”

“很好。”

“她看到我吻了你。”

“这个当然，我们就是要让她看见。”

“我知道，但是我在想我当时是不是不应该那样说。我当时不知道说些什么好，就说，‘事已至此，我吻了她’。”

“说得好。”

“她说你是有预谋的，为的就是和我结婚，而且你实际上根本没有看起来那么好。这话让我听了十分恼火，因为对你来说太不公平了，我的意思是，你只是在执行任务而已。我跟她说我非常尊重你，才不会相信她说的话。她仍旧不依不饶，后来我就彻底发火了。”

“太棒了。”

“她让我走，说是再也不想和我说话了。她还说要打包行李搬走什么的。”韦德先生痛苦地说。

玛德琳笑了笑说：“我来告诉你该怎么回答她。就跟她说该离开的人是你自己，然后你就开始收拾行李准备走。”

“但是我不想走啊！”

“没问题的。不会让你来真的。你太太才不会让你一个人跑去伦敦潇洒呢。”

4

第二天一早，雷吉·韦德找到玛德琳，打算跟她汇报最新的进展。

“她说既然她已经同意再给我六个月的时间，那么现在就离开对她很不公平。她还说，既然我可以带我的朋友来家里，那她也应该可以。她其实是在问是不是可以带辛克莱·乔丹来。”

“就是她的那个男朋友吗？”

“对，就是他，我可不想在我家里见到他！”

“但是你得让他到你家去，”玛德琳说，“别担心，我会对付他的。你就跟她说你经过考虑，不反对她带辛克莱回家，同时也告诉她，你知道她是不会介意你想让我继续留下来这个要求的。”

“噢，天哪！”韦德先生叹了口气。

“不要灰心，”玛德琳说，“一切进展顺利。再过两个星期，你的问题就解决了。”

“两个星期？你觉得可以吗？”韦德先生问。

“仅仅是我觉得吗？是我确定。”玛德琳说。

5

一周后，玛德琳萨拉来到帕克·派恩先生的办公室。一进门她就给自己找了一张椅子，浑身瘫软地坐了下去。

“我们的交际女王来啦。”帕克·派恩先生微笑着说。

“交际！”玛德琳皮笑肉不笑，“作为一个交际花，我还从没接手过这么难搞的活儿呢。那个男人对他太太的痴迷程度简直近乎病态！”

“确实如此。不过，从某方面来说，这一点也让我们的工作变得轻松一些。我亲爱的玛德琳，你要知道，我是不会让所有男人都无忧无虑地享受你给他们带来的愉悦的。”帕克·派恩先生微笑着。

“你是不知道我想让他真心实意地和我接吻是一件多么困难的事情！”玛德琳笑了笑。

“亲爱的，这对你来说算是一次新奇的体验了。所以，你的任务完成了吧？”

“是的，我想一切都很顺利。我们昨晚过得相当精彩。让我想想，我上一次来汇报还是三天以前吧？”

“是的。”

“那么，正如我所说，我当时需要搞定的只是辛克莱·乔丹那个可怜虫。他对我想必是一见倾心，尤其是他看我穿得像个有钱人。韦德太太对此自然十分不爽。因为她实在是想不通为什么她身边的两个男人都会拜倒在我的石榴裙之下。我还当着他们两个人的面取笑辛克莱·乔丹。他的衣服、头发都是被我取笑的对象。我甚至还揭穿了他膝外翻的缺陷。”

“干得不错。”帕克·派恩先生用赞许的口气说。

“昨天晚上事态变得相当激烈。韦德夫人直接站出来和我对峙。她指责我破坏她的家庭。雷吉·韦德当即提起辛克莱·乔丹的事情，要帮我解围。结果韦德夫人就声称她找辛克莱完全是因为感到孤独和难过，因为她发现她丈夫不知道出于什么原因已经对她心不在焉有一段时间了。她还说他们曾经是多么开心，他感受得到她的爱，她也只爱他一个。

“然后我就告诉她一切都已经太晚了。与此同时，韦德先生也很出色地演绎了他的台词。他说他才不在乎呢！他只想要和我结婚！只要韦德太太觉得高兴，她可以尽快去找辛克莱。实在搞不懂为什么不能马上离婚，再等上六个月简直就是在浪费时间。

“他跟她说用不了几天她就可以得到足够的证据然后委托她的律师办理离婚了。他还说他不能没有我。之后韦德太太就开始表现出胸口很不舒服的样子，一边痛苦地抚着胸一边让人给她拿白兰地。不过韦德先生没有动摇。他今天一早就去了伦敦，而且我敢确定韦德太太这会儿已经跟过去了。”

“这样看来进展不错嘛，”派恩先生欣喜地说，“真是令人满意的一次行动。”

话音刚落，门倏地一下被推开了，走廊里站着的正是雷吉·韦德。

“她在吗？”他一边问一边径直走进了房间，“她现在在哪儿？”正说着，他一眼看到了玛德琳。“亲爱的！”他叫出声来，一把抓住她的两只手，“亲爱的，我亲爱的。你知道吗？你一定知道的。昨晚我说的都是真的——我昨晚对艾瑞斯说的那些话都是真的。我不知道之前怎么就没发现。但是过去的三天时间足够让我认识到了。”

“认识到什么？”玛德琳虚弱地说。

“我喜欢你，我爱你。这世界上适合我的女人只有你。艾瑞斯随时可以过来和我办理离婚手续，然后你就可以嫁给我了，你愿意吗？快说你愿意，玛德琳，我爱你。”

玛德琳几乎马上就要瘫软下去，他赶紧上前用双臂接住了她。就在这时，门再一次被推开，一位身着绿色衣服的瘦小女人略显憔悴地站在那里。

“我觉得没问题，”站在门口的女人说，“我跟踪你来着！我就知道你会来找她！”

“我可以解释一下——”方才还摸不清楚状况的帕克·派恩先生渐渐回过神来，开口说道。

不过那个女人好像没有听到他说的话，自顾自地放起了连珠炮：“噢，雷吉，你一定不想让我伤心！那就回来吧！我会从此只字不提，就当什么都没有发生过。我会学习打高尔夫球。我也不再去结交那些你看不上的朋友。毕竟这么多年过下来，我们在一起还是很快乐的——”

“直到现在我才知道什么是快乐，”韦德先生目不转睛地看着玛德琳说，“去你的吧！艾瑞斯，我知道你想嫁给乔丹那个混混。你怎么还不去？”

韦德太太哀怨地叫着：“我讨厌他！我根本不想看到他。”她又转身看着玛德琳说：“你这个贱女人！可怕的荡妇——偷走我丈夫。”

“我可不想要你的丈夫。”玛德琳心不在焉地回答。

“嘿，但我是认真的，我没有在装。”一旁的雷吉忍不住发声。

“噢，你快滚吧！”玛德琳歇斯底里般地大喊，“滚！”

雷吉不情愿地往门口走去。“我会回来的，”他警告玛德琳，“我还没使出我的撒手锏呢！”说完便摔门而出。

“你这样的女人就应该被狠狠地鞭笞，然后再戴上红色A字示众[①]！”韦德太太大喊，“你出现以前，雷吉一直都是我生命中的阳光。但是他现在却变得我都认不出了。”说完，她便抽泣着跑出去追她的丈夫了。

房间里只剩下玛德琳和帕克·派恩先生两个人面面相觑。

“我做不到，”玛德琳无助地说，“他人很好——让人感觉很亲切——但是我不想嫁给他。这一切真让我摸不着头脑。你能想象得出当时我为了让他吻我，花了多大的功夫！”

“阿门！”帕克·派恩先生说，“我不得不承认，但是这的确是因为我判断失误。”他伤感地摇了摇头，把韦德先生的档案文件拿到跟前，动笔写下：

失败——由于自然原因。

备注——早该想到。

①十九世纪美国作家霍桑的长篇小说《红字》中，女主角白兰与牧师丁梅斯代尔相恋并生下女儿珠儿。白兰因此被当众惩罚，戴上标志“通奸”的红色A字示众。

列车上的奇遇

1

帕克·派恩先生坐在旋转椅上，身体后倾靠紧椅背，用一种若有所思的目光审视着对面的来访者——一位约莫四十五岁、体格健硕的小个子男人。来访者的眼神中充满了疑惑、焦躁和渴望，他胆怯又心怀憧憬地望着帕克·派恩先生。

"我在报纸上看到了您的广告。"小个子男人紧张地说。

"您遇到麻烦了吗？罗伯茨先生。"

"不，确切地说也不算是麻烦。"

"您不开心？"

"也不应该这样说。毕竟我有太多的事情值得好好感恩。"

"我们都有，"帕克·派恩先生说，"但是，当我们开始不断地提醒自己要去感恩一切的时候，我们的状态大概已经不怎么好了。"

"我明白，"小个子男人迫不及待地说，"就是这个感觉！先生，您这话真是一针见血。"

"讲讲你自己吧，关于你的全部。"帕克·派恩先生提议道。

“先生，我其实也没有太多可以说的。如我所说，值得我感恩的东西有很多，比如，我有一份不错的工作，有攒下来的一些积蓄，孩子们个个健康强壮。“

“所以，你想要得到——什么？”

“我——我不知道，”小个子男人一下子红了脸，“您一定觉得这听起来很愚蠢。”

“一点都不。”帕克·派恩先生说。

接连几个巧妙又到位的问题问下来，经验丰富的帕克·派恩先生已经对眼前这位罗伯茨先生了解得八九不离十了。罗伯茨先生受雇于一家知名的公司，尽管晋升速度不快，但是一直都被重用。此外，还有关于罗伯茨先生的婚姻生活、他为了自己和孩子都能体面生活而付出的辛劳，以及他为了每年可以存下一些钱而不得不精打细算地过日子。事实上，在帕克·派恩先生看来，他所了解到的完全就是一部“生命不息奋斗不止”的故事。

“还有——就是，您看是这样的，”罗伯茨先生和盘托出，“我太太现在并不在我身边，她正和两个孩子一起住在娘家。她没什么需要操心的，生活过得一成不变，但是我融不进去，而且我们也没钱可以出去潇洒地度假。我就是自己一个人读报纸的时候看到了您的广告，然后开始浮想联翩。我已经四十八岁了。我在想，这世界上有那么多的事情在发生。”他顿住了，眼睛里闪过一丝乡下人进城时的那种憧憬和渴望。

“你想要的是，”派恩先生说，“精彩绝伦的生活，哪怕只有十分钟也好。对吗？”

“其实，我也不应该这样想。但是也许您是对的。我就是想要摆脱现在死水无波的生活。我想，只要我能找到些新的寄托，我还是很感恩现在的平静生活的。”他焦虑地看着帕克·派恩先生。“先生，我想这大概不太可能吧？我恐怕——恐怕也付不出那么多钱。”

“你能付得起多少？”

“我只有五英镑，先生。”说完他屏住呼吸，等待对方的答复。

“五英镑，”帕克·派恩先生说，“我设想一下，只是设想一下而已，我们说不定可以用这五英镑解决一些事情。你会不会介意做危险的事情？”他毫不含糊地追问。

罗伯茨先生毫无血色的脸上开始浮现出一丝生气。“您说的是危险吗？不，我当然不介意。我——我还从来没做过危险的事情呢。”

帕克·派恩先生面露微笑。“明天来见我吧，到时候我再告诉你我能做些什么。”

2

“宾至如归”是一家名不见经传的小旅店，去那里吃饭的大都是常客，因为这家店不怎么愿意接待新客人。

派恩先生刚走近旅店大门就被认了出来，门童毕恭毕敬地迎上前招呼。

“伯宁顿先生在吗？”

“是的，先生。他就坐在原来的位置。”

“好的。我过去找他。”

伯宁顿先生彬彬有礼，不苟言笑的面庞看上去很有军人的气质。见到朋友走过来，他愉快地打了个招呼。

“你好，帕克。最近很少见到你。没想到你会过来。”

“我偶尔还是会过来的，尤其是想找老朋友的时候。”

“你要找我吗？”

“对，我找你。实际上，卢卡斯，我一直都在想着我们上次说过的那件事。”

“你是说彼得·菲尔德那件事？你已经在报纸上看到了？这不可能，有关最新进展的消息最早今晚才会发出。”

“最新的进展是什么？”

“彼得·菲尔德昨晚被杀了。”伯宁顿先生说完便若无其事地吃起了盘子里的沙拉。

“我的老天！”派恩先生惊叫道。

“噢，我倒是不觉得吃惊，”伯宁顿先生说，“彼得·菲尔德这个老猪头。不肯听我们的话，一意孤行地把计划书拿在自己手上。”

“杀他的人得到他们要找的东西了吗？”

“没有。之前好像是有个女人找过他，塞给他一份如何烹饪火腿的食谱。然后这个总是心不在焉的老家伙就迷迷糊糊地把食谱锁进了他的保险箱，把计划书留在了厨房里。”

“真是万幸。”

“还算幸运。但我仍在发愁谁可以把这份东西送到日内瓦去。梅特兰还留守在医院里，卡萨莱克在柏林，我也不能离开。因此，这意味着霍珀那个年轻人——”伯宁顿先生望着他的朋友说。

“你仍然那样认为吗？”帕克·派恩先生问。

“不会错的。他已经败露了！我知道。虽然我还没有证据，但是帕克，我告诉你，如果有哪个家伙玩花样，我都看得出来！我的目的是能够把计划书送到日内瓦。联盟有需要。一项新发明没有被拿去卖给国家，这还是第一次。这项发明将会被无偿地交到联盟手上。

“同时，这也将是表达友好之意的最佳尝试，所以，只能成功，不能失败。现在看来，霍珀这个人已经不能再用了。你看吧，如果是坐火车，那他就能干出嗑药的事情来！如果是乘飞机，说不准飞机会在哪个合适的地点着陆！就算这些都不是真的，那我也没办法再用他了。这是纪律！一个人得遵守纪律！这也就是为什么我上次和你说起这件事情。”

“你上次问我是不是认识合适的人选。”

“是的。我想你工作上接触的人里可能会有合适的。想必他们都是一些需要些惊险和刺激感觉的人。我派他们当中任何一个去都有很大的胜算。而且你的人大概根本不会被怀疑。不过，这个人必须脑子要机灵。”

“那么我想我知道谁可以去做。”帕克·派恩先生说。

“感谢上帝，现在还真的会有人愿意冒险。那么，我们就这么定了？”

“就这么定了。”帕克·派恩先生说。

3

帕克·派恩先生开始对已经下达的指令进行归纳式的整理。“那么现在你记清楚了吗？你将搭乘卧铺列车前往日内瓦。列车四点四十五分从伦敦开出，途径福克斯通[①]和布伦[②]，当列车到达布伦的时候，你就可以钻进头等车厢了。列车会在第二天早上八点抵达日内瓦。这个地址就是你到日内瓦后的接头地址，你现在就要把它记下来，我好尽

①福克斯通（Folkestone），英国英格兰东南部港口城市。

②布伦（Boulogne），法国北部港口城市。

快销毁掉。之后，你再去这家酒店等候进一步的指示。这里有足够的瑞士法郎和支票。你明白了吗？”

“是的，先生。”罗伯茨听后激动得两眼放光，“但是，先生，我冒昧地问一句，呃，就是，我能知道我带的是什么吗？”

帕克·派恩先生满眼慈爱地笑了。“你手上拿的是一份记录着俄国御宝隐匿地点的密文，”他神情严肃地说，“因此，在路上你可能会被一些布尔什维克主义分子盯上。如果有必要向他们说明你的情况，那么你就说你赚了钱，正在享受一次小小的海外度假之旅。”

4

罗伯茨先生抿了一小口咖啡，凭窗远眺日内瓦湖，任凭自己陷入欣喜与失望的交替中。

他感到欣喜，因为这是他生平第一次走出国门，住在一间他这辈子都不会有机会再享受的酒店里，而且他还完全不必操心费用的问题！足不出户就可以使用的私人盥洗室、随叫随到的优质客房送餐服务，这一切都让他感到十分受用。

他感到失望，因为到目前为止他还没有遇上他所期待的冒险；没有身着便衣的布尔什维克主义分子，也没有神秘的俄国佬来找他的麻烦。与车厢里一位操着流利英文的法国商务旅客的愉快交谈居然是他这一路上仅有的一次与人打交道。下车后，他把藏在盥洗用具袋子里的文件交了出去，一切都进行得有条不紊，没有危险，没有千钧一发的逃生。

就在这时，一个身材高大、留着胡子的男人出现在罗伯茨先生的小桌旁。“不好意思，”他一边说一边在罗伯茨对面坐了下来，“恕我冒昧，我想您应该认识我的一个朋友。‘P.P’是他英文姓名的首字母缩写。”

这个陌生男人的话让罗伯茨先生心潮澎湃，因为他就是自己终于等来的那个神秘的俄国佬，他一时间有点语塞，“是，是的。”

“那么我想就不用我多说了。”陌生男人说。

罗伯茨先生拼命地打量着眼前这个陌生男人——一个约莫五十岁、戴眼镜、外貌特征相当明显的外国佬。

“你之前的任务完成得相当圆满，”陌生男人说，“想不想再接一个？”

“当然。太棒了。”

“好的。你去订一张明天夜里出发的、由日内瓦开往巴黎的卧铺车票。记住，要特别指明九号铺位。”

“会不会已经被别人买走了？”

“不会的。到时候会有人关照你。”

“九号铺位，”罗伯茨重复念了一边，“好的，我记住了。”

“路上会有人过来和你搭讪，对方会问：‘不好意思，先生[①]，您是不是最近到过格拉斯[②]？’到时候你就回答：‘是的，上个月。’对方会继续问：‘您对香水有研究？’你回答：‘是的，我就是人造茉莉精油的生产商。’然后你就可以放心大胆地听从这个过来跟你说话的人给出的进一步指示。顺便问一下，你身上有枪吗？”

“没有，”罗伯茨先生紧张地说，“没有，我没有想到——这会——”

①原文为法语。

②格拉斯（Grasse），法国南部的一个小镇，又称“香水之都”。

“这个好办。”大胡子男人一边说一边四下环顾了一圈，确定他们周围没有别人。罗伯茨先生不久后就感觉到有一个又硬又凉的东西被塞到了他的手里。“个头不大但是管用。”陌生的大胡子男人微笑着说。

话音落下，有生以来从未开过枪的罗伯茨先生小心翼翼地把手里的东西塞进了口袋，整个人都惴惴不安起来，担心随时可能擦枪走火。

两人再次核对了一遍暗号之后，大胡子男人起身离开。

“祝你好运，”他说，“愿你凯旋。罗伯茨先生，你是一个勇敢的人。”

“是吗？”趁罗伯茨琢磨的功夫，大胡子男人已经走远了。“我只是很确定地知道我不想被杀死。绝对不可以。”

此时的罗伯茨先生一会儿觉得自己的每一个毛孔都被注入了令人无比愉悦的活力，一会儿又感到一股足以让他脊背发凉的恐惧。

他回到房间，仔细地端详刚刚得到的武器。他感到不知所措，继而又希望自己不会陷入必须动枪的局面。

不知不觉中他已经走出了房间，走在买车票的路上。

罗伯茨到达车站的时间刚刚好，足够让他赶上九点三十分即将从日内瓦出发的列车。负责卧铺车厢的列车长一边查验罗伯茨的车票和护照，一边站在一旁等待他的行李被列车员放到架子上。当时的架子上还并排放着一个猪皮小箱子和一只手提旅行包。

“九号是下铺。”列车长说。

当罗伯茨转身往外走的时候，迎面撞上了一个正往里走的大个子男人。两人不约而同一声抱歉后便擦肩而过——罗伯茨用的是英语，而对方用的是法语。那个男人高大健硕，留着仔仔细细剃过的寸头，透过两片厚厚的眼镜片可以看到他满怀戒备四下张望的双眼。

“这位客人可不面善。”罗伯茨自言自语道。

与此同时，他又隐隐地感觉到这个同路人可能暗示着有什么事情要发生。一想到之前曾经被告知要指明买九号铺位的票，他便开始琢磨自己是不是有必要盯住这个男人。

离开车还有十分钟，罗伯茨打算利用这段时间再去站台上面溜达溜达。在过道上走到一半的时候，正赶上一位女士上车，他便停下步子准备让女士先过。这位女士手里拿着票，跟着前面带路的列车长，当她从罗伯茨身边经过的时候手里的包掉了，罗伯茨顺势捡起来还给她。

“谢谢你，先生。”女士的声音低沉有质感，虽然她讲的是英语，但听得出一定是个外国人。“不好意思，请问先生是不是最近去过格拉斯？”就在两人即将擦身而过的时候，女士略带迟疑地轻声说。

罗伯茨立刻心潮澎湃起来，他已经迫不及待地要把自己交给眼前的这位可人儿了。对此，他毫无疑问，因为她实在是太漂亮了，深色的肌肤映衬着烈焰般的红唇；一顶别致的帽子和脖颈上一圈珍珠将身穿一袭轻便皮草大衣的她点缀得恰到好处。

罗伯茨按照事先约定的接头暗号回答：“是的，上个月。”

“您对香水感兴趣吗？”

“是的，我就是人造茉莉精油的生产商。”

听罢，女士低下头，准备继续前行。同时，她也在罗伯特耳边轻声低语了一句：“车子一开动你就赶紧到过道上来。”

接下来的十分钟让罗伯茨如坐针毡。不过，等到列车终于开动的那一刻，他反而在过道上闲庭信步起来，直到看见刚才那位穿皮草大衣女士正和一扇窗户较劲。他立刻奔上前伸出援手。

“谢谢您，先生。我只是想在他们要求关窗户前透一透气。”这句话一说完，她马上压低嗓音，轻柔快速地说：“过了国境线，等包厢里那个家伙睡着之后——必须要等到他睡着——你就去盥洗室，再从那里穿到对面的隔间去。明白了吗？”

“是的，”他一边关好窗户一边故意加大嗓门，“夫人，您现在感觉好点了吗？”

“非常感谢。”

他回到自己的包厢，发现包厢里的那个人已经脱了靴子和外套爬到上铺去睡觉了。

罗伯茨开始纠结起自己要怎么办才好。因为，如果等下要去女士的包厢的话，他显然是不能脱衣服的。

于是，他只脱了靴子换上拖鞋，关好灯后就躺下了。几分钟后，上铺便传来阵阵鼾声。

十点刚过，他们就已到达了国境线。突然，门被推开了，随之而来的是一个敷衍的声音：各位有报关的需要吗？之后门就被关上了。此时，列车正在缓缓驶离瓦尔瑟里恩河畔的贝勒加尔德①。

睡在上铺的家伙又开始打鼾了。不过罗伯茨还是等了大约二十分钟后才起身下地去开盥洗室的门。走进盥洗室后，他立刻转身把门闩好，与此同时，他也注意到了房间里的另外一扇门。那扇门没有被闩住，这让他十分纠结要不要先敲门后进入。

这样的情况下敲门好像是多余的，但是他又实在不习惯不敲门就进去。于是他采取了一个折中的办法，先把门推开一点点看看有什么反应，他甚至还壮起胆子轻轻咳嗽了一下。

还没等他反应过来，门就被拉开了，他刚刚感到胳膊被拽了一下就已经被拉进了另外的那个隔间，隔间里的姑娘轻轻一带就把他身后

①贝勒加尔德（Bellegarde），法国东部一个市镇。

的门关上了。

房间里的景象完全超出罗伯茨的想象，他松了一口气，出神地望着眼前这位倚门而立喘着粗气的姑娘。姑娘身穿一袭雪纺和蕾丝质地的奶油色衣裙，宛如书中所描述的一条搁浅在沙滩上的美人鱼，这种出神入化般的美妙罗伯茨还是头一次感受到。

“谢天谢地！”姑娘呢喃着。

罗伯茨注视着这位年轻美丽的姑娘，在他看来，这明明就是一个下凡的仙女。没多久，醉人的浪漫就在两人之间弥漫开来，罗伯茨无法自拔！

其间，姑娘低声说：“你能来我太高兴了。刚才真是吓死我了。瓦西里耶维奇就在这趟车上。你知道这意味着什么吗？”姑娘的英语很好，语速飞快，但是从她的音调变化中可以听出她是个如假包换的外国人。

罗伯茨其实一点儿都搞不懂她在说什么，不过他还是点头示意。

“我还以为我已经把他们甩掉了。现在看来应该是上当了。我们要怎么办？瓦西里耶维奇就在隔壁。不管怎样，绝不能让他拿到珠宝。”

“他不会伤害你的，他也不会拿到珠宝。”罗伯茨一副下定决心的样子。

“那我要怎么对付他们？”

罗伯茨看了看她身后的门，说：“门已经被闩住了。”

姑娘一听，笑了。“这难道能拦住瓦西里耶维奇吗？”

罗伯茨越来越感觉自己好像正置身于一本自己钟爱的小说中。“只有一个办法。把珠宝都交给我吧。”

姑娘迟疑地看着罗伯茨。“这可价值二十五万呐。”

罗伯茨脸色泛红。“你可以相信我。”

姑娘又迟疑了一小会儿，最后说："好，我相信你。"然后，她就像变戏法一样把一双卷起来的丝袜塞到了一脸惊诧的罗伯茨手里。"拿着，我的朋友。"

他接过东西的那一刻当即就明白了，因为那根本就不是一双轻如羽毛的丝袜，而是一包想象不到的重物。

"拿到你的包厢里去，"她说，"明天早上再还给我——如果——如果我还在的话。"

罗伯茨清了清嗓子，说："听着，关于你，"他顿了顿继续说，"我必须保护好你，"话一出口他的脸就红了。"我的意思是，不是在这里。我会一直待在那里。"他朝盥洗室的方向点头示意。

"如果你愿意留在这里的话——"她朝包厢里那个空着的上铺看了看。

罗伯茨的脸这次简直红到了耳朵根。"不，不用，"他极力反对，"我等在盥洗室里面不会有问题的。需要我的话，你喊我就好了。"

"谢谢你，我的朋友。"姑娘轻柔地说。

说完，她就躺回到下铺，盖好毯子，感激地冲着罗伯茨微微一笑。罗伯茨便顺势钻进了盥洗室。

至少过了几个小时，一直等在盥洗室里面的罗伯茨突然感到自己应该是听到了什么，可当他仔细听的时候却发现大概是自己听错了。不过，直觉告诉他，一定有微弱的声音从隔壁传来。

于是，他轻轻推开门往里张望，发现整个包厢和他离开的时候没有两样。借着天花板上透出的一点点蓝色的光，他站在原地，本能地调节视线，结果发现姑娘根本不在那里！

他这才开了灯，明晃晃的灯光照亮了空无一人的隔间。突然，他鼻子一吸，空气中飘散着的一丝甜腻却令人作呕的味道让他意识到了三氯甲烷[1] 的存在。

他三步并作两步地冲出了包厢（门并没有上锁）来到过道上，却发现那里依然空无一人！紧接着他注意到了隔壁房间的门，他记起姑娘曾经说过瓦西里耶维奇就在隔壁。于是，他轻手轻脚地过去开门，却发现门是反锁的。

接下来该怎么办？敲门，然后等里面的人来开门吗？要是人家拒绝呢——或者说，那个姑娘可能根本就不在里面！而且，就算她在里面，发现他把事情搞得这么大，她会因此而感激吗？在他看来，保守他们两人之间的秘密才是最重要的。

他心烦意乱地在过道上踱着步子，最终停在了最后一个包厢前面。这个包厢没有上锁，列车长正躺在里面睡觉，上方有一个挂钩，棕色的制服外套还有鸭舌帽都挂在上面。

5

一个念头闪过，罗伯茨已经为自己设计好了行动计划。他手脚利索地穿好大衣戴上帽子，身子一闪就回到了过道上面。他重新走回到姑娘隔壁包厢的门前，左思右想之后终于摆出一副威严不可轻视的样子开始敲门。

不料，没有人开门。他又敲了一次。

“先生。”为了说好这句法语，他尽了最大的努力。

来开门的是一个面露凶光、怒气十足的外国人。他虽然只打开了

①无色透明液体，有特殊气味，味甜。医学上常用作麻醉剂。

一条门缝，但这足够让罗伯茨看清他的模样——黑色的小胡子在一张被仔细刮过的脸上显得格外显眼。

“有什么事情吗[①]？”小胡子男人没好气地问。

“请出示您的护照，先生[②]。”罗伯茨退后一步，提出了他的要求。

对方犹豫了一下，起身往过道方向走了几步。这一切都被罗伯茨看在眼里，因为他知道如果那个姑娘在房间里的话，这个男人自然不会让列车长进去。于是，以迅雷不及掩耳之势，他一把推开眼前的男人冲了进去——刚巧列车晃动得厉害，包厢的门一下子被撞上了，不明就里的小胡子男人被关在了包厢外面。

包厢内，那个姑娘就蜷缩在卧铺的一端，嘴里塞着东西，手腕被绑在了一起。他赶紧上前帮她松绑，姑娘一下子瘫倒在他身上，嘴里还叹着气。

“我浑身没劲，”她喃喃地说，“是三氯甲烷的原因，我想。他——他拿到东西了吗？”

“没有。”罗伯茨拍了拍自己的口袋，“我们现在要怎么办？”

姑娘坐了起来，渐渐恢复了思考的能力，一眼就看到了他的装束。

“你还真是聪明，想出这么一招儿！那个男人说如果我不告诉他珠宝藏在什么地方，他就要把我杀了。我当时害怕极了——正巧你就赶到了。”说到一半，她突然笑了起来，“不过，我们还是比他厉害！他现在什么都不敢做，连试图回到这个包厢里都不敢。

“我们要在这里待到清晨。估计车开到第戎[③]的时候他就该下车了，应该还有半小时就能到站。下车后他会给巴黎发电报，然后就会

①原文为法语。

②原文为法语。

③第戎（Dijon），法国东部城市，是勃艮第大区内人口数量最多的城市。

有人发现我们的蛛丝马迹。另外，你最好赶紧把这外套和帽子扔出去，万一到时被看到你手里还有这些东西就麻烦了。”

罗伯茨完全照做。

“我们不能睡着，”姑娘自顾自地做了个决定，“我们必须时刻保持警惕，直到清晨。”

早上六点，经历了一个非同寻常又激动人心的不眠之夜的罗伯茨小心翼翼地去开门，打算看看外面的情况。过道里空无一人，姑娘便趁机赶紧回到她自己的包厢，罗伯茨紧随其后。不出他们所料，包厢早就被翻了个底朝天。之后，罗伯茨又穿过这间包厢的盥洗室回到了自己的包厢。睡在他上铺的那个家伙依然鼾声雷动。

七点钟，列车抵达巴黎。车厢里传来了列车长的声音，说他的大衣外套和帽子找不到了，但是，很显然，他还没有意识到和他的帽子、大衣一起不见的还有一名乘客。

下车后，罗伯茨和姑娘就在巴黎市区内展开了一场别开生面的胜利大逃亡。他们打了一辆又一辆的出租车，刚从一辆下去又上了另一辆；他们穿过一家又一家的饭店餐厅，前门进去后门出来，一直跑到姑娘最后示意停下来。

“我确定现在没有人跟着我们，”她说，“我们已经甩掉了他们。”

吃过早餐后，他们动身前往布尔歇机场[①]。三个小时后，罗伯茨来到了他从未涉足过的克罗伊登[②]。

在克罗伊登，一个罗伯茨觉得远看很像他在日内瓦见过的那个给他下达任务的男人已经恭候在他们下车的地方。

①布尔歇机场（Le Bourget），位于法国巴黎东北的一座民用机场。

②克罗伊登（Croydon），英国伦敦南部最大的商业、文化中心和办公区，且是重要的住宅区。

“夫人，车已经备好了。”他毕恭毕敬地向姑娘问好。

“保罗，这位绅士是和我们一起的，”姑娘说完把脸转向罗伯茨，“保罗·斯蒂潘依伯爵。”

大概一个小时后，一辆载着罗伯茨一行人的超豪华轿车驶入了一片乡间别墅。车子最终停在了一幢威风凛凛的大宅门前，罗伯茨先生被带进了一个看样子像是书房的房间。在那里，他交出了那双价值不菲的丝袜。之后他便独自待在那个房间里，直到斯蒂潘依伯爵回来找他。

“罗伯茨先生，”他说，“万分感谢您所做的一切。您真不愧是一位有勇有谋的人。”说完，他拿出一个红色的摩洛哥皮质盒子。“请允许我授予您圣斯坦尼斯劳斯勋章——十级荣誉勋章。”

罗伯茨恍然身在梦中。他打开了那个盒子，一枚镶嵌着宝石的勋章瞬间映入了他的眼帘。

伯爵继续说：“在您离开以前，我们奥尔加公爵夫人希望能够亲自向您道谢。”

说着，罗伯茨就被引入了一间很大的会客厅。在那里，他见到了他的旅伴，穿着翩翩长袍的她显得格外美丽动人。

她高傲地做了一个手势，旁边的人就都退下去了。

“你救了我的命，罗伯茨先生。”公爵夫人说着就把手伸了出去。

就在罗伯茨亲吻她的手的时候，她一下子朝他靠了过去。

“你真是一个勇敢的男人。”她说。

罗伯茨抑制不住地用自己的双唇压住了她的红唇，一股浓郁的东方香水的香气迅速在两人中间飘散开来。一时间，拥着一个如水般曼妙多姿的姑娘，罗伯茨感觉自己仿佛陷入了梦境，直到他听到一个声音。

“这辆车会载着您去任何您想去的地方。”

一个小时后，车子开了回来。奥尔加公爵夫人上了车，和她一起的还有刚才那位白发伯爵，只是这会儿他为了能凉快一点儿，已经把胡子摘掉了。车子把奥尔加公爵夫人送到了位于斯特里汉姆[①] 的一幢房子前，就在她往里面走的时候，一个正在喝茶的老妇人正巧抬起头看到了她。

“啊，马吉，你来了，亲爱的。”

是的，日内瓦开往巴黎那班列车上的姑娘就是奥尔加公爵夫人——帕克·派恩先生办公室里的玛德琳·萨拉。不过，此时此刻，在斯特里汉姆的这幢房子里，她是马吉·塞耶斯———个忠厚勤劳之家的四女儿。

事情的真相就是这样！

6

帕克·派恩先生正在和朋友共进午餐。

“恭喜你，”帕克·派恩先生的朋友说，“你派来的人很圆满地完成了这次的任务。托马里那帮人只要一想到那种枪的计划书已经到了联盟手里，肯定会气得发疯。你有没有告诉过你的人他身上带的是什么东西？”

“没有。我想——呃——不说的话会更好一些。”

“你做事情还真是谨慎。”

“其实也不完全是出于谨慎。我只是想让他能玩得尽兴些。我猜想

①斯特里汉姆（Streatham），英国伦敦南部的一个地区。

单凭一支枪是不足以让他觉得刺激的，我想让他尝尝冒险的味道。”

“不够刺激？”伯宁顿先生瞪大了眼睛，“怎么会？那伙人可随时能要了他的命。”

“我知道，”帕克·派恩先生不紧不慢地说，“但是我有分寸，我不会让他有事的。”

“做这些事情，你大有赚头吧？”伯宁顿先生问。

“有时候还得赔钱，”帕克·派恩先生回答，“如果事情确实值得一做的话。”

7

此时的巴黎，三个怒气冲冲的男人正在互相埋怨。

“该死的霍珀！”其中一个说，“他太令我们失望了。”

“办公室里根本就没有人拿过那份计划书，”第二个人说，“可是周三的时候文件的确是被拿走了。我看是你把事情搞砸了。”

“我没有，”第三个人闷闷不乐地说，“我在火车上一个英国人都没有遇到，除了一个小公务员。而且我试探过了，可以肯定他对彼得·菲尔德或是枪的事情都一无所知。”说着说着他就笑了起来，“不过，他看起来倒是有点儿布尔什维克主义分子的激进。”

8

罗伯茨先生坐在煤气取暖炉前，膝盖上摊开着一封帕克·派恩先生寄来的信，信封里面还夹着一张五十英镑的支票。据帕克·派恩先生描述，这张支票是因为他任务完成得不错，人家付给他的酬劳。

罗伯茨先生随手翻开了一本放在手边的从图书馆里借来的书，读到了那句："她蜷缩在墙边，活像一条被捕上岸的美丽人鱼。"

现在看来，这幅画面在他的脑海里的印象已经远远超过了文字上的描述。

接着，他又读到："他吸了一口气，一股三氯甲烷所释放出来的让人眩晕恶心的味道充斥着他的鼻腔。"

这让罗伯茨先生仿佛又回到了当时的场景中。他继续往下读："他揽她入怀，拼命地感受着对方用微微颤抖的红唇做出的回应。"

罗伯茨先生叹了一口气，感叹梦想成真也不过如此——虽然去程一点儿都不刺激，但是回程倒是充满了惊险！他感到很受用，不过重新回到家里让他的感觉更好。他隐隐约约感觉到生活毕竟是生活，不可能总是这么惊险刺激。不论是奥尔加公爵夫人还是他们分别时深深的一吻，毕竟都太不真实了。

一想到玛丽和孩子们明天就要回来了，罗伯茨先生的脸上便不由得笑意盎然。

到时候她一定会说："我们的假期过得很愉快。但是只要一想到你自己一个人在家我就没那么开心了，我可怜的老男孩儿。"然后他会接着说："没关系，我的老丫头。我刚从日内瓦出差回来——代表公司去谈判。作为报酬，你看他们给了我什么。"这个时候正好可以把那张五十英镑的支票拿出来给她看。

至于那枚圣斯坦尼斯劳斯勋章——十级荣誉勋章，他其实已经把它藏了起来。但一想到早晚都会被玛丽找到，到时候还要再费神解释一番，他就又拿了出来。不过，这次他想到了一个办法，决定告诉玛丽这枚勋章是他从海外带回来的古董收藏品。

心满意足的罗伯茨先生心情愉悦地再次翻开了书。不过，现在却再也无法在他的脸上找到当初那种怅然若失的表情了，因为他深深地知道他自己正是故事中女主角最好的陪伴。

金钱与幸福

1

听到外面有人在喊艾伯纳·赖默夫人的名字，帕克·派恩先生的眉毛立刻扬了起来。

没错，这次被带进他办公室的客人正是他早有耳闻的艾伯纳·赖默夫人。

赖默夫人高个子、大骨架。即便她穿的是天鹅绒连衣裙配皮草大衣，膀大腰圆的身形也暴露无遗。粗壮的手指关节让人一下子就注意到她的一双大手；厚重的妆容让她大大的脸庞显得更加粗犷；一头黑发倒是被打理得还算时尚；帽子上还点缀着精致的羽毛装饰。

她点头示意了一下之后就一屁股坐进了椅子。“早上好，”她操着一口浓重的乡下口音说，“如果你真的是无所不能的话，那你就得告诉我，我要怎么把我的钱花出去！”

“理论上讲是这样。”帕克·派恩先生咕哝着，“最近倒是很少有人会这样问我。这么说，赖默夫人您觉得花钱是一件非常困难的事情？”

“是的，”赖默夫人直言不讳，“我已经有三件皮草外套了，还有好多从巴黎买来的连衣裙和衣服。我有车有房，房子就在公园巷[①]。我还有游艇，不过我实在不喜欢出海。我还有很多低眉顺眼的用人在一旁伺候着。我也到过一些别的国家旅行。要是还能想出什么别的可以花钱的地方就好了。”说完，她一脸憧憬地望着帕克·派恩先生。

“医院通常需要钱。”帕克·派恩先生说。

“什么？你是说把钱捐出去吗？不，我不会那样做！这些钱可都是辛辛苦苦赚来的，我告诉你吧，都是血汗钱。如果你觉得我是想要追求挥金如土的感觉，那么你就误会我了。我是想花钱，不过这钱要花得让我觉得能从中得到些什么。所以，如果你可以帮我想出什么好点子来，我在费用方面是不会亏待你的。”

“你的想法倒是挺有意思。”派恩先生说，“你有没有想过投资乡间别墅？”

“我差点都忘了，我有一套。不过真是太无聊了。”

“您必须得多讲讲您自己。您的问题比较棘手。”

“这也正是我想要告诉你的。关于出身，我一点都不羞于启齿。我年轻的时候在一间农场里做事，那时候的工作相当辛苦。后来我就认识了在附近磨坊上班的艾伯纳。他一直追求我，到了第八年，我们结婚了。”

“您很幸福？”派恩先生问。

“是的。艾伯纳对我很好，不过我们也有过艰难时期。他失业过两次，而那时我们还偏偏有了孩子——三个男孩一个女孩。一共四个，不过没有一个活到成年。我敢说，如果他们现在还活着，一切就不是现在这个样子了。”说着说着，赖默夫人的粗犷脸庞渐渐柔和起来，看

①公园巷 (Park Lane)，伦敦中部的一条主要道路。

起来好像一下子年轻了不少。

“他的心肺都不太好——我是说艾伯纳。因为无法入伍上前线打仗，艾伯纳把本职工作做得不错，加上人又聪明，很快就得到了提拔。老板对他也很好，给了他一大笔钱。他就是用这笔钱做了他想做的事情，然后钱就源源不断地流进来了，到现在还有赚。

“要知道，刚一开始那种感觉真的是太棒了。住在一幢有豪华卫生间的大房子里，不用自己洗衣做饭，全部都由贴身用人伺候，可以说是整日十指不沾阳春水，什么时候想喝茶就按个电铃，只需坐在客厅里放满丝绸靠垫的沙发上稍等片刻就可以享受到伯爵夫人般的待遇了！那感觉真是太棒了，我们都很享受那时候的生活。后来我们搬到了伦敦，我就开始光顾一流的裁缝铺做衣服，出去旅行我们就选择巴黎和里维埃拉。那种感觉真是棒极了。”

“后来呢？”帕克·派恩先生问。

“我们开始对那样的生活习以为常，我想大概是的，”赖默夫人说，“渐渐地，一切感觉都没有那么棒了。为什么这么说呢？因为那时候我们对吃饭的时候想吃什么菜都提不起兴趣来！到最后就连洗澡也觉得一天洗一次也就够了。而且，艾伯纳的身体状况日益不佳，这令他忧心忡忡。我们花了很多钱请医生，但是都没什么用，各种办法都试过了，也都无济于事。艾伯纳还是死了，”她顿了顿，“那时候其实他还年轻，只有四十三岁。”

派恩先生感同身受般地点了点头。

“他过世已经五年了。到现在，钱依然滚滚而来。所以，如果不用这些钱做点什么的话看起来就是一种浪费。不过就像我告诉你的，我已经想不出还有什么东西是我没有的或者可以去买的了。”

“换句话说，”派恩先生直截了当地说，“就是你的生活太无聊了，你无法从中找到乐趣。”

“我简直就是受够了这种生活。”赖默夫人沮丧地说，“我没有什么朋友。新认识的那些人都是想来要钱的，而且他们还会在背后笑话我。以前认识的那些人又都不想和我有任何来往，因为我总是坐车出门，这让他们看了不免都自惭形秽。您可以做些什么或者有什么建议吗？”

“我的确可以做些什么，”派恩先生一字一句地说，“不过会比较困难。但是我相信还是有机会能成功。我想我可以让你重拾对生活的热情。”

“怎么做？”赖默夫人急切地问。

“这个嘛，”帕克·派恩先生说，“是我的专业秘密。我从来不会事先透露我的良策。现在的问题是，你愿意试一试吗？我不能保证一定成功，但还是有成功的可能性。

“我需要动用一些非常规的手段，这样的话费用就会比较高。我的收费是一千英镑，需要预先付清。”

“您尽管开价，”赖默夫人感激不尽地说，“我愿意一试。价钱高不是问题，我早就习惯了。只是，既然花了钱，就不能让钱打了水漂儿。”

“您会看到效果的，”帕克·派恩先生说，“不要担心。”

“我今晚就把支票寄过来。”赖默夫人起身准备离开，“有一点我可以确定，那就是我不知道自己为什么要相信你。人人都说傻瓜难聚财。我敢说我就是个傻瓜。而您，胆子也够大，居然在所有报纸上都刊登了那则声称可以让人快乐起来的广告！”

“登广告可是要花钱的，”派恩先生说，“如果我不能兑现我所说的话，那登广告的钱不就白花了吗。因为我知道人们为什么会不开心，所以我也清楚地知道用什么办法可以让他们开心起来。”

赖默夫人一脸疑惑地摇了摇头，扬长而去，一阵让人感到奢华无比的混合香水味儿在她身后像尘土一般飘散开来。

帅气的克劳德·勒特雷尔踱着步子走进了办公室。“需要我上场？”

“没有这么简单，”派恩先生摇着头说，“没有。可以说，这个案子很棘手。恐怕我们得冒点儿险，必须要采取非常规的行动。”

“需要奥利弗夫人吗？”

一听到这个驰名世界的小说家的名字，派恩先生的脸上立刻露出了笑容。“奥利弗夫人可是我们当中最中规中矩的了。而我所想到的是一个大胆的计划。顺便说一句，你或许可以帮我给安特罗伯斯医生打个电话。”

“安特罗伯斯？”

“是的，我们需要他的帮助。”

2

一个星期后，赖默夫人再次找到帕克·派恩先生。正端坐在办公室桌前的帕克·派恩先生起身迎了上去。

“我可以向您保证，事情确实有所延迟，但这是有原因的，”帕克·派恩先生不等对方开口就先开了腔，“要安排的事情太多了，而且我还必须要和一个非同寻常的家伙确定他的工作时间，他得跑半个欧洲才能赶得过来。”

“噢！”赖默夫人将信将疑，此时闪过她脑海的念头只有一个，那就是：她交出去的那张一千英镑的支票已经被兑现了。

帕克·派恩先生按下了他桌上的传呼器。随后，一个身穿白色护士服、皮肤黝黑、长着一副东方人面孔的年轻姑娘走了进来。

“一切就绪了吗？萨拉护士？”

“是的。康斯坦丁医生正在待命。”

“你要干什么？”赖默夫人感到一丝不安。

“让你见识一下来自东方的魔法，亲爱的女士。”帕克·派恩先生说。

赖默夫人跟着护士上了楼，然后她就被带进了一个和这幢房子里其他房间都格格不入的房间——墙壁上挂着富有东方韵味的刺绣，地板上铺着漂亮的小毯子，长沙发椅上面放着柔软的靠垫。远远看去，一个男人正弓着身子站在一个咖啡壶前，他们走进去的时候男人也正好直起身来。

“康斯坦丁医生。”赖默夫人一旁的护士叫道。

眼前的这个医生一副欧洲人模样的装扮，不过这让他黝黑的肤色看起来更加显眼。特别是他那双深色的眼睛，仿佛有着一股可以看穿一切的力量。

“这位就是我的病人了吧？”他的声音低沉而洪亮。

“我不是病人。”赖默夫人抗议着。

“您的身体很健康，”医生说，“但是您的心灵却早已疲惫不堪。我们东方人一向懂得如何为心灵疗伤。先坐下来喝杯咖啡吧。”

赖默夫人坐了下来，接过那杯闻起来十分香浓的咖啡。她刚刚抿下去一小口，就听见医生高谈阔论起来。

“生活在西方的人们只会在意自己的身体是否健康。这真是大错特错。人的整个身体就好比是一件用来演奏不同曲调的乐器，有的悲伤疲惫，有的轻快愉悦。而我要为您奏响的就该是轻快愉悦的那种。您有的是钱，应当好好享受花钱的乐趣。人活一世，应该活得不枉此生。这个问题很简单——简单——相当简单。”

医生的话音落下，赖默夫人开始觉得有一股不可抑制的乏力感朝她压了过来，眼前医生和护士的身影都渐渐变得模糊不清起来。一阵困意袭来，又让她感到一种前所未有的愉悦和满足。她觉得眼前的医生正在变得越来越大，整个世界也开始越变越大。

此时，医生正盯着她的眼睛，在她耳边绵绵不绝地说：“睡吧，睡吧。你的眼睛正在闭上，你马上就要睡着了，很快。”

赖默夫人睡了过去，彻底徜徉在脑海中浮现出的美妙新世界里。

3

再次睁开眼睛的时候，赖默夫人恍惚中觉得自己已经睡了很久。她依稀记得当中好像发生过什么——起初是几段怪异离奇的梦境，接着感到整个人已经苏醒过来，不过后来又开始继续做梦。而现在，她所能记住的只是和黑暗、汽车有关的事情，以及一个身穿护士制服的姑娘俯身向她压过来。

但是不管怎么样，她现在已经清醒了，而且还躺在自己的床上。

又或者，这实际上根本就不是她自己的床？这张床明显不如自己的那张松软舒适，不过这让她想起了一些几乎被遗忘的岁月。她挪动了一下，听到了吱吱嘎嘎的声响，而她清楚地知道她那张摆在公园巷卧室里的床是从来都不会发出这种声音的。

她四下看了一圈，十分确定自己并不在公园巷的房子里。难道这里是医院？不，她很快就否定了这个想法，同时得出的结论是这里也不是酒店。整个房间空空荡荡，有一些影影绰绰淡紫色的影子打在墙壁上。远处有个脸盆架，上面放着脸盆和水樽，附近还有一个抽屉柜和一个铁质的箱子。挂钩上挂着的衣服都不是她的。她躺在那里，看到了自己身上盖着那条满是补丁的小被子。

“我这是在哪里？”赖默夫人的声音打破了寂静。

门开了，一个身材丰满的小个子女人急匆匆地走了进来。她系着围裙，挽着袖子，看起来红光满面心情不错。

“看啊！”小个子女人大喊，“她醒了，进来吧，医生。”

赖默夫人张张嘴巴想要说些什么，不过当她看到跟在那个小个子女人身后进来的男人根本不是那个肤色黝黑又风度翩翩的康斯坦丁医生的时候，她把到了嘴边的话又咽了回去。眼前的这个男人，人又老背又驼，还戴着一副镜片厚如酒瓶底的眼镜。

“这就好，”他边说边走近赖默夫人的床边，抬起她的手腕，“你很快就会好起来的，亲爱的。”

“我怎么了？”赖默夫人追问道。

“你是突然发病的，”医生说，“已经昏迷不醒一两天了。不用担心。”

“汉娜，你可真是吓坏我们了，”胖胖的小个子女人说，“你都胡说八道了些什么东西呀。”

“您说得是，加德纳太太，”老头子医生努力克制着自己的情绪，“但是我们绝对不能让病人太激动。你很快就可以下床走动了，亲爱的。”

“汉娜，不用担心工作的事情，”加德纳太太说，“罗伯茨太太已经来帮我了，我们相处得还不错。好好静养恢复身体，亲爱的。”

“你为什么管我叫汉娜？”赖默夫人一时摸不着头脑。

“当然了，那是你的名字啊。”加德纳太太显出一脸疑惑的样子。

“不，那不是。我叫阿米莉亚。我是阿米莉亚·赖默，艾伯纳·赖默夫人。”

赖默夫人话音刚落，等在房间里的老头子医生就和加德纳太太互相使了个眼色。

“好吧，你还是不承认。”加德纳太太说。

“是的，是的，不用担心。”老头子医生跟着说。

说完，两个人就离开了，房间里只剩下赖默夫人一个人躺在床上百思不得其解。她不明白他们为什么要叫她汉娜，也搞不懂为什么她一说出她的名字，他们就狐疑地交换了一下眼神——闹得倒好像是她在开玩笑一样。她想不出自己在哪里，也不知道发生了什么事。

赖默夫人滑下床，虽然她感到双腿有点不听使唤，但还是慢慢地挪动到了窗口往外看——外面是一片农田！实在是令人费解。她一边琢磨一边慢慢躺回床上，想象着自己会在一间从来没有见过的农舍里做些什么。

加德纳太太回来了。这次，她手里端着一个托盘，上面放着一碗汤。

赖默夫人开始不住地发问：“我为什么会在这幢房子里？是谁带我来的？”

“没有人，亲爱的。这是你自己的家。至少在过去的五年里你都住在这里——而我也从没怀疑过你适合这里。”

“住在这里！五年？”

“没错。你怎么了？汉娜。你不会到现在都还没想起来吧？”

“我从来都没在这里住过！我也从来都没有见过你。”

“看吧，自从你生了这种病以后你就什么都不记得了。”

“我从来没有在这里住过。”

“你住过，亲爱的。”话音还未落，加德纳太太突然冲到房间里的抽屉柜前，给赖默夫人拿回了一个里面放着已经泛黄的老照片的相框。

照片上有四个人：蓄着大胡子的男人，体型丰满的女人（加德纳太太），又瘦又高、笑起来羞涩腼腆的男人，穿着印花连衣裙围着围裙的——赖默夫人！

赖默夫人目瞪口呆，直勾勾地盯着照片。加德纳太太把汤碗留下后就不声不响地离开了房间。

赖默夫人把碗端到自己面前，像个机器人似的喝了起来。汤的味道不错，香浓又温暖，但她却感到自己的脑袋犹如天旋地转般混沌。究竟是谁疯了？是她自己还是加德纳太太？她们当中肯定有一个。还有那个老头子医生。

“我是阿米莉亚·赖默，”她语气坚定地对自己说，“我知道我就是阿米莉亚·赖默，谁也不能否认。”

赖默夫人心不在焉地喝完了汤，就在把汤碗放回到托盘上的时候，她一眼瞥到了一份折叠起来的报纸。于是，她拿过报纸，赶紧看了一下日期——十月十九日。她是哪一天去的帕克·派恩先生的办公室？不是十五号就是十六号。这样看来她一定是病了三天。

“一定是那个卑鄙无耻的医生！”赖默太太愤愤地说。

与此同时，她也感到了些许的如释重负。她曾经很担心在自己身上会发生那种一时间忘掉自己是谁并且好几年都想不起来这样的事情。

她继续翻着报纸，漫无目的地扫着各个专栏，直到一段文字映入眼帘：

艾伯纳·赖默夫人——“纽扣大王”艾伯纳·赖默的遗孀，

由于精神问题昨日已迁入一处私家住所治疗。在过去的两天里，她一直声称她不是她自己，而是一个名叫汉娜·茂尔豪斯的女仆。

“汉娜·茂尔豪斯！这就对了，”赖默夫人仿佛一下子明白了什么，“她现在是我，我现在是她。我想是我们两个人被对调了。不过，我们很快就会换回来！看帕克·派恩那个滑头的骗子还要再耍什么把戏——”

不过下一秒她就看到康斯坦丁这个名字赫然出现在大标题中。

康斯坦丁医生的声明

昨晚，即将出发去日本的克劳蒂亚斯医生在他所主持的告别讲座中提出了一些惊人的理论。他指出，躯体间的灵魂互换是存在的，并且是可以被证实的。他说，他曾经在东方做过一个这样的实验，那场实验成功地实践了一次双向替换过程——被催眠的A的灵魂被植入了被催眠的B的躯体里，被催眠的B的灵魂被植入了被催眠的A的躯体里。整个催眠过程结束后，A会认定自己就是B，B会认定自己就是A。为了实验能够成功，互换灵魂的两个人需要具有十分相似的身体特征，这样才可以避免不必要的困惑。这在双胞胎之间并不罕见，不过同样的事情也被证实可以发生在两个除了体貌特征相似以外，社会地位大相径庭的陌生人之间。

赖默夫人把报纸扔在了一边。“无赖！黑无赖！”

现在她什么都明白了！这分明就是一个为了骗她的钱而设计好的龌龊的圈套。这个汉娜·茂尔豪斯就是派恩先生的一个工具——很可能还是一个无辜的人。他和那个邪恶的康斯坦丁一起演绎了这场唬人的把戏。

她觉得她要揭穿他！告发他！将他绳之以法！她要告诉所有的人——

怒火中烧的赖默夫人突然顿了一下，因为她想起了她刚读到的第一段文字。她开始意识到汉娜·茂尔豪斯倒也并不是一个任人摆布的工具，为了证明她自己，她是反抗过的。不过后来发生了什么？

"被关进了精神病院，可怜的姑娘。"赖默夫人念念有词。

她感到一阵脊背发凉。

精神病院。进去了就别想再出来。你越是说你很清醒，他们就越是不相信你。只能一辈子被关在里面。不，赖默夫人想了想觉得自己还是不能去冒那个险。

门开了，加德纳太太走了进来。

"啊，你把汤喝掉了，亲爱的。这就好。你很快就会好起来的。"

"我是从什么时候开始生病的？"赖默夫人发问。

"让我想想。是三天前——星期三。那天是十五号。大约下午四点钟你的情况开始变得很糟糕。"

"啊！"赖默夫人的这一声脱口而出的感慨可谓是意味深长。她那天就是差不多四点钟左右见到的康斯坦丁医生。

"你当时瘫在椅子里，"加德纳太太说，"'噢！''噢！'这样地喊，然后就开始用一种迷迷糊糊的声音说：'我要睡着了。'说完你就睡着了，然后我们就把你放到了床上请了医生过来。从那时开始你就一直在这里了。"

"我觉得，"赖默夫人开始猜测，"你是没有办法知道我是谁的——除了看我的长相以外，我是说。"

“这个嘛，你这么说就很奇怪了，”加德纳太太说，“我倒是很想知道除了看长相以外还要看什么？不过确实还有你的胎记可以看，这个说法可以让你满意了吧。”

“胎记？”赖默夫人豁然开朗，她知道自己没有那个玩意儿。

“右胳膊肘下面有一块草莓样的印记，”加德纳太太说，“你自己看一看吧，我亲爱的。”

“我马上就可以证明自己了，”赖默夫人自言自语。她一边想着自己右胳膊肘下面根本没有什么草莓状的印记，一边卷起了睡袍的袖子。一块赫然在目的草莓形状印记让她一下子怔在那里。

赖默夫人瞬间泪流满面。

4

四天后，赖默夫人起身下了床。这些天她脑中曾经闪现出好几个行动计划，不过后来又都被她一一否定了。

也许她应该把报纸拿给加德纳太太，让她看上面的那段文字然后再解释给她听。但他们会相信她吗？不会，赖默夫人没有抱一丝希望。

也许她应该报警。但警察会相信她吗？不会，她再次放弃了。

也许她应该去找派恩先生。毫无疑问，这个想法是最能让她感到欢欣鼓舞的了。这样的话，她就可以当着那个老滑头的面把他骂个狗血淋头。不过，就在她急着要把这个计划付诸行动的时候，她突然想到了一件要命的事情——她现在住在康沃尔[1]（她也是后来才知道的），

①康沃尔（Cornwall），英格兰西南部一郡。

而且没有足够的钱坐车回伦敦。一个装着二便士和四便士硬币的破钱包就是她的全部财产了。

所以，现在，赖默夫人做出了一个大胆的决定。她决定先接受她就是汉娜·茂尔豪斯这个事实！她计划先利用汉娜·茂尔豪斯这个身份挣钱，等她攒够了回伦敦的钱再去找骗子算账。

于是，她欣然接受了汉娜·茂尔豪斯这个身份，并且还显出十分享受的样子。而事实上，这一举动恰恰触动了她少女时代的回忆。那是多么久远的事情啊！

5

过惯了养尊处优的生活，赖默夫人起初很不适应农场里的工作。不过，刚刚过完第一周她就感到如鱼得水了。

加德纳太太是个脾气温和又善良的人，她的丈夫虽然沉默寡言，但也同样心地善良。对赖默夫人来说，她觉得有些不同的就是照片上那个看起来十分清瘦又木讷的男人并没有出现在农场里，取而代之的是一个让人看起来很舒服的大个子。大个子工人大概四十五岁的样子，不但说起话来慢吞吞的，就连反应也会慢半拍，不过他的一双碧眼却仿佛会说话一般，涌动着羞涩的光芒。

日子一周周地过去了，赖默夫人终于攒够了回伦敦的盘缠。然而，她却并没有急着行动。毕竟那个精神病院的阴影还是依然让她心有余悸。这么看来，帕克·派恩那个混蛋还真是聪明。他不过就是借了医生之口把精神失常的帽子戴在了她的头上，然后就悄无声息地让她人间蒸发了。

“不过，话说回来，”赖默夫人自言自语，“有点变化倒也不是什么坏事。”

她照旧每天都早早起床，卖力地干活。冬天的时候，那个新来的名叫乔·威尔士的工人病倒了，她就和加德纳太太一同肩负起照看他的责任。这一切都让这个大个子男人对她们萌生出一种由衷的依赖。

冬去春来，到了羊羔满地跑、野花满墙爬的季节，空气中到处都弥漫着一种蠢蠢欲动的温柔。乔·威尔士总是帮汉娜做农活儿，汉娜就帮着乔打理一些缝缝补补的事情作为回馈。

到了周日，他们两个有时还会一起出去走走。乔是个鳏夫，他的夫人四年前就去世了。他坦言自己自那时候起就经常借酒浇愁。

不过最近开始他已经不怎么去喝酒了，还给自己买了新衣服。这一变化引得加德纳夫妇二人发笑了好久。

汉娜总是捉弄乔，取笑他愚钝。不过乔一点都不会生气，总是付之腼腆地一笑。

春去夏来，那是一个美好的夏天，大家都在辛勤地工作着。

转眼，伴着满树的火红金黄，秋收也结束了。

十月八日，那天，汉娜正在切一颗卷心菜，其间她不经意地抬眼张望一下，没想到出现在她视线里的竟然是正靠在篱笆墙上的帕克·派恩先生。

“是你！”汉娜，实际上的赖默夫人叫了出来，“你这个——”

赖默夫人用尽气力花了好长一段时间才把她要说的话全部说了出来。

帕克·派恩先生平静地微笑着：“我同意你说的。”

“你就是个骗子，彻头彻尾的骗子！”赖默夫人不住地重复着，“你和那个康斯坦丁，你们设计的催眠，还有那个叫汉娜·茂尔豪斯的姑娘，可怜巴巴地被当成了疯子。”

“不是这样的，”帕克·派恩先生说，“我想这一点你误会我了。汉娜·茂尔豪斯并没有被关进精神病院，因为根本就不存在她这个人。”

“真的吗？”赖默夫人听得一头雾水，“那我怎么亲眼在照片上见到过她？”

“照片是假的，”派恩先生说，“这很容易办到。”

“那报纸上关于她的那条消息呢？”

“整张报纸都是伪造的。只有这样才有可能用一种很自然的手法把两件事情在同一时间呈现出来，让你相信确有其事。”

“康斯坦丁医生那个骗子！”

“这个名字也是假的——是我一个天性爱表演的朋友起的。”

赖默夫人不屑地哼一声。“呵！所以其实我根本就没被施过催眠术，我没有说错吧？”

“实际上你并没有被催眠。只是你喝的咖啡里掺进了一定剂量的印度大麻。接着又被下了一些其他的药。最后你被汽车送到了这里等待神智恢复过来。”

“然后加德纳太太就加入了吗？”

帕克·派恩先生点了点头。

“我想，是你收买了她！或者就是用一串的谎言把她蒙在鼓里！”

“加德纳太太十分信任我，”派恩先生说，“我曾经救过她唯一的儿子，让他免于被奴役。”

帕克·派恩先生的话让赖默太太渐渐平静下来，但她还是忍不住发问：“那块胎记又是怎么回事？”

派恩先生笑了笑。“已经开始变淡了。再过半年就一点都看不到了。”

“所以说，这么愚蠢无聊的行动到底是为了什么？愚弄我吗？让我这样一个腰缠万贯的人来这里做苦力？不过，就算不问我也知道，你倒是一点也不客气，真够朋友。这就是整件事情的全部意义吧。”

“你说得没错，”帕克·派恩先生说，“在你仍然没有恢复神智的时候，我从你这里得到了一份委托书，委托的内容——呃——就是在你不在的这段时间里，由我来接手处理你的各项财务事宜。不过，亲爱的女士，我向你保证，除了之前的那一千英镑，你的一分钱都没有流进我的口袋。实际上，在合理明智的理财方法下，你的财务状况已经有了很大的改观。”帕克·派恩先生灿烂地笑着。

“所以，这是为什么？”赖默夫人继续问。

“赖默夫人，我现在要问你一个问题，”帕克·派恩先生接过赖默夫人的话，“您很诚实。我知道您会如实回答我的。我要问的是，您现在快乐吗？”

“快乐！这问题问得真是太妙了。刚刚偷完人家的钱，现在又来问人家是不是感到快乐。我还真是欣赏你的厚颜无耻啊！”

“您还在生气，”派恩先生不紧不慢地说，“这很正常。不过，现在请先把我的罪过放在一边不谈。赖默夫人，请您回忆一下去年的今天，您到办公室去找我的时候您跟我说您有多么不开心。现在的您还会对我说您感到不开心吗？如果答案是肯定的，那么我道歉，任凭您随意处置。而且我会把您付给我的一千英镑退还回去。说说吧，赖默夫人，您现在是一个不开心的女人吗？”

赖默夫人望着帕克·派恩先生，不过她还是在开口的那一瞬间垂下了眼睛。

“不，我没有不开心，”赖默夫人的语气中竟然透出了一丝惊喜，“是你把我弄到这里来的。不过我也得承认，自从艾伯纳过世后我还从没像现在这样开心过。我马上就要和一个同样在这里工作的人结婚了——他叫乔·威尔士。我们的婚讯下个周日就会被登出来。”

“所以现在一切都不一样了。”

赖默夫人的脸上泛起了红晕，她往前走了一步。“你说的不一样，是什么意思？你难道觉得如果我拥有了全世界的金钱就会变成一个淑女吗？谢谢你，我可不想变成一个一无是处的淑女。对我来说，乔已经足够好了，我对他来说也是一样。我们彼此合适，在一起一定会快乐的。而至于你，爱多管闲事的帕克，还是管好自己吧！”

帕克·派恩先生从口袋里掏出一张纸递给她。“委托书，”他说，“我现在可以把它撕掉了吗？您将重新开始控制您的财产。”

一种奇怪的表情爬上了赖默夫人的脸庞。她用力把那张纸推了回去。

“你拿着吧。我对你说过一些过分的话——尽管当中有一些也并没有说错。你虽然很狡猾，但我还是信任你的。我会给自己留下七百英镑存在银行里——用来买我们看上的房子。至于剩下的——那就捐给医院好了。”

“你不会是要把自己的全部财产都交给医院吧？”

“我就是这个意思。乔是个不错的人，但是他的意志力不算强。给他钱花就等于毁了他。我已经不让他喝酒了，而且永远都不能让他再沾染上。谢天谢地，我终于知道我的想法了。我不会再让金钱来左右我的幸福。”

“您是一个不多见的女人，”派恩先生一字一顿地说，“只有千分之一的女性会做出和你一样的判断。”

“也就是说只有千分之一的女人才是理智的。”

“我要向您致敬。”帕克·派恩先生语重心长地说。接着，他一本正经地扬了扬帽子，转过身去便离开了。

“记住，不能让乔知道这一切！”帕克·派恩先生身后响起了赖默夫人的声音。

夕阳西下，此时的赖默夫人正手捧一颗硕大的蓝绿色卷心菜逆着光线站在原地。任凭落日的余晖把她勾勒成一个体型健硕的农妇。

失而复得

1

“夫人，这边走[①]。”

里昂火车站的月台上，一个脚夫正在吃力地负重前行，他不时地回过头招呼一下跟在自己身后的高个子妇人。

高个子妇人身穿貂皮大衣，头戴一顶深褐色的针织帽。帽子的边缘被微微拉了下来，不但正好盖住了她一边的眼睛和耳朵，还十分恰当地凸显出另外一边金灿灿的发卷和犹如贝壳般精致的耳朵，把她微微上扬的面部轮廓衬托得更加迷人。单凭外表就可以断定她是个典型的美国姑娘，迷人又大方。就连她顺着车厢在月台上走过来这一小会儿功夫，都有不止一个男人不禁为她驻足回眸。

列车正稳稳地停在站台里，车厢外侧挂着写着不同地点的大牌子：

巴黎—雅典 巴黎—布加勒斯特[②] 巴黎—伊斯坦布尔

①原文为法语。

②布加勒斯特 (Bucharest)，罗马尼亚首都。

就在经过最后一块牌子的时候，走在前面的脚夫突然停了下来。他解开了箱子外面的绑带，任凭被松了绑的箱子一个个重重地滑落到地上。“就是这里了，夫人[①]。”

此时，这节卧铺车厢的列车长正站在车厢入口处的台阶旁。也许是看到了那件雍容华贵的貂皮大衣，他十分殷勤地迎上前去问候：“晚上好，夫人[②]。”

高个子妇人随即递给了他一张印在薄纸片上的卧铺车票。

“六号车厢，这边请。”

列车长边说边一个箭步跳上了车。高个子妇人紧随其后，快步往里走，在过道上还差点撞到一位突然从她隔壁包厢冒出来的绅士——虽然面无表情，但眼神中却透着慈祥。

“夫人，到了[③]。”

列车长简单介绍了一下包厢内的情况后就把窗户推了上去，示意月台上的脚夫把行李递进来。待列车长把接过来的行李一一摆放到行李架上之后，高个子妇人坐了下来，顺手把一个红色小箱子和手袋都放在了自己旁边。

包厢里很热，不过她并没有打算把大衣脱下来，只是两眼放空地望着窗外。月台上人来人往，其中还有不少兜售报纸、枕头、巧克力、水果、矿泉水等各种物品的小贩纷纷凑上前来向她推销。不过她只当他们都是透明的。列车缓缓地开动了，里昂火车站渐渐消失在她的视线里，与此同时，一抹悲伤和焦虑却在不知不觉间爬上了她的脸庞。

“夫人，可以出示一下您的护照吗？”

---

①原文为法语。

②原文为法语。

③原文为法语。

站在包厢门口的列车长不得不把上面的话又重复了一遍才让他眼前的这位女士回过神来。埃尔希·杰弗里神情斯恍惚地站起身来。

“请再说一遍？”

“您的护照，夫人。”

她打开包，拿出护照交到列车长的手上。

“夫人，旅途会顺利的。我随时为您服务，”列车长不知为什么突然顿了一下，“我会一直陪伴夫人到达伊斯坦布尔。”

埃尔希拿出一张五十法郎的纸币递了出去。列车长一副公事公办的样子，一边收下钱一边开始询问客人需要何时进餐、铺床。

说完他就出去了。他刚一出包厢，过道里就传来餐车服务员的叫卖声。“特级服务。特级服务。”服务员一边一个劲儿地摇着手里的小铃铛，一边大声地吆喝着。

埃尔希站起来，脱掉厚重的大衣，扫了一眼镜中的自己就匆匆拿起手提包和珠宝箱走出了包厢。不过她还没走几步就看到迎面而来的餐车服务员。因为不想跟他撞个正着，她便往后退了几步，侧身闪进了隔壁的包厢，里头正好没有人。她本想等餐车服务员一走过去就离开，目光却不经意地落在了一个放在座位上的皮箱上。

那是一个表面看起来有些磨损的猪皮箱子，很敦实，上面绑着一个标签：“帕克·派恩，前往伊斯坦布尔”。除此以外，箱子本身就标有“P.P.”的字样。

埃尔希德的脸上掠过一丝惊诧，她退到过道上，迟疑了一会儿才走回自己的包厢，从之前被她摊在桌子上的一堆书和杂志中找出一张《泰晤士报》。

她迅速扫了一遍头版上的所有广告，却没有找到她要找的东西。她轻轻地皱了皱眉，决定还是先去餐车看看。

餐车服务生把她领到了一张小桌旁。桌旁已经坐了一个人——正是刚刚在过道里差点没和她撞个满怀的那个男人、猪皮箱子的主人。

埃尔希不动声色地暗中观察着这个男人——看上去冷淡却又不失慈祥，而且还能给人带来一种无法解释的安心和愉悦感。他一直保持着相当内敛的英国做派，直到开始吃水果。

“这里实在是太热了。”猪皮箱子的主人首先开口说话。

“是啊，”埃尔希接着说，“要是有人能把窗户打开就好了。”

他苦笑了一下。“不可能的！除了我们两个，其他人都会反对。”

她报以会意的一笑。谁也不再多说一句。

埃尔希的账单和咖啡一起被送了上来。

“恕我冒昧，”就在把钱放在账单上面的一瞬间，埃尔希终于鼓足勇气，尽管她的声音依然小得像蚊子叫，“我想我在您的箱子上看到了您的名字——帕克·派恩。您是——您真的就是吗？”

话一出口她便僵在那里，没想到对方却及时帮她打了个圆场。

“我想，你说的就是我。就是那个，”他开始引述埃尔希刚才在泰晤士报上面找来找去没找到的那则广告的内容，“‘你快乐吗？如果不，请找帕克·派恩先生。’没错，我就是。”

“我明白了，”埃尔希说，“这真是太不可思议了！”

对方却摇了摇头。“不一定。对您来说是不可思议，对我来说却不尽然。”说完，他的脸上展露出一种鼓励般的笑容，身子也微微向前倾着。“所以，您现在不开心，对不对？”此时，餐车内的客人已经寥寥无几。

“我——”埃尔希欲言又止。

“如果不是这样的话，您刚才不会说出‘这真是太不可思议了’这样的话来。”帕克·派恩先生一针见血。

埃尔希沉默了大概有一分钟的工夫。令她感到费解的是，她觉得自己内心的波澜好像已经被眼前这位帕克·派恩先生抚平了一般。“是——的，”她终于还是承认了，“我——不开心。或者退一步说，我感到焦虑。”

对方点了点头，表示理解。

“是这样，”埃尔希继续说，“最近发生了一件很奇怪的事情——我却不知道要怎么应对。”

“应该跟我讲一讲。”派恩先生的语气中透着鼓励。

此时，埃尔希想到了那条经常被她和爱德华拿出来品头论足一番然后惹得彼此哈哈大笑的广告。她从来没有想过有一天她竟然会——或许，她希望自己根本没有——遇到帕克·派恩先生。要是帕克·派恩先生是个江湖骗子——但他看起来是个好人！

埃尔希当即决定将困扰她的一切都和盘托出。

“我这就告诉你。我这一程去的是君士坦丁堡[①]，到那里与我丈夫会合。他一直和东方人做生意，不过直到今年才开始觉得自己有必要去看一下。他比我早两个星期出发，我们的计划是他一安顿下来我就去找他。一直以来，一想到这一点我就会兴奋不已。你知道吗，我以前从来没有出过国，除了之前我们一起在英国住过六个月。”

“您和您的丈夫都是美国人吗？”

“是的。”

“您大概刚结婚不久吧？”

“一年半。”

“幸福吗？”

---

①君士坦丁堡（Constantinople），土耳其港口城市，现称伊斯坦布尔。

“噢，那当然！爱德华简直堪称完美。”埃尔希迟疑了一下，继续说，“不，也许他也没有那么好。他就是有一点点……呃，我认为那叫……刻板。不过他还是很不错的。”她匆忙地收了尾。

帕克·派恩先生若有所思地盯着她看了好一会儿，然后说：“继续。”

“那是爱德华动身前往土耳其之后大概一个星期后的一天。那天，我在他的书房里写信，无意中发现了一沓崭新的吸墨纸上居然留有几行字迹。那会儿我正在读一篇侦探故事，里面正好提到和吸墨纸有关的线索，我觉得好玩，就也把那张留有字迹的吸墨纸拿起来对着镜子看。我那么做纯属是觉得好玩，派恩先生——我是说，爱德华平日里温顺如羔羊，谁也不会认为他会做出什么出格的事情来。”

“是的，是的，我很清楚。”

“那几行字迹清晰可辨。开头部分有‘太太’，接下来有‘辛普朗快车[①]’，最下面是‘即将到达威尼斯时行动最佳’。”

“奇怪，”派恩先生说，“非常奇怪。可以确定那是您丈夫的字迹吗？”

“噢，当然是他的。不过我绞尽脑汁怎么也想不出他究竟是在什么情况下会在一封信中用到这些字眼。”

“‘即将到达威尼斯时行动最佳’，”帕克·派恩先生又重复了几遍，“非常奇怪。”

此时，一旁的杰弗里斯夫人身子微微前倾，正在用一种充满期待又奉承的眼神望着帕克·派恩先生。“我应该做些什么？”她简单明了，好像派恩先生已经同意帮助她。

①辛普朗快车（Simplon Express），全名“威尼斯－辛普朗东方快车”，世界上首趟洲际豪华旅游专列。《东方快车谋杀案》中波洛乘坐的即为此趟列车。

“这恐怕要等到我们快到达威尼斯的时候才能知道，”帕克·派恩先生边说边从桌上拿起一张折叠的纸，“这是这趟列车的时刻表。列车会在明天下午两点二十七分到达威尼斯。”

说完，两人不约而同地对视了一下。

“交给我吧。”帕克·派恩说。

2

两点已经过五分了。很显然，这趟大约在十五分钟前才刚刚经过梅斯特[①] 的列车已经晚点了十一分钟。

这一路，帕克·派恩先生一直坐在杰弗里太太的包厢里。到目前为止这段旅程还算得上是愉悦无忧。不过，该来的总是会来。帕克·派恩先生和埃尔希面对面坐在一起，后者的心跳正在不住地加速，不断地用一种痛苦的眼神盯着坐在她对面的男人，仿佛这样做可以让她得到些许的安全感。

“别慌，”他说，“有我在，你很安全。”

突然，过道那边传来一声尖叫。

“噢，看——快看！车厢着火啦！”

三步并作两步的功夫，埃尔希和帕克·派恩先生一起冲到过道上张望。只见一个斯拉夫样貌的妇人正激动万分地用夸张的手势指着前方一间有烟雾滚滚而出的包厢。帕克·派恩先生和埃尔希一起顺着过道往那边跑去，途中还有人也加入了他们。失火的包厢里烟雾弥漫，

①梅斯特（Mestre），威尼斯自治市位于大陆部分的一个城区，与威尼斯之间有大型铁路、公路桥相连。

最先跑过去的人都咳嗽着退了回来。这时，列车长出现了。

“包厢里已经没有人了！”他大声说，“女士们、先生们，不要惊慌。火势很快就会被控制住。”

聚集在过道里的人们开始七嘴八舌地议论起来。此时，列车正行驶在连接梅斯特和威尼斯的铁路桥上。

帕克·派恩先生好像突然意识到了什么，他转身拨开身后还未完全散尽的人群急急忙忙地往埃尔希的包厢跑去。刚到门口他就看到刚才那个斯拉夫样貌的妇人正坐在里面对着窗外喘大气。

“不好意思，夫人，”帕克·派恩说，“您走错包厢了。”

“我知道。我知道。”斯拉夫样貌的妇人丝毫没有要起身的意思，用手指指包厢里那扇打开的窗户说，“对不起。我刚才受到了惊吓，一时情绪很不稳定——心脏受不了。”她继续大口大口地喘着气。

帕克·派恩先生一动不动地站在包厢门口，用一种充满父爱般的语气安慰她说：“别怕，火势一点儿都不严重。”

“不严重吗？啊，真是万幸！我现在感觉好多了，”她一边说一边站起身来，“我可以回自己的包厢了。”

“还不行，”帕克·派恩先生用一只手轻轻地压住了她，“夫人，我需要留您一会儿。”

“先生，这样做恐怕有点过分吧！”

“夫人，您得留下。”

斯拉夫妇人就一直坐在那里，眼巴巴地看着语气突然变得生硬的帕克·派恩先生，直到埃尔希出现在门口。

“看起来像是有人放了烟幕弹，”埃尔希一路过来跑得上气不接下气，“荒唐的恶作剧而已。列车长被气坏了，他现在在盘问每一个人——”突然，埃尔希看到了车厢里的陌生人，把已经到了嘴边的话一股脑儿都咽了回去。

“杰弗里太太，”帕克·派恩先生开始发问，“您的红色小箱子里面都装了些什么？”

“我的珠宝首饰。”

“或许，您最好看一下东西是不是都还在。”

突然，斯拉夫面容的妇人开始不住地往外蹦法语，以便更准确地表达她的意思。

埃尔希趁机快速地检查了一下她的珠宝箱。“噢！”她叫出声来，“箱子没上锁。”

“我要去找列车长投诉[①]。”斯拉夫妇人快要说不下去了。

“不见了！”埃尔希大喊，“所有的！钻石手镯、爸爸送给我的项链、祖母绿盒红宝石戒指，还有好几个漂亮的钻石胸针。谢天谢地，还好我戴着珍珠的这一套。噢，派恩先生，我该怎么办？”

“你去找列车长，”帕克·派恩先生一点儿不含糊，“我留在这里看住这个女人。”

“太过分了！魔鬼！[②]”斯拉夫模样的妇人尖叫着。她就这样骂骂咧咧一路，直到列车驶进威尼斯站。

在接下来的半个小时里，帕克·派恩先生不断地在好几种语言间转换着，以便应对不同的工作人员，而且他还受到了打击。那个可疑的妇人同意接受搜身检查，不过最终却一无所获。因为失窃的珠宝根本不在她身上。

列车离开威尼斯后继续开往的里雅斯特[③]，一路上帕克·派恩先生

①原文为法语。
②原文为法语。
③的里雅斯特 (Trieste)，意大利东北部港口城市。

和埃尔希都在对这件事情各抒己见。

“你最后一次看到你的珠宝首饰是在什么时候？”

“今天早上。我摘下昨天戴的蓝宝石耳环，换上了一对纯珍珠的。”

“其他的都还原封不动地在盒子里吧？”

“这个，一般情况下我是不会每次都清点一遍的。不过当时看上去没什么异样。有可能少了一个戒指还是什么的，其他的应该都在。”

帕克·派恩先生点了点头。“那么，有没有可能是列车长上午来过包厢？”

“我当时随身带着这个箱子——在餐车里。我一般都会随身带着，除了刚才那样逃跑的时候。”

“这样的话，”帕克·派恩先生说，“窃贼很可能就是那个无辜受伤的苏贝斯卡夫人了，或者她根本就不叫这个名字。不过，她到底做了什么手脚呢？她出现在这个包厢里的时间不过一分多钟——刚好可以用备用钥匙打开珠宝箱然后把东西都拿走——没错。不过她下一步做了什么？”

“她会不会把东西交给了别人？”

“不太可能。我当时已经往回走了，如果有人从这个包厢出去的话一定会被我看到。”

“也许她把东西扔到窗外去了，外面有人在接应。”

“这个想法倒是不错。只是，当时列车正在过桥，外面是海。”

“那她肯定是把东西藏在了车厢里。”

“我们就找找看吧。”

埃尔希劲头十足，说干就干。帕克·派恩先生虽然也加入其中，却显得十分心不在焉。为了顶住埃尔希的责备，他开始为自己找理由开脱。

"我想我得在的里雅斯特发一封很重要的电报。"

对于他提出的这个借口，埃尔希表现得很冷淡，帕克派先生的这一番不作为简直让她失望透顶。

"恐怕我让您感到不悦了吧，杰弗里太太。"他故意放低姿态。

"那是因为到现在你都没有把事情搞定啊。"她反击道。

"但是，我亲爱的女士，您得知道我并不是一个侦探。抓小偷和罪犯的事情根本就不是我的职责。我研究的是人心。"

"这么说吧，刚上车的时候我只有一点点不开心，"埃尔希开始抱怨，"但是和现在一比，那一点不开心根本就不值得一提！我真想大哭一场。为了我心爱的手镯，还有我们订婚时爱德华送给我的祖母绿戒指。"

"但是您肯定给这些东西上过保险吧？"帕克·派恩先生试图转移话题。

"有吗？我不知道。是，我想应该上了。不过，派恩先生，我对这些东西都是有感情的。"

车速渐渐慢了下来。"的里雅斯特到了，"帕克·派恩先生一边向窗外张望一边说，"我得去发电报了。"

3

"爱德华！"埃尔希看到月台上匆匆向她走来的丈夫，整个人都亮堂起来。此时此刻，刚刚丢了珠宝的沮丧一下子就被抛到了九霄云外，她也想不起在吸墨纸上发现的奇怪字迹了。她现在只知道自己已经有两个星期没有见到眼前这个魅力十足的男人了，尽管他平日里总是一副不苟言笑的样子。

就在夫妻两人刚要走出火车站的时候，埃尔希感到有人在她肩膀上轻轻拍了一下。回头看去，她发现帕克·派恩先生正神情自若、满脸笑容地看着她。

“杰弗里太太，”派恩先生说，“半小时后您可以到托卡特莲酒店来找我吗？我想我有好消息要告诉您。”

埃尔希迟疑地看了爱德华一眼。“这位是——呃——我丈夫——帕克·派恩先生。”

“想必您太太已经和您说，她的珠宝被偷了，”帕克·派恩先生娓娓道来，“我一直都在尽我所能地帮她找。我想，大概再过半个小时，我会有一些新发现要告诉她。”

埃尔希用一种征询的眼神看着爱德华，却不想后者几乎脱口而出：“亲爱的，你当然要去。派恩先生，您说的是托卡特莲酒店？好的，她会去的。”

4

半小时后，埃尔希准时被带进了帕克·派恩先生在酒店里的私人会客室。后者起身上前迎接。

“杰弗里太太，您一定对我很失望吧，”帕克·派恩先生直言不讳，“不要再否认了。实际上我从来也没有把自己当成魔术师，我所做的一切都是我力所能及的。来看看这里面。”

他一边说一边把一个个头不大但是很结实的纸板箱推给了坐在桌子另一端的埃尔希。埃尔希打开盒子，只见戒指、胸针、手镯、项链——全部都是她那些被盗的珠宝。

"派恩先生，这太不可思议了！太——太神奇了！"

帕克·派恩先生莞尔一笑。"很高兴没有让您失望，我亲爱的女士。"

"噢，派恩先生，我真不该对您那样刻薄！从的里雅斯特那件事情开始，我对您就一直很过分。现在的情况——却是这样。话说回来，您是怎么找回这些珠宝的？什么时候？在哪里？"

"说来话长，"帕克·派恩先生若有所思地摇了摇头，"总有一天你会知道的。事实上，你很快就会知道了。"

"为什么不能现在就告诉我？"

"我自有道理。"帕克·派恩先生态度坚决。

好奇心没有得到满足的埃尔希只好悻悻地离开了。

埃尔希前脚刚走，帕克·派恩先生就拿上帽子和拐杖跟了出去。走在培拉区[1]的街头，他不住地暗暗发笑，不知不觉就拐进了一家顾客寥寥的小咖啡馆。从咖啡店的窗户望出去，金角湾[2]近在咫尺，清真寺纤细的塔尖高耸入云。派恩先生落座后点了两杯咖啡，香浓的咖啡刚刚入口，一个男人就在他对面的椅子上坐了下来。那个人正是爱德华·杰弗里。

"我帮你点了咖啡。"帕克·派恩先生一边说一边指了指桌子。

爱德华毫不理会地把杯子一推，探着身子说："你是怎么知道的？"

帕克·派恩先生两眼凝视着虚空，轻轻啜了一口咖啡，"您的太太

①培拉区（Pera），伊斯坦布尔的一个区。

②金角湾（Golden Horn），伊斯坦布尔的一个天然峡湾。现在的金角湾及其两岸，是伊斯坦布尔著名的观光景点。

还没有告诉您她在吸墨纸上的发现吗？噢，她会告诉您的，她只是一时想不起来了。”

在接下来的时间里，帕克·派恩先生首先讲述了埃尔希的发现，继而开始毫无保留地分析。

“事情就是这样，正好对上了我们在到达威尼斯之前遇到的怪事。不知出于何种原因，你指使小偷窃取你太太那些珠宝。不过为什么‘到达威尼斯之前动手会是最佳时机’呢？这看上去毫无道理。你为什么不让——你雇的那个人——自己决定她动手的时间和地点呢？

“后来，我一下就想明白了。你太太的那些珠宝在你们离开伦敦前其实就已经被替换成了赝品。只是这个做法还不能让你完全放心。你是一个清高而且心思缜密的年轻人，你不想让偷窃这件事情牵连你的家仆或者其他无辜的人，所以你就要确保这件事情既不能发生在你的家里也不能由你周围熟悉的人下手。

“你的共犯手上有一把珠宝箱的钥匙和一枚烟幕弹。时机一到，她就开始造势，趁乱冲进你太太的包厢，打开珠宝箱把里面的赝品扔出了窗外。后来，犯罪嫌疑极大的她被搜了身，但是因为赃物已经被她扔了，所以就根本找不出对她不利的证据。

“这样一来，销赃地点的选择就显得更加关键。如果当时只是顺着窗户扔到铁路沿线上，赃物最终还是有可能被找到。但小偷选择动手的时机恰恰就是火车过海的时候。

“与此同时，你开始计划要如何把偷来的珠宝在这里卖掉。只等你同伙那边一得手，你这边就可以脱手了。不过，所幸你及时收到了我发来的电报，并且乖乖按照指示把那一箱子珠宝存放在托卡特莲酒店等我过来。你之所以这么做无非就是不想我报警。同样，你遵照我的指示来到这里赴约。”

此刻，爱德华一脸乞求地望着帕克·派恩先生。他其实是个长得不错的年轻人，身材高挑、皮肤白皙，有弧度的下巴呼应着一双圆溜溜的大眼睛。

“我怎么才能让您明白呢？”他显得十分绝望，“在您看来，我看上去和一般的小偷大概没有区别。”

“完全不是，”帕克·派恩先生说，“而且恰恰相反，我应该说你是一个相当诚实的人。我习惯于把人划分为不同的类型。而你，我亲爱的先生，就属于受害者那一类。现在，跟我讲讲究竟是怎么回事吧。”

“我只用一个词就能说清楚——敲诈。”

“怎么讲？”

“您见过我的太太，一定觉得她是一个单纯无知、有点愚昧却心地纯洁的妇人。”

“是的，没错。”

“她心地单纯到不可思议。如果她发现——我做了某些事情，她就会离开我。”

“我很好奇。但这不是问题的关键。关键是你都做了些什么，我亲爱的朋友？我猜想一定是和一个女人有关。”

爱德华点了点头。

“婚后——还是婚前？”

“婚前——噢，这个当然。”

“好，那么都发生了什么？”

“没有，什么也没有。这也就是让人感到痛苦的地方。在西印度群岛的时候，我在酒店里遇到过一个很有魅力的女人——罗西特太太。她的先生却是相当暴力的一个人，脾气很野蛮。有一天晚上他拿着左轮手枪威胁他的太太。结果罗西特太太就逃到了我的房间里。她当时被吓坏了，疯疯癫癫的，让我留她在房间里过夜。我——还能做什么？”

帕克·派恩先生的眼睛直直地盯着眼前这个年轻人，对方也心怀坦荡地用眼神回应着他。帕克·派恩先生叹了口气说：“也就是说，直白一点，你中计了。”

“事实上是——”

“是的，没错。这是一个老掉牙的把戏——不过对于热血沸腾的小伙子却总能奏效。我估计在你宣布婚讯之后不久敲诈就开始了？”

“是的。我收到了一封信，上面说如果我不交出一大笔钱的话就会有人把一切都告诉给我未来的岳父——说我是如何离间这个年轻女人和她丈夫的关系的；这女人又是怎么进了我的房间；还说她的丈夫会因此提出离婚。说真的，派恩先生，整件事情把我逼到要爆脏话的地步。”爱德华心烦意乱地用手搓着自己的前额。

“是的，我明白。所以你就交出了那笔钱。不过，自那以后，敲诈这件事情就没消停过吧。”

“是的。这次的行动是我最后一根救命稻草了。我的生意在大萧条中受到了严重的冲击，手头上已经没有可以支配的钱了，所以才会出此下策，”说完这一番话，爱德华才端起了那杯早就冷掉的咖啡，心不在焉地喝了一口，“我现在该怎么办？”他的情绪开始变得有些激动，“我该怎么办，派恩先生？”

“听我的安排，”帕克·派恩语气坚定，“我可以解开让你恐惧不安的心结。至于你的太太，你回去后告诉她事情真相——或者说是真相的一部分。真相里你唯一不能透露给她的就是有关那些发生在西印度群岛的事实。你不能告诉她，你——中了圈套，就像我之前说的。”

“可是——”

“我亲爱的杰弗里，你不懂女人。如果一个女人不得不在一个傻子和一个浪子之间选择的话，她十有八九会选浪子。杰弗里先生，你的太太是一个高傲迷人却也心思单纯的姑娘，只有让她相信她已经让你这个浪子回头了，她才会死心塌地地和你过下去。”

爱德华在一旁听得目瞪口呆。

“我是认真的，”帕克·派恩先生仿佛看出了他的心思，“现在看来你的太太还是爱你的，但是，如果你继续这样对她总是保持一副过于耿直的样子的话，我想我已经看出了她有可能会动摇的端倪。要知道，过分的耿直就是无趣。

“去找她吧，我的孩子，”帕克·派恩先生的语气里满是慈爱，“告诉她她该知道的一切——包括你能想到的所有事情。然后再告诉她，是她的出现让你的生活焕然一新。你为了不让她听到不堪的事情，宁可让自己沦为小偷一般。这样她就会从心底里原谅你。”

“但要是根本没有原谅我呢？”

“真相是什么？”帕克·派恩先生语重心长地说，“依我的经验，真相就是通常都会把事情搞砸的东西！婚姻生活的基本准则就是必须要对女人说谎。这就是她喜欢的。我的孩子，你就让她好好感受一下原谅别人带来的快感吧。然后从此幸福地生活在一起。我敢断言，今后一旦有性感的女人靠近你，你太太一定会保持高度警觉——这一点让很多男人都无法忍受，但我想这对你而言不是问题。”

“除了埃尔希，我根本不想看别的女人。”杰弗里先生直截了当地说。

“能做到这点很厉害，我的孩子，”帕克·派恩先说，“不过，如果我是你的话，我不会让她知道我有这个想法。女人多少都喜欢有点竞争。”

“您真这么认为？”爱德华起身要走。

“听我的。”帕克·派恩先生的语气中带着不容置疑的自信。

1

> 大马士革，四座城门环绕着的城……

帕克·派恩先生轻声吟诵着诗人弗莱克[①]的诗句。

> 命运的暗道、荒漠的开始、灾难的温床，恐惧的要塞。
>
> 我就是巴格达之门，通往迪亚巴克尔[②]的走廊。

他站在大马士革的街头，静静地看着一辆停在东方酒店外的大型六轮客车。翌日，他就要和另外十一个人一起搭乘这辆车穿越沙漠，前往巴格达。

* * *

①詹姆斯·埃尔罗伊·弗莱克（James Elroy Flecker，1884-1915），英国诗人，小说家，剧作家。

②迪亚巴克尔（Diarbekir），土耳其东南部最大城市，军事重镇。

穿越，噢，大篷车，不要唱。

你可曾听到那如鸟儿垂死挣扎一般的寂静？

无法穿越，噢，大篷车，末日的大篷车，死亡的大篷车！

时过境迁，现在的巴格达之门早已不再是死亡之门。昔日乘坐大篷车在荒漠中消耗数月的舟车劳顿到如今不过就是三十六小时的汽车车程。

“您刚才说什么，帕克·派恩先生？”

发问的是这一行游客中最年轻也最有魅力的内特·普莱斯小姐。尽管平日里总被嘴上好似长了一圈胡子又对有关《圣经》的知识如饥似渴的老姑妈管得很严，内特还是能在一些不足为道、但姑妈却很有可能反对的小事上钻钻老普莱斯小姐的空子，满足一下自己。

帕克·派恩先生又为她念了一遍弗莱克的诗句。

“听起来真令人毛骨悚然。”内特说。

“这种惊悚现在依然存在。”内特的仰慕者——一个和他身边两位穿着同样空军制服的男士接过话茬，“即便是现在，在沙漠中行进时遇上强盗也不是没有可能的事情。再有就是迷路——这一点，时有发生。曾经有个同伴被困在沙漠里五天，但幸运的是，他带了足够的水。此外，就是剧烈的车辆颠簸，不停地颠簸！曾经有个人在颠簸的车上睡着了，结果脑袋卡在车顶，被卡死了。我告诉你的可都是真的！”

“那辆车是六轮车吗，奥洛克先生？”老普莱斯小姐急切地问。

“不，不是六轮车。”穿制服的年轻人实话实说。

“但我们总是要到处看看的呀。”内特大声说。

话音刚落，她就看到姑妈默默地拿出了一本导览书，于是，她赶紧溜到一旁。

“我知道她想让我带她去看看类似《圣经》上记载的圣保罗被挂在窗外的那种地方，”内特轻声说，“但是我想去集市上转转。”

奥洛克立刻毛遂自荐。

“和我一起去吧。我们从直街[①] 开始逛。”

说完，两人便消失在人海里。

帕克·派恩先生转过身，准备搭讪站在身旁的一位默不作声的先生——供职于巴格达市政工程部门的汉斯莱。

“大马士革从第一眼看上去总是有点儿让人失望吧，”他略显遗憾地说，“不过社会还算是文明。电车、商铺、现代化的房子比比皆是。”

向来少言寡语的汉斯莱点了点头。

“你觉得有——但归根到底——还是没有。”他费力地挤出了一句话。

这时，一位皮肤白皙、打着老款伊顿公学领结的小伙子神情焦虑地朝他们走了过来。汉斯莱的这位同事平时总是一副笑容可掬的样子，现在却是一脸的茫然。

“你好，斯梅瑟斯特，”看到朋友，汉斯莱打了个招呼，“丢了什么东西吗？”

对方摇了摇头。看得出来，这个年轻人脑子并不聪明。

“随便看看，”他闪烁其词，但很快又进入了谈话的状态，“晚上要不要聚一聚？”

两人走后，帕克·派恩先生去买了一份当地用法文印刷的报纸。

他翻了翻觉得没什么意思，一来当地新闻对他来说毫无意义，二来当下也没有什么重要的事情发生。不过他还是在“伦敦新闻”下面

①直街（Streight Street），东西横贯大马士革旧城的古罗马大道，《圣经》中记载，圣保罗曾来此参观，沿街有罗马、基督教和伊斯兰的一些景点。

看到了几条消息。

第一条是有关金融事件的。第二条议论的是金融家萨缪尔由于渎职问题将要受到何种制裁。据悉这个金融家挪用公款的数额已达三百万，另有传言说他已经逃到了南美。

“刚刚三十岁的人能够如此，也不赖嘛。”帕克·派恩先生自言自语道。

“可以再说一遍吗？”

帕克·派恩一转身正好遇上那位乘船从布林迪西[①]到贝鲁特[②]一路上都和他同行的意大利将军。

帕克·派恩先生向他解释了一下自己的看法，对方一边听一边不住地点头赞同。

“那个人太邪恶了。连我们在意大利都受到了影响。他煽动了全世界，有人居然还说他很有教养。”

“他确实进过伊顿公学和牛津大学。”帕克·派恩先生小心翼翼地说。

“你认为他会被缉拿归案吗？”

“那要看他现在走到哪一步了。他说不定还在英国，也可能在——任何地方。”

“在这里，和我们一起？”将军边笑边说。

“有可能，”帕克·派恩先生一脸严肃，“告诉您吧，将军，我可能就是他。”

对方惊诧地看了他一眼，略显纠结的面容渐渐放松下来，黄褐色的面庞上露出一个会心的微笑。

---

①布林迪西（Brindisi），意大利城市。
②贝鲁特（Beirut），黎巴嫩港口。

“噢！那太好了——真的太好了。但是你——”他赶紧把自己的视线从帕克·派恩先生的脸上收了回来。

帕克·派恩先生似乎猜出了他的心思。

“不能以貌取人，”他说，“稍微……呃……胖一些……还是很容易做到的，而且，肥胖有增加年龄的效果。此外还有染发，这是必须的，然后在脸上画斑点，甚至再换个国籍。”

帕克·派恩先生梦呓似的说个不停。波里将军一脸迟疑地转身离开，他根本不知道眼前这个英国佬的话有几句是真的。

当晚，帕克·派恩先生决定去找点乐子。他先去了影院，然后又来到一家名叫“狂欢殿堂”的俱乐部。不过这家店好像并没有给他带来任何殿堂级的享受或是狂欢的快感，各式各样的女人在舞池中萎靡不振地旋转着，就连周围的掌声都是那么的敷衍。

突然，帕克·派恩先生在人群中发现了独自坐在桌旁的斯梅瑟斯特。帕克·派恩一看到这个面色发红的年轻人就断定他应该是喝多了，于是朝他走了过去。

“丢人啊，看看这几个姑娘是怎么对待你的，”斯梅瑟斯特沮丧地嘟囔着，“给她买了一杯——又一杯——好几杯的酒，结果人家却跑去和几个外国佬说说笑笑。真是耻辱。”

帕克·派恩先生很是同情他，劝他喝口咖啡。

“拿拉克酒[①]来，”斯梅瑟斯特嚷嚷着，“超级棒的好东西。你试试。”

帕克·派恩先生知道一些拉克酒的特性，所以他要了点花招，想蒙混过关，不料却被斯梅瑟斯特识破了。

①一种无色透明，有茴香味且不甜的茴香酒。土耳其国酒，又称为狮子奶酒。中东地区的里拉克、黎巴嫩、巴勒斯坦、叙利亚、约旦以及以色列等国的传统酒饮料。

“我现在一团糟，”斯梅瑟斯特说，“得让自己振作起来。要换了你是我，你会怎么办？我可不能出卖朋友。什么？我是说，等等——我该怎么办？”

他仔细地端详着眼前的帕克·派恩先生，就好像他们从来都不认识一样。

“你是谁？”在酒精的作用下，斯梅瑟斯特近乎粗鲁地问，“你是干什么的？”

“招摇撞骗。”帕克·派恩先生不紧不慢地说。

“什么——你也是？”斯梅瑟斯特一下子来了精神。

帕克·派恩先生随即从钱包里掏出了一块剪报，把它平铺在斯梅瑟斯特眼前的桌子上。

> “你不快乐吗？（报纸上写道）。如果是，请咨询帕克·派恩先生。”

“那好，我有问题，”费了好大力气才看清报纸上面的字的斯梅瑟斯特一出口便咄咄逼人，“你的意思是说——人们找你是为了要告诉你一些事情？”

“他们来找我谈心——是的。”

“我猜都是一些愚蠢的女人吧。”

“确实有很多女人，”帕克·派恩先生并不否认，“但是也有男人。你怎么样，我年轻的朋友？你现在需不需要来点建议？”

“去你的吧，”斯梅瑟斯特耍起酒疯来，“除了我自己，不关任何人的事。该死的拉克酒呢？”

帕克·派恩先生遗憾地摇了摇头，决定不再对眼前这个醉鬼谈起自己的工作。

2

早晨七点钟，前往巴格达的一行十二个人出发了。他们分别是帕克·派恩先生和波里将军、普莱斯小姐和她的侄女、三个空军军官、斯梅瑟斯特和汉斯莱，以及一对姓潘特米安的亚美尼亚母子。

车子慢慢开动起来，车窗外是一排排渐渐远去的大马士革果树，一切都显得那么宁静。途中，乌云密布的天空让正在开车的年轻司机有点心里没底，他几次向外张望，还不时地和汉斯莱交谈。

“鲁特拜[①] 那边好像有点下雨。希望我们不会被困住。”

接近中午的时候他们停下来吃午餐，人手一盒用正方形的纸盒装着的盒饭。两个司机还煮了茶，盛放在纸杯里和大家分享。休息片刻，他们又上路了，前方依旧是广袤无垠的平原。

这让帕克·派恩先生不禁又想起了昔日慢悠悠的大篷车和长达数星期之久的旅途……

黄昏降临时分，他们一行人刚好赶到鲁特拜要塞。

茫茫沙漠中，他们乘坐的六轮车驶过大开的城门，进入要塞的内院。

“这真让人兴奋。”内特已经无法抑制内心的激动。

梳洗一番之后，她已经迫不及待地要到处走走了，空军上尉奥洛克和帕克·派恩先生都自告奋勇一同前往。出发前，要塞的负责人赶来叮嘱并请求他们不要走得太远，以免天黑后找路困难。

①鲁特拜（Rutbah），位于伊拉克西部的一个城镇。

“我们就在附近转转。”奥洛克许诺。

事实上，当放眼望去四周全都是千篇一律的景色的时候，他们才开始意识到在这样的环境中行走真的不是一件有趣的事情。

途中，帕克·派恩先生弯腰捡起了什么。

“这是什么？”内特好奇地问。

“一个史前时期的打火石——钻孔器，普莱斯小姐。”他抬手把东西拿到了她的眼前。

“他们——用这个互相残杀吗？”

“不，这东西不是用来伤人的。不过我想他们如果真的要用这东西杀人也可以做到。毕竟，如果要杀人的话，动念才是关键——用什么工具都无所谓。总是能找到什么能派上用场的东西。”

天色渐暗，三个人人匆匆赶回了要塞。

晚餐就是各种各样的罐头食品。吃过饭后，大家围坐在一起抽烟谈天，直到十二点，六轮车再次准备出发。

“这附近的路可不太好走，”司机显得十分焦虑，“我们可能会被困住。”说话间，一行人全部跳上了车，自顾自地找了位子坐好。

“我应该换上我的卧室拖鞋。”普莱斯小姐因为没能带上自己的旅行箱而显得烦躁不安。

“你更需要的应该是一双橡胶靴子吧，”一旁的斯梅瑟斯特说，“据我所知，我们将要陷入一大片泥沼中。”

“我连袜子都没换呢。”内特毫不理会。

“没问题。你就待着别动。到时候只需要男士出去抬车。”

“多带一双袜子总是没错的，”汉斯莱拍了拍大衣的口袋，“谁知道呢。”

车内的灯暗了下来，庞然大物般的六轮车缓缓融入了前方的夜色。

路确实不太好走。他们虽然没有像坐在一般的旅行车里那般颠簸摇晃，不过时不时还是会被狠狠地震荡一下。

帕克·派恩先生坐在前排，过道另一边，和他同排坐着的是用披肩和头巾把自己包裹得严严实实的亚美尼亚女士，后面是她的儿子。帕克·派恩先生后面坐着两位普莱斯小姐。至于将军、斯梅瑟斯特、汉斯莱还有三个空军军官，他们都坐在车的后排位置上。

六轮车在夜色中匆匆前行。帕克·派恩先生想睡却睡不着，而舒舒服服地躺在过道另一端座位上的亚美尼亚女士却已经把脚都伸到他这边来了，这让他感到相当的不快。

过了一会儿，车上的每一个人好像都已经睡着。帕克·派恩先生也开始感到正在向他袭来的困意，但不料却被一个突如其来的颠簸猛地朝车顶甩了一下。紧接着就听到后面传来一声迷迷糊糊的反抗："开稳点。想弄断我们的脖子吗？"

不久，困意再次袭来，几分钟后他就已经沉沉地睡了过去，脑袋很别扭地耷拉在一边……

随着车轮停止转动，帕克·派恩先生突然惊醒过来。他看到陆陆续续有人下车，还听到了汉斯莱的声音夹杂其间。

"我们陷进去了。"

忐忑不安地四下环顾了一圈之后，帕克·派恩先生小心翼翼地走下车。这时雨已经停了，借着月光，他看到两个司机正在一起奋力地用千斤顶和石头垫高汽车轮子。车上大部分的男士都已经下车帮忙，透过车窗往车里看去，一边是普莱斯小姐和内特饶有兴致的眼神，一边是亚美尼亚女士毫无掩饰的一脸厌恶。司机一声令下，车外的男士们就开始用力抬。

"那个亚美尼亚家伙在哪里？"奥洛克有些不满，"像只猫一样蜷缩在窝里取暖吗？我们得让他也下来帮忙。”

“还有斯梅瑟斯特，”波里将军扫视了一下正在外面帮忙的人，“他也没在下面。”

“那个讨厌鬼还在睡觉呢。瞧瞧他呀。”

确实如此，斯梅瑟斯特此时正坐在他的位子上，头耷拉在胸前，整个身体几乎垮了下来。

“我去把他叫起来，”奥洛克自告奋勇，一个箭步跳上了车。

结果不出一分钟，他就回来了。

“我说。我想他是生病了——或者别的之类的。医生呢？”奥洛克用一种听起来很异样的声音说。

正在帮忙抬汽车轮子的空军军官洛夫特斯闻讯而来，这个头发灰白、看起来很安静的男人是一名军医。

“他怎么了？”

“我——不知道。”

跟着医生，奥洛克和帕克·派恩也回到了车上。洛夫特斯医生欠身看了看，一看一摸，什么都明白了。

“他死了。”

“死了？怎么死的？”车厢里一下炸开了锅。

“噢！太可怕了！”内特说。

洛夫特斯好像有点生气，他转身面向大家。

“一定是头撞到车顶了，刚才有一处特别颠簸。”

“肯定不至于撞一下就死吧？还会有什么别的原因吗？”

“现在还不好说，我要仔细检查一下他的身体。”洛夫特斯一边说一边厌烦地看了看正在往他身边凑的女人和陆续回到车上的男人。

帕克·派恩先生明白了他的意思，便过去和司机商量了几句。司机是个体格健硕的年轻人，除了在普莱斯小姐身上多花了些力气，他轻而易举地就把车上的几位女士抱下了车，直到走出泥地才把她们放下来。

六轮车里只剩下洛夫特斯医生和斯梅瑟斯特的尸体。

下了车的男人们继续用千斤顶翘车。此时，天边已微微露出鱼肚白，冉冉上升的太阳渐渐把光芒洒向大地，炫耀着一片晴空万里。泥潭很快就被晒干了，但车子依然被卡在原地。已经报废了三个千斤顶却仍无法带来任何改观的司机决定还是先准备早餐——煮茶、开罐头。

不远处，军医洛夫特斯开始宣布他的发现。

“在死者身上没有发现任何记号或是伤口。如我之前所说，他一定是头部遭到了来自车顶的撞击。”

“你觉得自然死亡这个结论令你满意吗？”帕克·派恩先生追问道，话一出口便立刻引来了医生的注意。

“还剩下另一种可能。”

“是的。”

“那就是有人在他身后用类似沙袋一样的东西敲击了他的后脑。”军医抱歉地说。

“这不太可能吧，”另一个样子很可爱的青年空军军官威廉姆森接过话茬，“我的意思是，没人可以做到这一点却不被发现。”

“要是我们都睡着了呢。”医生反驳道。

“但下手的人又怎么能确定别人都已经睡熟了呢？”马上有人指出破绽。

“站起来再走过去这一连串的动作会引起别人的注意。”

“只有一个办法，”波里将军说，“那就是那个人就坐在他后面。他不用离开座位就可以选择任何时机下手而不被别人注意。”

“刚才谁坐在斯梅瑟斯特后面？”洛夫特斯医生接过话茬。

一旁的奥洛克似乎早就等着别人问这句话了。

“是汉斯莱，先生，所以这事没那么简单。汉斯莱是斯梅瑟斯特最好的朋友。”

四下顿时鸦雀无声，直到帕克·派恩先生掷地有声的嗓音响起。

“我想，威廉姆森上尉有话要对大家说。”

“先生，您说我吗？我——好吧——”

“说吧，威廉姆森。”奥洛克在一旁帮腔。

“真的没什么——什么都没有。”

“说吧。”

“就是，我们在鲁特拜——那个院子里休息的时候，我断断续续听到了一些对话。当时我回到车上找香烟盒，正巧听到窗外有两个人在说话。其中一个人就是斯梅瑟斯特。他说——”威廉姆森欲言又止。

“嘿，伙计，说吧。”

“说什么不想背叛朋友之类的事情。听起来他好像很痛苦。后来他又说：‘到达巴格达之前我一个字都不会说的——但是之后我就做不到了。你还是快点逃吧。’”

“另一个人怎么说？”

“我不知道，先生。我发誓我不知道。那时候天已经黑了，他只说了一两个我听不清楚的词。”

“你们当中谁比较熟悉斯梅瑟斯特？”

“我认为——朋友——这个词只能用在汉斯莱身上，”奥洛克一字一顿地说，“我认识斯梅瑟斯特，但是没什么交情。威廉姆森和洛夫特斯都是刚加入的，我不认为他们两个当中的哪一位会在之前见过他。”

刚刚被提到名字的两个人都表示同意。

“将军，您呢？”

“从贝鲁特过来的时候我们坐一辆车，不过在那之前我从没见过这个年轻人。”

“那亚美尼亚那个家伙呢？”

“他不可能是他的朋友，”奥洛克断言，“而且亚美尼亚人也根本没有胆子去杀人。”

“我这里或许还有一点额外的证据。”帕克·派恩先生重新加入了讨论。

说完，他就把他和斯梅瑟斯特在大马士革那一晚的对话当着大家重复了一遍。

“他是这么说的——‘不想背叛朋友’，”奥洛克若有所思，“而且他当时还非常焦虑。”

“还有谁要补充些什么吗？”帕克·派恩先生开始发问。

“这个也许无关——”洛夫特斯清了清嗓子，在周围人的鼓动下他继续说，“就是，我听到斯梅瑟斯特曾经对汉斯莱说：‘你的部门一定有人泄密了，这一点你无法否认’。”

“这是什么时候的对话？”

“就在我们昨天早上从大马士革动身前。我当时以为他们两个人只是在谈论工作。没想到——”

“这很有意思，伙计，”将军插话道，“你倒是一点一点把证据都拼凑出来了。”

“你还提到过沙袋，医生，”帕克·派恩先生见缝插针，“有人可以自制这样的武器吗？”

“需要很多沙子。”洛夫特斯一边说一边用手抓了一把，语气十分冷淡。

“然后如果放一些在袜子里。”奥洛克大胆地接过话茬却又有些迟疑。

这时候在场的所有人都想起了汉斯莱前一天晚上说过的话。

多带一双袜子总是没错的。谁知道呢。

四周再次陷入一片寂静，但很快就被帕克·派恩先生打破了。“洛夫特斯医生，我想汉斯莱先生所说的额外准备的那双袜子应该就在车上、在他的大衣口袋里。”

话音一落，大家的目光便齐刷刷地转向一个垂头丧气、来回踱着步子的身影。自打车上发生这件命案，汉斯莱的态度就一直很冷淡，不过大家也都碍于死者是他的朋友继而选择尊重他保持沉默的权利。

“你能把袜子拿过来吗？”

洛夫特斯犹豫了一下。

“我不喜欢——”他一边嘟嘟囔囔一边又看了看那个踱来踱去的身影，“这样做显得有点下三烂。”

“请务必把它们拿来。”帕克·派恩先生的语气坚决、不留余地。“现在情况特殊，我们被困在这里，孤立无援，必须要找出真相。如果你能把袜子拿过来的话，我想我们就会有转机。”

洛夫特斯已经无话可说，只得转身上了车。

旋即，帕克·派恩把波里将军拉到一旁。

“将军，当时跟斯梅瑟斯特隔着一条过道、坐在一排的人是您吧？”

“是的。”

“当时有没有人起身往车身后面走？”

“只有那个英国夫人——普莱斯小姐。她用过车尾的洗漱间。”

“她走过去的时候是不是跌跌撞撞的？”

“车子颠簸的时候她的身子也会跟着突然一歪。”

“她是你看到的唯一一个在车子里走动的人吗？”

“没错，”将军好奇地看着眼前这个不断对他发问的男人，“不过我倒是很好奇你是谁？你像是在执行命令，但你又不是一个军人。”

“我见过人间百态。”帕克·派恩先生不慌不忙地说。

“你靠旅行谋生？”

“不，我是坐办公室的。”

几句话的工夫，洛夫特斯已经拿着袜子回来了。帕克·派恩先生接过袜子一看，其中一只袜子里面是湿的，而且还沾着沙子。

“我知道了。”这个结果让帕克·派恩先生着实倒吸了一口气。

一时间，众人的目光再一次落在远处那个踱来踱去的身影上。

“可以的话，我想看一下尸体。”帕克·派恩先生紧接着提出要求。

医生和他一起回到车上，帮他掀开了那块盖在斯梅瑟斯特身上的柏油帆布。

“没什么可看的。”

帕克·派恩先生并不理会。

“这么说，斯梅瑟斯特是伊顿公学的校友了。”他的目光一下子就锁定在死者的领结上。

这句话让一旁的洛夫特斯感到很意外，但让他更没想到的是帕克·派恩先生接下来的话。

“你对年轻的威廉姆森有多少了解？”

“完全不了解。我只在贝鲁特见过他一次。我是从埃及过来的。怎么了？有什么问题吗？”

"没什么，只是我们是否能定一个人的罪还要取决于证据，难道不是吗？"帕克·派恩先生显得相当兴奋，"还是小心为妙。"

说话归说话，帕克·派恩先生依然没有忘记查看死者的领结和领子。他解开扣子，扯了扯领子，然后就惊叫起来。

"看，这是什么？"

领子上一块小小的圆形血迹赫然在目。这一发现让帕克·派恩禁不住往前挪了挪，继续往脖子那里看下去。

"这个人不是因为头部遭到撞击而致命的，"帕克·派恩先生直言道，"他是被刺死的——致命点就在后脑勺。那个微小的刺痕到现在还有。"

"是我疏忽了！"

"你不过是先入为主罢了，"帕克·派恩先生的语气中带着遗憾，"相比于头部致命的一击，这一点点不明显的小伤口是很容易被忽视的。其实，用锋利的东西快速一刺就足以致命，受害人甚至连喊叫都来不及。"

"你是说凶器是匕首？你怀疑那个将军——？"

"意大利人佩带匕首好像还挺流行——看，有车来了！"

顺着声音望去，一辆旅行车驶进了他们的视野。

"太好了，"奥洛克一边说一边迎着车子追了过去，"女士们可以先上那辆车。"

"凶手怎么处理？"帕克·派恩先生问道。

"你指汉斯莱？"

"不，我说的不是他，"帕克·派恩先生胸有成竹，"我还知道汉斯莱是无辜的。"

"你——怎么知道？"

"就是，你看啊，他的袜子里面有沙子。"

奥洛克瞪大了眼睛，无言以对。

"孩子，我知道，"帕克·派恩先生不紧不慢地说，"这听起来不合常理，但就是事实。斯梅瑟斯特的头部并没有遭到撞击，你看，他是被刺死的。"

他顿了顿，继续说：

"你回忆一下我之前告诉过你的那段对话——我和斯梅瑟斯特在俱乐部里的对话。你当时关注的只是你觉得重要的一段，但事实上另一段却引起了我的注意。当时我跟他说我的工作就是招摇撞骗，他马上回应我说：'什么，你也是？'你不觉得这很奇怪吗？我不知道你会不会用'招摇撞骗'来形容自己挪用公款这一举动。耍花样、欺诈这类的词用来形容比如正携款在逃的萨缪尔·朗先生这样的人还差不多。"

这时，站在一旁的医生开口想要说些什么，不料却被奥洛克打断。

"是的——也许……"

"我只是开个玩笑，也许在逃的朗先生就是我们当中的一个。这大概就是真相。"

"什么——这根本不可能！"

"恰恰相反，这很有可能。单凭一个人自己提供的护照和银行账户你就能知道他到底是谁吗？我真的是帕克·派恩先生吗？波里将军真的是意大利将军吗？更不用说那个雄性激素发达的老普莱斯小姐了。"

"但是他——斯梅瑟斯特——认识朗？"

"斯梅瑟斯特是伊顿公学的老校友，朗也上过伊顿公学。斯梅瑟斯特很可能早就认识朗，只是没有说出来过。他可能在我们当中发现了朗。如果是这样，那他接下来该怎么做？从那时起，头脑简单的他便开始忧心忡忡。最后他决定仅仅在到达巴格达之前保持缄默。"

“你觉得朗就是我们中的一个？”奥洛克仍旧一脸茫然。

接着，他深吸一口气。

“一定是那个意大利佬——一定是……或者会不会是那个亚美尼亚男孩？”

“要知道，如果要把自己乔装打扮成外国人的样子再换一本护照可是要比直接冒名顶替一个英国人要难得多啊。”帕克·派恩先生有条不紊地说。

“普莱斯小姐？”奥洛克自己都没法相信自己的这个猜测。

“不，是这个人！”

说着，帕克·派恩先生略显友好地把一只手搭在了站在他身旁的男人肩膀上。但他的声音中却充满了敌意，他正在暗中用劲的手指也一样。

“洛夫特斯医生，抑或是萨缪尔·朗先生，你怎么叫他都无所谓！”

“这不可能啊——怎么可能，”奥洛克开始变得语无伦次，“我们很早就知道洛夫特斯医生了。”

“但你从来都没有见过他本人，是不是？也就是说，除了一个熟悉的名字，他不过就是一个陌生人。很显然，这个洛夫特斯医生是冒牌的。”

“你还真是聪明。那就说说你是怎么猜到的吧。”一直没找到机会说话的当事人开口了。

“你说斯梅瑟斯特是因为撞到头才死的，这个结论实在是太荒谬了。你不过就是听信了奥洛克昨天在大马士革跟我说的一番话，才觉得这是一个简单又好用的理由！你是我们车上唯一的医生——你说什么我们都会接受。你先拿到了洛夫特斯医生的箱子和装备，从中挑一个好用的小工具对你来说简直易如反掌。准备下手的时候你先凑过去和他说话，说话间你就把凶器刺了下去，之后你又继续若无其事地多说了一会儿话。但是车里很黑，又有谁会怀疑呢？

“后来，尸体被发现了。作为医生，你理所应当地抛出了你的结论。不过，事态的发展却没有你想象的那么顺利。疑云四起后，你先是找了个台阶退出来以便见机行事，直到威廉姆森说出他曾经听到过斯梅瑟斯特和一个人的对话。本来那段对话是发生在斯梅瑟斯特和你之间的，结果你却因为急于要栽赃汉斯莱就编造了一套你所听到过的、发生在斯梅瑟斯特和汉斯莱之间的、关于他们部门泄密事件的对话。我当即就发现了其中的破绽，不过，我还是再试探了一次。因为你在说‘好多的沙子’的时候曾经伸手抓起过一把沙子，所以我故意提起汉斯莱之前有关袜子的说法。我让你去拿袜子，这样我们就会找到真相，但我的真实意图并非你认为的那样，我其实早就检查过汉斯莱的袜子了，里面根本就没有沙子。所以，我们看到的袜子上的那些沙子都是你后来放进去的。”

萨谬尔·朗先生为自己点了一支烟。“我认输，”他说，“谁叫我走了背运。不过，我之前的运气一直都还不错。他们一直追我追到埃及，在那里，我遇到了即将前往巴格达和别人会合的洛夫特斯医生——更巧的是，他居然不认识在那里要和他会合的人。我怎么可能错失这么绝佳的机会。所以我决定收买他。这一下子就花掉了我两万英镑，不过这点钱对我来说又算得了什么？但后来就好像是被霉运诅咒了一般，我居然撞见了斯梅瑟斯特——天底下再也没有比他更愚蠢的人了！当年在伊顿公学的时候，他的年级比我低，再加上对我还有些英雄崇拜，所以没少被逼着为我们跑腿打杂。他从一开始就不想放我一马。我费劲口舌才说服他不要在到达巴格达之前揭穿我。可要是真等到了那个时候我还能有胜算吗？不可能。所以只有一条路可以走——那就是干掉他。不过我可以肯定地告诉你，我不是一个天生的杀手，我的才能并不在这方面。”

突然，他脸色大变——面容扭曲在一起。身子摇晃了几下就一头栽了下去。

奥洛克急忙上前弯下身子查看。

“可能是氢氰酸[①]——香烟里面的，”帕克·派恩先生冷静地说，“事到如今，这个亡命徒已经全盘皆输。”

他重新打量了一下倒在眼前的这个人。阳光猛烈地照射下来，打在这个茫茫荒漠中犹如沧海一粟般的身体上。就在昨天，他们才刚刚离开大马士革——一起穿越巴格达之门。

> 穿越，噢，大篷车，不要唱。你可曾听到那如鸟儿垂死挣扎一般的寂静？
>
> 无法穿越，噢，大篷车，末日的大篷车，死亡的大篷车！

①可以抑制呼吸酶，造成细胞内窒息，有剧毒。

设拉子的隐居者

1

清晨六点，帕克·派恩先生再次踏上旅途。这一次，他将要离开刚刚停留过的巴格达，动身前往波斯[①]。

小型单翼机上的乘客空间相当有限，特别是对于身材宽大的帕克·派恩先生来说。一路上，机舱里窄小的座位让他备受煎熬，毫无舒适感可言。同行的还有另外两个旅行者——十分健谈的大个子男士和面容笃定、嘴唇上翘的小个子女士。

“不管怎么看，”帕克·派恩先生思忖着，“他们都不像是会成为我的客户的那一类。”

他们也确实不会。小个子女士是一名幸福感爆棚的美国传教士，满脑子都是工作；大个子男士则受雇于一家石油公司。两个人一上飞机就开始跟帕克·派恩先生自报家门起来。

“我嘛，仅仅是个游客，”帕克·派恩先生牵强附会地说，“我要去

①波斯（Persia），现称伊朗。

德黑兰、伊斯法罕[1]，还有设拉子[2]。

单是这几个地名的发音，就已经让帕克·派恩先生沉醉不已。他情不自禁地又念了一遍。德黑兰。伊斯法罕。设拉子。

飞行途中，帕克·派恩先生朝窗外望去。当看到一片广袤无垠的荒漠时，他顿时觉得自己脚下这片人迹罕至的地区充满了无尽的神秘感。

因为需要配合检查护照和其他通关手续，飞机在途经科曼莎[3]时逗留了片刻。其间，帕克·派恩先生箱子里的一个小纸盒引起了工作人员的极大兴致。大家七嘴八舌地问个不停。不过，因为帕克·派恩先生并不通晓波斯语，事情变得有些难办。

正在这时，飞机驾驶员踱着步子走了过来。“请问？”一个金发碧眼、长相帅气但并不显得幼稚的德国小伙子愉悦地问。

这个声音让企图靠打手语交流却徒劳未果的帕克·派恩先生豁然开朗，他立即转过身去。“这里面装的是虫粉。你有办法跟他们解释清楚吗？”

“请问？”飞行员有点摸不着头脑。

于是，帕克·派恩先生又用德语重复了一遍刚才说的话。飞行员听后，龇牙一笑，接着就对在场的官员说起了波斯语。也许是感受到了其中的幽默，一个个原本还绷着脸的官员在听了他的话之后脸上都绽露出了笑容。

之后，三个人重新回到飞机上。再次起飞后不久他们便来到哈马

①伊斯法罕（Ispahan），伊朗第三大城市、文化古都。

②设拉子(Shiraz)，伊朗第六大城市，南部最大城市，伊朗最古老的城市之一。公元前六世纪是波斯帝国的中心地区。

③科曼莎（Kermanshah），位于伊朗西部。

丹[1] 上空，这时，飞机猛地下降了一些高度，在不着陆的前提下完成了邮件投递的任务。帕克·派恩先生则借此机会仔仔细细搜寻了一番当年大流士[2] 为了颂扬自己，让人用埃兰文、波斯文和巴比伦文三种文字把其战绩刻在悬崖上而留下的贝希斯敦铭文。

下午一点，一行人抵达德黑兰。首先要处理的是更加烦琐的入境手续，德国飞行员小伙子在看到帕克·派恩先生刚刚应答完一长串他根本就听不懂的入境询问后，笑盈盈地朝他走了过去。

"我刚才说了些什么？"帕克·派恩先生问小伙子。

"您说你父亲的教名是游客，您的职业是查理，您的娘家人姓巴格达，您是从哈里特来的。"

"会有问题吗？"

"不，完全不会。只要随便说些什么就可以了，他们要的就是开口说话。"

现代化味道十足却充斥着压迫感的德黑兰让帕克·派恩先生大跌眼镜。第二天晚上，他一走进酒店就遇到了那个德国飞行员小伙子——施拉格尔先生，他禁不住和对方聊起了这个话题。聊着聊着，他脑子一热，竟邀请对方共进晚餐，对方倒是欣然接受了他的邀请。

餐厅里，两个人被一名一身乔治五世[3] 王朝时期风格打扮的侍者忽悠着点完了餐，随后就跟着上菜的速度不声不响地吃了起来。

直到一道看起来黏糊糊的巧克力甜品被端上桌的时候，德国飞行员小伙子开口发问：

---

①哈马丹（Hamadan），伊朗城市，丝绸之路上一个重要的点。

②公元前五二二年，大流士为波斯王。大流士一世建立起了世界上第一个地跨亚非欧的大帝国。

③乔治五世（George Ⅴ，1865—1936），英国国王，温莎王朝的开创者。现时在位的英女王伊丽莎白二世的祖父。

"您是要去设拉子吗？"

"是的。我会坐飞机去。这样回程走陆路的时候就可以顺路经过伊斯法罕和德黑兰了。明天载我去设拉子的就是你吧？"

"噢，不是。我要返回巴格达。"

"你在这一片很久了吗？"

"三年。我们的生意从起步到现在不过三年的时间。目前为止还没出过任何事故——算是走运！"说完，他赶紧敲了敲桌子。

接着，两杯甜腻腻的咖啡被端了上来，两人开始抽烟。

"我服务的第一批客人是两位女士，"德国小伙儿的脸上浮现出一种怀旧的神情，"两位英国女士。"

"是吗？"帕克·派恩先生应声说。

"其中一位既年轻又出身好，是你们英国一个大臣的女儿，名字是——叫什么来着？——埃斯特·卡尔小姐。她长得非常、非常迷人，不过是个疯子。"

"疯子？"

"完全疯掉了。她住在设拉子当地的一幢大宅里。她只穿东方风格的服饰，看起来已经不像欧洲人了。难道出身好的女士都是这样神神道道的吗？"

"这不奇怪，"帕克·派恩先生娓娓道来，"希丝塔·斯坦霍普夫人[①]就是个先例。"

"这个女人就是个疯子，"飞行员脱口而出，"你从她的眼神就能看出来。这种眼神像极了我以前的潜水艇指挥官，他人现在就住在精神病院。"

---

①希丝塔·斯坦霍普夫人（Lady Hester Lucy Stanhope，1776—1839），英国社会名流，冒险家和旅行者。

帕克·派恩先生开始飞快地在大脑中搜索，突然，他想起了迈克尔德弗爵士，也就是埃斯特·卡尔小姐的父亲。他还曾经在这位金发碧眼、脸上又总是挂着笑意的内政大臣手下做过事。他也见过他的女儿——一个令人过目不忘的爱尔兰美女，蓝紫色的眼睛被乌黑的头发衬托得更加清澈。长相出众的父女二人看起来和正常人毫无分别，只不过他们卡尔家族有精神病史，每隔一代就会有人不定期发病。想到这里，他有点想不明白为什么飞行员施拉格尔先生会特别提起这一点。

"那么，另一位女士呢？"帕克·派恩先生心不在焉地问。

"另外一位——死了。"

施拉格尔的语气让帕克·派恩先生猛然抬起头来。

"我真心觉得她是我见过的最漂亮的女人。事情发生得真是太突然了。她就像一朵花——一朵花，"施拉格尔深深地叹了口气，"我后来见过她们一次——在设拉子的大宅里。是埃斯特小姐叫我过去的。当时我就能感觉到我那朵可爱的小花仿佛在惧怕着什么。之后不久，等我从巴格达回来的时候，就得知了她的死讯。她死了！"

施拉格尔顿了顿，继续若有所思地说："她很有可能是被埃斯特杀死的。那个女人就是个疯子。我告诉过你。"

见他不住地唉声叹气，帕克·派恩先生又点了两杯甜酒。

"柑桂酒不错。"刚才帮他们点菜的侍者端着两杯酒走了过来。

2

次日下午，在飞越不毛之地和重峦叠嶂后，设拉子在帕克·派恩先生心目中的神秘面纱瞬间被揭开了——宛如荒野中一颗璀璨夺目的绿宝石。

无论是朴实无华的酒店还是原生态的街头，设拉子的出现让帕克·派恩先生将之前对德黑兰的失望全部抛在了脑后。

正逢波斯传统新年之际，帕克·派恩先生恰好赶上前一天晚上刚刚开始、为期十五天的诺露兹节①。走过空无一人的集市，一路向北走进广场，他发现原来全城的人都在家中欢庆节日。

有一天，帕克·派恩先生从位于城外的菲兹墓② 故地重游回来。路上，追随着掩映在橘子树和玫瑰花丛中的声响，帕克·派恩先生不由地走近了栖身于绿色花园中的一幢依水而建的房子。黄色、蓝色、玫瑰色相间的外墙一时间令他心驰神往，情不自禁。

当晚，他和当地的英国领事共进晚餐的时候便迫不及待地提起了房子的事情，

“很令人向往，是不是？这房子是一位富有的卢里斯坦③ 前任官员建造的，他在位时政绩还不错。现在，这座房子归一个英国女人所有。这个人的名字你一定听说过。她就是埃斯特·卡尔小姐。一个彻头彻尾的疯子。她不但已经完全本土化，还抵触一切和英国有关的人和事。”

“她还年轻？”

“是的，三十岁左右，年轻得很。不可能如此这般装疯卖傻。”

“是不是还有一个英国女人和她在一起？那个女人是不是死了？”

“是的，那是大概三年前的事情了。实际上，我上任后的第二天我

①伊朗的民族节日，传统新年，新年第一天为每年的春分。

②波斯抒情诗人哈菲兹（1320—1389）死后二十年，人们在设拉子郊外的莫萨拉花园建造了一座陵墓以纪念这位在波斯文学史上占有重要地位的诗人。今天的哈菲兹墓是由法国考古学家和建筑师于一九三〇年代晚期设计制造的，是所有旅游古迹中游客最多的名胜。

③卢里斯坦（Luristan），伊朗西部山区。

的前任巴勒姆就突然死了。”

“那个女人又是怎么死的？”帕克·派恩先生显得有些迫不及待。

“从二层的天井还是阳台上摔下去的。她好像是埃斯特小姐的女仆或者朋友，具体的我也记不清楚了。总而言之，她当时正端着早餐托盘往后退，结果不知道被身后的什么东西绊了一跤，还来不及反应就脑壳着地，一下子砸在了楼下的一块石头上。场面真是惨不忍睹。

“她叫什么？”

“金，好像是。要么就是威利斯？不，不是威利斯，那是一个长得还挺漂亮的女传教士。”

“埃斯特小姐很伤心吗？”

“是……不是。我不知道。事发之后她表现得很冷淡，我猜不透她的心思。她是一个非常——傲慢的人。要是你明白我是什么意思的话，你会觉得她是个人物；不过更让我感到不寒而栗的是她那副颐指气使的模样和目光如炬的黑眼睛。”

说罢，英国领事略带歉意地笑了起来，一边笑一边朝身旁的帕克·派恩先生望了望。此时，帕克·派恩先生正拿着一根刚刚点着的火柴，但是他似乎忘记了要点烟，任凭火焰一直燃烧到他的手指才突然从疼痛中惊觉。把火柴甩出去的瞬间，他的目光正好与惊恐的领事相遇。

“请您再说一遍。”帕克·派恩先生不好意思地笑了笑。

“羊毛剪得怎么样？”

“三袋子了。”帕克·派恩先生神秘兮兮地说。

他们开始聊起别的话题。

当晚，借着油灯微弱的光，帕克·派恩先生提笔写下一封信。尽管动笔前他曾再三斟酌自己的措辞，但落到纸面上的不过简单几句：

帕克·派恩先生诚意邀请埃斯特·卡尔小姐大驾光临卡尔斯酒店。

他将会在此逗留三天的时间，希望能够有幸为您咨询、解忧。

除此之外，他还在信封里附上了那张众人皆知的剪报：

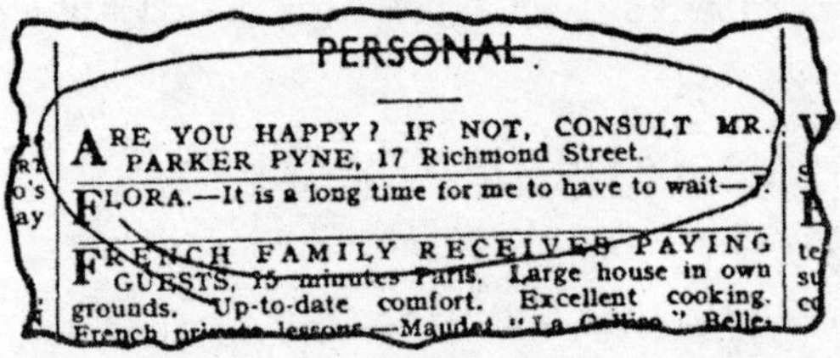
PERSONAL

ARE YOU HAPPY? IF NOT, CONSULT MR. PARKER PYNE, 17 Richmond Street.

FLORA.—It is a long time for me to have to wait—J.

FRENCH FAMILY RECEIVES PAYING GUESTS, 15 minutes Paris. Large house in own grounds. Up-to-date comfort. Excellent cooking. French private lessons.—Maudet "La ...," Belle-

你快乐吗？如果不，请到里士满大街十七号，

帕克·派恩先生在这里愿意为您解忧。

“这招应该正中她下怀。”帕克·派恩先生一边自言自语一边小心翼翼地爬上了那张让他觉得不太舒服的床。“我倒要看看，将近三年的时间；对，这招应该管用。”

第二天下午四点钟，帕克·派恩先生收到了由一个不懂英语的波斯仆人送来的回信。

信上说，埃斯特·卡尔小姐邀请他当晚九点钟前去拜访。

帕克·派恩先生笑盈盈地合上了信纸。

当晚，下午送信的那个仆人接待了帕克·派恩先生。在穿过黑漆漆的花园、爬上一段室外楼梯之后，帕克·派恩先生被带到了大宅的背面一扇径直通往中庭又或者是露台的门前。大门在夜色中毫不掩饰地大敞开来，让人一眼就可以看到靠墙的一面摆着的一张长沙发椅。

一袭东方服饰的埃斯特小姐兀自躺在那张沙发椅上，肆意地散发

着她那贵气逼人的东方美。正如之前那个领事所描述的一样，她给人的第一感觉就是傲慢，摆出一副趾高气扬的姿态。

“帕克·派恩先生？坐那边吧。”

她抬手指了指一堆被堆成小山一般的垫子，中指上戴着的那枚刻有她家族纹章的祖母绿戒指仿佛和她的人一样也放射出一缕盛气凌人的光。帕克·派恩先生一眼就看出这一件价值不菲的传家宝。

尽管坐在地上对于他这么一个块头不小的人来说是一件很费力的事情，但他还是冒着风度尽失的危险屈起身体顺从地坐了下去。

不一会儿，仆人就送上了咖啡，帕克·派恩先生赶紧端起他的那一杯心满意足地轻轻啜了一口。

另一边，早已深谙东方待客之道的女主人也并没有急着开场。她双眼微闭，先抿了一小口咖啡。

“这么说，您可以帮助不开心的人，”埃斯特小姐开门见山，“至少您的广告上是这么说的。”

“是的。”

“为什么写信给我？难道您都是这样边旅行边办公的吗？”

听得出来，埃斯特小姐其实是在有意冒犯他，不过帕克·派恩先生却并不在意。“不。我出来旅行就是为了远离工作、全身心投入假期。”

“那为什么要给我写信？”

“因为我知道——您不快乐。”

双方陷入了片刻的沉默。帕克·派恩先生十分好奇埃斯特小姐的反应，而后者仅仅花了一分钟就决定如何应答。

“我猜您一定是在想，像我这样背井离乡、过着与世隔绝的生活的人一定是不开心的！歉疚、失望——你是不是以为这些东西让我颠沛流离？噢，好吧，你要怎么才能明白呢？在英国，我水土不服，在这里，我反而如鱼得水。我生来就有一颗东方的心，我喜爱这种隐居生活。我敢说你根本无法理解。在你看来，我一定是，”她顿了顿，“疯了。”

“你没有疯。”帕克·派恩先生并没有和她争辩，语气中反而带着一丝安抚的力量。

“但是我想他们一直都在说我疯了。傻瓜！林子大了什么鸟都有。我现在非常开心。”埃斯特小姐好奇地看着帕克·派恩先生。

“那你为什么还会请我过来？”

“我承认，我是因为好奇，想见见你，”埃斯特小姐犹豫了一下，“另外，我从来没想过要回——英国——不过有的时候我还是想听听那里的消息。”

“那个你已经离开的地方吗？”

看到她默认地点了点头，帕克·派恩先生便开始用他那成熟稳重、安定人心的嗓音轻轻地讲述起来，其间若遇到需要强调的地方他的声音又变得抑扬顿挫。

他先是谈起了伦敦、社会上的流言蜚语、男女名流、新开张的餐厅和夜总会，还有赛马大会、狩猎聚会、坊间丑闻。之后慢慢聊到了服装、巴黎的时尚，还有那些藏在不起眼小街小巷里可以讨价还价的小店铺。

然后他再从电影院、戏院、各路影讯聊到郊野的花园小楼、园艺花卉。最后，他为又她描述出一幅真实质朴的伦敦城市夜晚众生相——电车、公交车，车水马龙；下班回家的人群，熙熙攘攘；万家灯火，星光点点——以及对于埃斯特小姐来说应该是十分陌生的亲密的英式家庭生活。

帕克·派恩先生声情并茂、有理有据的讲述给埃斯特小姐留下了非常深刻的印象。她垂下头，傲慢得不可一世的架子随之塌了下来。一开始，她只是静静地流泪，但后来，她索性彻底摘下了面具，放声大哭起来。

帕克·派恩先生坐在一旁默不作声地望着她，脸上流露出的那种心满意足让人觉得他好像是观察到了完全吻合自己预期的实验结果一般。

“这下你满意了吗？”泪眼蒙眬的埃斯特小姐抬起头，痛苦地说。

“我想是的——现在。”

“我怎么能受得了；我怎么能受得了？绝不离开这里；绝不见——再见任何人！”埃斯特小姐撕心裂肺般地哭了起来。等回过神来的时候，她红着脸，气势汹汹地说：“所以，接下来你是不是想说‘既然你这么想家，为什么不回去呢？’”

“不是，”帕克·派恩先生摇了摇头，“那对你来说没那么容易。”

埃斯特小姐眼睛里闪过当晚的第一丝恐惧。

“你知道我为什么不能离开？”

“我想是的。”

“错，”她摇了摇头，“我不能离开的原因你根本就猜不到。”

“我并没有在猜，”帕克·派恩先生不紧不慢地说，“我是在观察和归类。”

“你什么都不知道。”她继续摇着头。

“你会相信我的，”帕克·派恩先生面容和蔼可亲，“埃斯特小姐，还记得你当初是怎么来到这里的吗？我敢肯定，你是乘坐新成立的德国航空服务从巴格达飞过来的。”

“是的，那又如何？”

“当时的飞行员是年轻的施拉格尔先生，他后来还来这里看过你。”

“是的。”

这一次，埃斯特小姐口中的“是”与前一个相比带着一种不可名状的柔软。

“你还有一个朋友，或者是女伴——后来死了。”帕克·派恩先生的语气突然变得生硬起来。

“是女伴。”

“她叫什么？”

“谬里尔·金。”

“你爱她吗？”

“你这是什么意思，爱？”她顿了顿，“她可以为我所用。”

埃斯特小姐的口气相当傲慢，这让帕克·派恩先生不禁想起了领事的话：“如果你明白我是什么意思的话，你会觉得她是个人物。”

“她的死有没有让你感到难过？”

“我——当然了！说真的，派恩先生，你认为有继续谈论这些的必要吗？”她一脸愤怒，没等对方回答就继续说，“您今晚过来我很高兴。但是我现在有些累了。现在可以告诉我，你还想从我这里得到些什么吗？”

“自打她死后，施拉格尔先生就再也没来看过你。假如他来，你会接待他吗？”帕克·派恩先生不动声色地继续提问，完全没有因为对方的话而感到不快。

“当然不会。”

“你会彻底拒绝他？”

“彻底拒绝。施拉格尔永远不可以踏入这个家门。”

“是啊，”帕克·派恩先生若有所思，“你也没有别的说辞了。”

此时，埃斯特小姐傲慢掩饰下的防御开始有了松动。“我——我不知道你是什么意思。”她迟疑地支吾着。

“埃斯特小姐，你知不知道那个施拉格尔已经爱上了谬里尔·金？那个多愁善感的年轻人，到现在都还对她念念不忘。”

“真的吗？”埃斯特小姐把声音压得很轻。

“她是个什么样的人？”

“你这是什么意思？我怎么会知道她是个什么样的人？”

“你们总是抬头不见低头见的嘛。”帕克·派恩先生温和地说。

“噢，你是说这个！她是一个长得挺漂亮的姑娘。”

“和你差不多岁数？”

“差不多，”埃斯特小姐顿了顿，“你凭什么认为施拉格尔对她有意思？”

“他亲口告诉我的。对，没错，他说得很明确。正如我所说，他是一个多愁善感的年轻人，他很高兴能够对我吐露心声。她的死对他打击很大。”

话音落下，埃斯特小姐一下子跳了起来。

“你认为是我杀了她吗？”

帕克·派恩先生一动没动，毕竟一着急就跳脚可不是他的风格。

“不，我亲爱的孩子，”他不紧不慢地说，“我相信她不是你杀的。所以你最好早点结束这场闹剧，赶紧回家。”

“你这是什么意思，说我在胡闹？”

“事实就是，你害怕了。没错，你怕得不得了。你觉得你会被指控谋杀雇主。”

埃斯特小姐猛地动了一下。

帕克·派恩先生并没有理会，继续讲了下去。“你不是埃斯特·卡尔小姐。我在来之前就已经知道了，刚才我只是在进一步试探你而已。”说着说着，帕克·派恩先生的脸上露出了温和又慈祥的笑容。

“我刚才讲那一大段话的时候就一直在观察你，你的反应完全是谬里尔·金才会有的，而不是埃斯特·卡尔小姐。你仅仅在我提到廉价小店、影院、新建的花园郊区、电车和公交车的时候才会有一些反应。而在我聊到坊间丑闻、新开张的夜总会、梅费尔[①]的八卦新闻、赛马会的时候你却始终无动于衷——因为这些对你来说都毫无意义。”

帕克·派恩先生的语气开始变得更有说服力，同时也让他看起来更像是一位父亲。

“坐下来说吧。你并没有杀害埃斯特小姐，但你却认为你有可能被控谋杀。告诉我你为什么会有这种想法？”

对方深吸一口气，重新坐回到那张长沙发椅上，连珠炮一样开了口。

“我必须从最开始讲起。我——我当时很怕她。她疯了——不是很严重，只是一点点。是她把我带到这里来的。刚开始我就像个傻瓜一样开心，觉得好浪漫。我当时真是个小傻瓜。事情的起因是她想和一个司机好——她是那种见了男人就会忘乎所以的人——不过那个司机却不想和她有任何关系。结果她的朋友知道了这件事以后就开始取笑她，她也因此和家里断绝了关系，来到这里。

“她来这里就是为了面子上好过一些——躲在沙漠里与世隔绝。她本来可以过渡一下然后就回家去的，可谁知她却越变越怪，再加上后来又遇到了那个飞行员。她——爱上了他。他来这里其实是为了看我，但她却觉得——噢，你明白的。而他却坚持要和她说清楚……

①梅费尔（Mayfair），伦敦西区高级住宅区。

“接着，她突然开始把矛头指向我。她当时可怕极了，让人发抖。她说我回不了家了，她已经完全控制了我，我就是个奴隶，我是死是活全凭她一句话。”

帕克·派恩先生点了点头，他感到事情的真相正在被层层揭开。当时的埃斯特小姐已经近乎精神失常，就像她家族里其他已经发疯的长辈一样；而眼前这个没见过什么世面的姑娘早就被吓得战战兢兢，无知地把别人说的全部当真了。

“但是有一天，我突然觉得我应该勇敢面对她才行。我跟她说实际上我比她强壮，我要把她扔到下面那块石头上。她当时应该是被吓坏了，根本没想到我这条在她眼中毫无力量的小虫子竟会说出这样的话来。我朝她逼近了一些——我不知道她当时以为我要干什么，她跟着往后退了一些。可结果她——她却一脚踩空跌了下去！”谬里尔·金一边说一边双手掩面。

“后来呢？”帕克·派恩先生温和地追问道。

“我慌了神。满脑子想的都是别人会认为是我把她推下去的，没有人会相信我，我会被关进恐怖的监狱。”谬里尔·金的嘴唇微微颤抖着，她莫名的恐惧在帕克·派恩先生面前暴露无遗。

“后来我就想到了这个点子！我知道一个新的英国领事很快就会上任接替去世的前任。搞定家里的仆人也不是什么难事，因为对于他们来说我们不过就是两个疯疯癫癫的英国女人，一个死了还可以给另外一个干活。我给了他们一些钱让他们送去给新上任的英国领事当作见面礼。后来英国领事上门道谢的时候我就以埃斯特小姐的身份接待了他，反正我手上有埃斯特小姐的戒指。领事是个不错的人，他帮忙安排好了一切。任谁也不会起疑心。”

帕克·派恩先生若有所思地点点头。虽然埃斯特小姐疯疯癫癫，但她毕竟是埃斯特·卡尔小姐。

“再后来，”谬里尔继续说，“我发现自己竟也变得有些疯癫了——真希望这不是真的。我竟然无法自拔地继续演了下去，我已经无法脱身。如果我现在坦白一切的话，谁都会比以前更加确信人就是我杀的。噢，派恩先生，我该怎么做？我该怎么做？”

“怎么做？”帕克·派恩先生体态轻盈地站了起来，“我亲爱的孩子，你现在得和我一起去找那位领事先生，不用担心，他人很好。到时候一定会有一些不那么令人愉快的手续要处理，我也不能保证一切都一帆风顺，但至少你不会被定谋杀罪。对了，我还想知道为什么当时尸体旁边还有一个托盘？”

“是我扔下去的。我——我想，那样看起来就更像是我自己死了。我是不是很傻？”

“这一手倒是还挺机智的，”帕克·派恩先生娓娓道来，“不过，我其实正是从这一点开始怀疑是不是你对埃斯特小姐做了什么手脚。在见到你以前我一直有这种想法，但当我见到你之后我就知道你是无论如何都不会去杀人的。”

“你的意思是，我没那个胆子？”

“是你的反应不像。”帕克·派恩先生面露笑容，“我们现在可以走了吗？棘手的事情早晚都得面对。不过，你放心，我会帮你的。事情解决后我们就回斯特里汉姆[①]——斯特里汉姆，没说错吧？我想是的。我还记得当我提到一条特别的巴士线路时，你的脸抽动了一下。亲爱的，来吧？”

“他们不会相信我的，”谬里尔·金神情紧张地待在原地不动，“不

①斯特里汉姆 (Streatham Hill)，伦敦南部一个地区。

管是她家里人还是其他的人都不会相信她是自己失足摔死的。”

“让我来处理，”帕克·派恩先生不慌不忙地说，“我了解她家族的一些背景。来吧，孩子，别像个胆小鬼。记住，有一个年轻人想你都快想疯了。我们得确保你到时候坐他的飞机去巴格达。”

“我准备好了。”谬里尔·金羞涩地笑了笑，径直朝门口走去。走到一半，她又折回头来，对帕克·派恩先生说：“您说你在见到我之前就已经知道我并不是埃斯特·卡尔小姐了。您是怎么猜到的？”

“统计数据。”

“统计数据？”

“是的，迈克尔德福爵士和夫人都是蓝眼睛。所以当领事提到他们的女儿有着一双深邃的黑眼睛的时候我就知道一定有什么不对劲了。褐色眼睛的夫妻有可能生出蓝眼睛的孩子，但是反过来就不可能。我向你保证，这是有科学依据的。”

“您真是太棒了！”谬里尔·金一脸崇拜。

无价的珍珠

1

告别了就算是在清晨时分的阴凉处都有三十六七度高温的安曼，一行人拖着疲累的身子终于在天黑前赶到了坐落在佩特拉[①]中心地带的营地。夜幕低垂中，这座气势恢宏的红色岩石城散发出迷人的光彩。

此行一共七人，分别是：个子不高但体格结实的迦南·P. 布伦德尔先生——典型的美国佬；布伦德尔先生的秘书——长得不错却沉默寡言的吉姆·赫斯特；面带倦容的英国政客唐纳德·马弗尔议员；驰名世界的考古学家、上了点年纪的卡弗博士；一脸英气、来自叙利亚的法国人科罗内尔·多部思科；英伦气息十足的帕克·派恩先生；以及唯一的一位女性——美丽又恃宠而骄的卡罗尔·布伦德尔小姐。

各自挑选好晚上要就寝的岩洞或者帐篷之后，大家都聚集到大帐篷里用餐。席间，自大的布伦德尔先生、措辞严谨的马弗尔议员、小心翼翼的科罗内尔你一言我一语地谈论着近东地区的政治形势，而卡

①佩特拉（Petra），约旦西南部古城，位于约旦首都安曼南二百五十公里处。该城以岩石的色彩而闻名于世，常被称为“蔷薇之城”。

弗博士、帕克·派恩先生和吉姆·赫斯特却几乎一言不发，甘当听众。

接着，他们开始聊起此次前来观光的城市。

“真是让人充满无法用语言形容的遐想啊，”卡罗尔激动的心情溢于言表，“你们想想看，那些——你们口中的——纳巴泰人[①]很久以前就在此生活了。”

“不尽然吧，”帕克·派恩先生温和地说，“呃，卡弗博士，你怎么看？”

“噢，那不过是两千年以前的事情。如果要说到充满传奇色彩的强盗团伙，那非纳巴泰人莫属。应该说他们就是一群富有的恶棍，他们迫使旅行者走他们预设好的商队路线，如果一旦有人选择走其他路线就会遭遇不测。佩特拉就是藏匿他们敲诈所得的仓库。”

“你觉得他们只是强盗吗？”卡罗尔问道，“就是普通的窃贼？”

“布伦德尔小姐，窃贼这个词的意思是很狭隘的，指的就是那些小毛贼。强盗一词的涵盖面就大多了。”

“那么，现代资本家又是一个什么概念呢？”帕克·派恩先生一边说一边眨了眨眼睛。

“就是你呀！”卡罗尔抢着说。

“就是利用人性创造金钱利益的人。”布伦德尔先生言简意赅。

“人性，”帕克·派恩先生嘀咕着，“真是不可靠啊。”

“诚实是什么？”法国人科罗内尔加入了讨论，“这个恐怕很难界定，需要依靠传统惯例。对不同国家的人来说，诚实有着不同的意义。就好比阿拉伯人从来不会因为偷窃而感到羞耻，他们说起谎来也不会脸红。对他们来说，偷谁的东西、对谁撒谎才是他们关心的事情。”

---

①在约旦、迦南南部和阿拉伯北部营商的古代商人。

“是这么回事，没错。”卡弗博士应和道。

“这也就是为什么西方国家会优于东方国家，”布伦德尔深以为然，“要是穷苦的人可以受教育的话——”

“算了吧，教育也是鬼话连篇。老师们教的不过都是些没用的东西。我的意思是，这些东西根本改变不了你是谁。”马弗尔议员懒洋洋地说。

“你是说？”

“好吧，我的意思就是，比如，就像狗改不了吃屎一样，小偷永远是小偷。”

片刻的沉默过后，卡罗尔和她父亲开始一唱一和极其亢奋地大谈特谈起蚊子来。

马弗尔议员在一旁显得有些不知所措，他悄悄地对身旁的帕克·派恩先生说：“我是不是说错了什么？”

“真有意思。”帕克·派恩先生说。

不过，在场的一个人却根本没有注意到方才出现的僵局，这个人就是眼神游离、一言不发地坐在一旁的卡弗博士。

“我同意这个说法，”沉默良久的卡弗博士兀自开了口，“反过来说就是，一个人如果骨子里是诚实的，那么无论如何他也不会说谎，反之亦然。”

“你有没有想过，一时的冲动有可能会让一个诚实的人转眼就变成一名罪犯呢？”帕克·派恩先生不紧不慢地说。

“这不可能！”卡弗博士当即回应。

“我不会就此断言，”帕克·派恩先生轻轻地摇了摇头，“毕竟有太多的因素需要考量。比如说，凡事都会有一个强度极限。”

“你说的这个强度极限是什么？”从刚才的讨论开始，年轻的赫斯特还是第一次开口，他的嗓音低沉动听。

“人脑的承受力是有限的。有时候一次不起眼的小偷小摸，就可以促成整个危机——让一个诚实的人说谎。这也就是为什么大多数的犯罪行为都是那么不可理喻。小偷小摸十有八九就是那压死骆驼的最后一根稻草。”

“伙计，你这是在谈论心理学吗？”科罗内尔插了一嘴。

“如果罪犯恰好就是心理学家，那他岂不是很厉害！”帕克·派恩先生对自己之前提到的观点感到很满意，忍不住继续说了下去，“可以这样想，你所遇到的十个人里面有九个都是可以在适当的刺激下依照你的意愿行事的。”

“噢，继续说下去！”卡罗尔显得兴致勃勃。

“有一种人，平日里横行霸道。对他们，只要大吼几下他们就会听话。有一种人，像头驴子一样倔。对他们，只要朝着你目标相反的方向去刺激他们，他们就会乖乖就范。还有一种人，耳根子软，容易受他人影响。我们当中的大多数都是这种人，平日里一听见有汽车鸣笛，就说自己看见了汽车；一听到信箱被打开时发出的吱嘎声就说看见邮差来了；一听说有人被刺了就说看见了小刀；一听说有人被射中就说看见了手枪。”

“我想应该没有人可以这样糊弄我。”卡罗尔一脸怀疑。

“那是因为你太聪明了，亲爱的，”科罗内尔若有所思地说，“先入为主往往会误导人的判断。”

“我要回岩洞里睡觉了，累死了，”卡罗尔打了个哈欠，“阿巴斯先生说我们明天一早就要出发。他会带我们去祭祀的地方——管它是什么地方。”

“是不是就是那个用年轻、貌美的女人献祭的地方？”马弗尔议员饶有兴致地问。

“天哪，我希望不是！好了，大家晚安。噢，我的耳环掉了。”

科罗内尔顺着耳环从桌子上滚落的轨迹找到了掉在地上的耳环，还给了卡罗尔。

“是真品吗？”科罗内尔直勾勾地盯着卡罗尔耳垂上的两粒大颗珍珠鲁莽地问。

“是真品。”卡罗尔轻描淡写地回应道。

“花了我八千美金呢，”卡罗尔的父亲布伦德尔在一旁得意扬扬地说，“是她没有扣紧，所以才会那样掉到桌子上。你想让我破产吗？小丫头。”

“我敢说就算你不得不再买一对新的给我，你也不至于会破产。”卡罗尔娇滴滴地撒娇。

“我想也不至于，”她父亲一边随声应和一边用骄傲的眼神四下里环顾了一番，“就算再买三对新的给你，花掉的也只不过就是我银行账户里的零头而已。”

“您真是个好父亲！”马弗尔议员说。

“就这样吧，大家伙儿，我得上床睡觉去了。”布伦德尔先生和大家道了晚安之后就带着赫斯特离开了。

剩下的四个男人站在原地面面相觑，就好像他们想到了一处。

“好吧，”马弗尔议员慢吞吞地开了口，“看来他不在乎钱。满身铜臭的老东西！”最后还不怀好意地又加了一句。

“这些美国人太有钱了。”科罗内尔附和着。

“富人要得到穷人的理解，”帕克·派恩先生轻声说，“恐怕很难。”

“因为穷人会不怀好意地嫉妒吗？”科罗内尔幸灾乐祸地在一旁添油加醋。

"你说的没错，先生。我们都希望自己很有钱，可以买下好几对那样的珍珠耳环。也许，除了这位先生，"帕克·派恩先生一边说一边向总是沉浸在自己的世界里的卡弗博士鞠了一躬，而后者此时正在摆弄着手里的一个什么东西。

"呃？"卡弗博士直了直身子，轻描淡写地说，"不，我得声明我可不稀罕什么大珍珠。不过钱总是个好东西。"

"还是来看看这个吧，"卡弗博士一改刚才的平淡语气，提高了些音量说，"这东西可比珍珠要有意思一百倍呢。"

"是什么？"

"这是一枚黑色的铁制圆柱状印章，上面刻着一组场景——其中一个神正在把他的恳求者介绍给另一位更加德高望重的神。那名恳求者抱着一个孩子，做出一副要把他供奉出去的姿态。而那位坐在宝座上的神则是一脸的威严，任凭身边的仆役挥舞着手中的棕榈树枝帮他驱赶恼人的蝇虫。印章上还刻着字，上面提到了这名恳求者实际上是汉谟拉比的一个仆人。所以，也就是说这枚印章距今已经有四千年的历史了。"

说着，卡弗博士就从口袋里掏出一块橡皮泥一样的东西，涂抹了一些在桌面上后又加了一点凡士林油。接着，他把刚才的那枚印章压了上去，滚了一圈之后他便用一把折叠式小刀在那块已经被压扁的橡皮泥状东西上切割出一块正方形，并且轻轻地把它从桌面上撬起来。

"看到了？"他冲着大家说。

展现在大家眼前的正是卡弗教授刚刚描述的场景——被清清楚楚地刻印在橡皮泥上。

有那么一瞬间，仿佛在场的所有人都穿越到了过去。直到外面传来布伦德尔先生刺耳的怒斥声。

"快来人呐！把我的行李都拿到帐篷里去，我要离开这个可恶的岩洞！这些诺西[①] 快要把人咬死了，我根本睡不着。"

"诺西？"马弗尔议员一脸疑惑。

"大概是在说沙蝇。"卡弗博士脱口而出。

"'诺西'这个名字不错，"帕克·派恩先生话里有话，"意味深长啊。"

2

次日清晨，一行人早早出发了，沿途所见让他们惊叹不已。不论是岩壁的颜色还是造型，这座名不虚传的"蔷薇之城"可谓是大自然最为得意的鬼斧神工之作。因为要顾及一边走一边看脚下、时不时还要捡起些什么的卡弗博士，大家都走得很慢。

"要想在人群中分辨出谁是考古学家，真是轻而易举，"科罗内尔边笑边说，"因为他从来不会仰望天空或山川，大自然的美对他来说仿佛形同虚设。他总是低头走路，边走边找。"

"是啊，但是有什么可找的呢？"卡罗尔感到不解。转而，她又对着考古学家发问："卡弗博士，你在捡什么？"

卡弗博士拿出了一些还裹着泥巴的陶土碎片。

"就是些垃圾嘛！"卡罗尔一脸嫌弃地叫了出来。

"陶器可比金子有意思多了。"卡弗博士一本正经地对一脸疑惑的卡罗尔说。

①诺西（no-see-umn），音译，一种美国西部和北部的方言，意思为"找不到"，实际上指的是蠓（有时也被称为沙蝇）。

走着走着，他们先是遇到了一个急转弯，然后又走过了几个岩壁墓穴。在那之后，他们便在一个看起来相当有难度的上坡路前面停了下来。贝都因人[①]护卫队走在前面打头阵，他们一跃就翻上了陡坡，根本没有理会脚下近在咫尺的悬崖峭壁。

卡罗尔被吓得面无血色。一个护卫队成员从上面伸下了援手，赫斯特先是顺势一跃而上，然后顺着陡坡伸出自己的棍子作为扶手。还在下面的卡罗尔见状朝他笑了一下以示感谢，一会儿工夫她也安然无恙地到达了上面的大路。同行的其他人还在后面慢悠悠地走着。此时，太阳已经升得很高了，炙人的滚滚热浪也随之而来。

终于，一行人在接近山岩顶的一块大平台上汇合了。在爬过一个小坡后他们十二个人陆陆续续到达了一块方方正正的大岩石的最高处。在布伦德尔先生的示意下，贝都因护卫队的人十分熟练地退了下去，对着岩石抽起烟来。

站在这块不毛的山岩顶放眼望去，整个山谷的样貌尽收眼底，每一个人的好奇心都被勾了起来。他们所站的长方形平台一侧，岩壁上就有一些凹陷下去类似祭坛的东西。

“真的是太高了，仿佛直通天国一般，”卡罗尔十分激动，“不过要把祭祀用的牺牲品带到这上面来肯定要花上不少时间！”

“本来是有一条之字形的岩石小路通上来，”卡弗博士解释道，“我们要是从另一边下去的话应该可以看到痕迹。”

一行人就着这个话题你一言我一语地又谈论了一会儿，直到被一声细小的叮当转移了注意力。

“布伦德尔小姐，我想你的耳环又掉了，”卡弗博士第一个开口。

---

①一个居无定所的阿拉伯游牧民族，他们把劫掠这种强盗行为上升为一种民俗。

卡罗尔赶紧用手拍了一下自己的耳朵，叫道："怎么回事，真的掉了。"

一旁的科罗内尔和赫斯特闻声赶紧四下翻找起来。

"一定在这里，"科罗内尔边找边说，"不可能滚到别的地方，因为这地方就像个方盒子，东西是滚不出去的。"

"不会滚到岩缝里面了吧？"卡罗尔焦急地问。

"这里根本没有岩缝，"帕克·派恩先生不慌不忙地说，"你自己也找找看。地面很滑。啊，科罗内尔，你是不是找到些什么了？"

"只是一颗小小的鹅卵石。"科罗内尔笑着回答，随手就把手里的东西扔了出去。

渐渐地，一种异样的气氛——紧张兮兮的气氛——开始蔓延在这群人当中。虽然谁也没有把"八千美金"这几个字说出口，但每个人的脑海里都浮现着这一件事情。

"你确定你刚才戴着耳环吗？"卡罗尔的父亲提出了疑问，"我的意思是，你有没有可能已经把它丢在了上来的路上。"

"咱们登上这里的时候我还戴着，"卡罗尔十分确定地说，"我记得，因为那时候卡弗博士还专门跟我说我的一个耳环松动了，然后他还帮我拧紧了一些。博士，是这样的吧？"

卡弗博士对此毫无异议。

"布伦德尔先生，这可真是一件令人不快的事情啊，"马弗尔议员开始倒出大家的心声，"您昨晚提到过这对耳环的价值。单独一个就已经值不少钱了。如果耳环找不到的话——况且从现在来看极有可能根本找不到——那我们每一个人岂不是都要被怀疑。"

"搜我的身吧，"科罗内尔脱口而出，"我不是在征求意见，而是在要求各位，这是我的权利！"

"也搜我吧。"赫斯特的口吻透着一股不容分说的严厉。

“其他的人觉得如何？”马弗尔议员四下看了一圈。

“当然可以。”帕克·派恩先生表了态。

“这主意不错。”卡弗博士紧随其后。

“先生们，也算上我。”布伦德尔先生也表明了立场，“我有我的理由，但是我现在不想过多地强调。”

“布伦德尔先生，这个当然，您请随意。”马弗尔议员毕恭毕敬地说。

“卡罗尔，你能不能先下去和护卫队的人待在一起等我们？”

卡罗尔默不作声地离开了父亲和同行的其他人，脸上挂满了消沉和失望的神情。她的这一举动引起了同行一队人里其中一个人的注意，那个人默默地思忖着这副表情背后的原因。

大张旗鼓地搜查工作过后，依旧一无所获。但有一点可以确定，那就是耳环肯定不在某个人的身上。那之后，一队人就像泄了气的皮球一样心不在焉地听着护卫队的讲解，有一搭无一搭地争论着。

帕克·派恩先生穿戴好正准备去吃午饭，这时，一个身影出现在他的帐篷门口。

“派恩先生，我可以进来吗？”

“当然，我亲爱的姑娘，请进。”

卡罗尔一走进帐篷就找了张床坐下来，她的脸色看起来依旧不佳，和帕克·派恩先生上午看到的没什么两样。

“您自称可以帮助不开心的人摆平各种事情，对吗？”卡罗尔开门见山。

“但是我现在在度假，布伦德尔小姐。我现在不接任何案子。”

“这件案子你一定要接，”卡罗尔镇定自若地说，“派恩先生，您看，我可怜起来和任何人都没区别啊。”

“你遇到什么麻烦了？”派恩先生没有再拒绝，“是不是耳环的事情？”

“是的。您说得没错。我的耳环不是吉姆·赫斯特拿的，派恩先生，我敢肯定不是他。”

“布伦德尔小姐，我不太明白你说的话。为什么有人会怀疑是他呢？”

“因为他有前科。吉姆·赫斯特曾经是个小偷。他在我家里被抓到过。我——我为他感到难过。他那时看起来那么年轻、那么绝望——”

“而且长得还不错。”帕克·派恩先生补充道。

“我说服爸爸要给他一次改过自新的机会。因为爸爸什么都愿意为我做，所以吉姆确实得到了一次机会，而且他也没有让我们失望。后来爸爸就开始放心地让他协助自己打理生意，也从不对他保密。要是没有这件事的话，他彻底接手我家的生意是迟早的事。”

“你说的‘迟早的事’是指——”

“我是说我要嫁给他，他也要娶我。”

“那马弗尔议员又是怎么回事？”

“那是我爸爸选的，我和他不可能。您觉得我会想嫁给一个看起来活像一条塞满了馅料的鱼一样的男人吗？”

帕克·派恩对此番描述不置可否，他只问了一句：“那马弗尔议员自己怎么想？”

“我敢说他一定觉得我会给他带来久旱逢甘霖般的愉悦。”卡罗尔不屑一顾地说。

“我就问你两件事，”帕克·派恩先生在脑子里过了一遍当下的形势后说道，“昨天晚上有人提到了‘小偷永远是小偷’这个说法。”

卡罗尔点了点头。

“现在我明白为什么当时的气氛被搞得很尴尬了。”

“是的，吉姆当时非常难堪——我和爸爸也是。我当时很怕吉姆会翻脸，不小心暴露以前的事情，所以赶紧转移了话题。”

帕克·派恩先生若有所思地点了点头，继续问：“还有就是为什么你父亲今天会坚持要求自己被搜身？”

“您没有看出来吗？我看出来了。爸爸觉得我可能会认为耳环失窃这整件事情是有意设计出来陷害吉姆的。他一直都希望我能嫁给那个英国人，所以他这么做是想向我证明他并没有往吉姆身上泼脏水。”

“天呐，”帕克·派恩先生恍然大悟，“这太具启发性了。我是说在一般情况下。但是，这对于我们当下的疑问却毫无帮助。”

“您不会是不想赚这笔钱了吧？”

“不，不是的，”帕克·派恩先生沉默了一会儿继续说，“卡罗尔小姐，你需要我为您具体做些什么？”

“证明吉姆没有偷我的珍珠。”

“而事实上——恕我直言——就是他干的？”

“如果您这样想就错了——大错特错。”

“也许是吧。但是你有没有仔细想过这件事情？你难道不觉得这颗珍珠会引起赫斯特一时的歹念吗？如果他把这颗珍珠拿去卖了，他就可以得到一大笔钱——他可以通过这笔钱自立门户，那样的话他随时都可以娶你，而不用在意你爸爸的态度。”

“吉姆是清白的。”卡罗尔没有再多说什么。

“那么好吧，我会尽力的。”帕克·派恩先生选择相信卡罗尔。

卡罗尔点了点头就直接离开了帐篷。她走后，帕克·派恩先生就坐在床上，兀自思索着什么。突然，他笑了起来。

“我的脑子真是越来越不好使了。”他一边大声地自嘲，一边开始心情愉悦地吃起午餐来。

整个下午，大部分人都在睡觉。一切都相安无事，直到四点十五分，帕克·派恩先生走进了大家公用的大帐篷。

“啊！”帕克·派恩先生看到卡弗博士正低头鼓捣着一些陶器碎片，不禁脱口而出，“我正要找你。能给我一些你的橡皮泥吗？”他一边说一边往桌边拉了一把椅子。

博士听罢便从口袋里摸出一块橡皮泥朝帕克·派恩先生递了过去。

“不，不是这块，”帕克·派恩先生推了推手，“我要的是你昨天晚上那块大的。实话告诉你吧，我要的并不是橡皮泥，而是塞在里面的东西。”

对方迟疑了一下，轻声说：“我不太明白你的意思。”

“你懂的，”帕克·派恩先生语气坚定，“我要的是布伦德尔小姐的珍珠耳环。”

“看来你都知道了。”卡弗博士的脸一下子沉了下来。

“我希望你能亲口告诉我这究竟是怎么一回事，”帕克·派恩先生嘴上说着手也没闲着，一用力，一只脏兮兮的珍珠耳环瞬间破土而出，“好奇而已，真是不好意思。不过我想我应该知道真相。”

“我都告诉你，”卡弗博士说，“但是你得先能告诉我你是怎么发现我有问题的。你什么也没看见，不是吗？”

“我只是正好想到了。”帕克·派恩先生摇了摇头。

“刚一开始这只不过是个小事故，”卡弗博士一字一句地说，“今天早上我一直走在你后面，正巧看到了地上的那只耳环——一定是那个姑娘刚刚落下的。她自己对此全然不知，周围的人也一样。所以我就把它捡起来放进了我的口袋，本想着过会儿赶上她的时候还给她。但是我忘了。后来，上坡上到一半的时候我转念一想，既然那个傻姑娘根本不把珠宝当回事——她父亲可以眼都不眨一下地就给她买新的，那我不如拿来派大用场。要是我把这颗珍珠卖了，我就可以有一大笔钱用来装备下一次的探险活动。”说到这里，卡弗博士的表情也跟着变得轻快起来，“你知道现如今为野外挖掘筹集资金有多困难吗？不，你不知道。但是如果把那颗珍珠给卖了，那事情会好办很多。现在俾路支[①] 那里刚好有一个我想挖掘的点，要是能成功挖掘，那么一个关于过去的全新篇章将会被展现出来……你昨天晚上讲的那些关于耳根子软的人的话给我留下了深刻的印象。我估计那个姑娘就是这样一种人。所以我们到达山顶的时候我就故意跟她说她的耳环松了，还假装帮她扭紧一些。但是我真实的目的是要把一根小小的铅笔芯塞进她的耳洞。几分钟后我再往地上扔一块小石头，以便加深她的印象。这样，在她后来发现耳环不见时，她就可以很确定地指出耳环在爬坡的时候还在。同时，我把它揉进了我口袋里的橡皮泥。这就是整个故事，没什么新意。接下来该你了。”

“我没什么可说的，”帕克·派恩先生不慌不忙地说，“你是所有人当中唯一一个从地上捡东西的人——单凭这一点我就怀疑你了。而且，扔小石头的那一举动更加明显，让我看出来那是你在耍花招。然后——”

“请继续。”卡弗博士说。

“就是，你昨天晚上在讨论诚实这个话题时的言辞过于激烈了。有点反应过度——你知道莎士比亚的说法。那看上去让人觉得你好像是在为自己开脱。而且你当时对金钱也表现得太漠然了。”

听到这里，卡弗博士一脸憔悴，他说：“好吧，就算是那样，但现在还得我说了算。我猜，你是不是打算把这个华而不实的东西还给

①俾路支（Baluchistan），西南亚地区，包括伊朗东南部和巴基斯坦西南部。

那个姑娘？用来满足人类对于装饰品最原始的本能。早在旧石器时代，这种本能就已经和其他几种最初的本能一起在女性中萌生出来了。”

“我想是你对卡罗尔小姐有偏见，”帕克·派恩先生一脸严肃，“她有脑子——而且，更有心。她不会说出去的。”

“但是她爸爸会。”

“我想他不会的。要知道，他对这件事一直闭口不谈，一定有原因。这只耳环根本不值四千美元。不过就是个五块钱不到的玩意儿。”

“你的意思是——”

“是的。那个姑娘根本不知道，她还以为她的耳环是真品呢。我昨天晚上就开始怀疑了。布伦德尔先生好像对于自己的资产过于夸张了一些。要知道，人在事情对自己不利的时候往往会采取虚张声势的办法去掩饰。而布伦德尔先生就是这么做的。”

话音落下，满脸沧桑的卡弗博士露齿一笑，像极了一个可爱的小男孩。

“这样一来我们两个就是一条绳上的蚂蚱了。”

“没错，”帕克·派恩先生一本正经、引经据典地说，“‘感同身受让我们变得如此善良。’[①]”

①语出英国知名演员大卫·盖里克（David Gamick,1717–1779）。该演员因饰演理查三世一跃成名，后专门演绎莎士比亚作品。

1

自登上法尤姆号的那一刻起，格里雷夫人就变得紧张兮兮，开始没完没了地抱怨各种人和事。比如她的房间，她说相较于午后的阳光，她宁愿忍受清晨的朝阳。于是，她的侄女帕梅拉·格里雷便十分体贴地把自己那间位于过道另一侧的房间让给了她。尽管如此，格里雷夫人还是一副心不甘情不愿的样子。

接着，她开始找麦克诺顿小姐的茬，指责后者作为她的贴身仆人不应该拿错她的围巾，也不应该忘了要预先把她的小枕头拿出来。后来，就连她的丈夫乔治爵士也因为没有买对串珠而被她当作傻瓜一样数落了一番。

“对不起，亲爱的，”手里拿着红玛瑙串珠的乔治爵士一脸焦虑，“我可以拿去换成你想要的天青色。还有时间。”

到此为止，她丈夫的私人秘书巴兹尔·韦斯特是唯一一个还没被她挑过刺的人了。当然，也还没有人这么干过，因为不论是谁都会在他的笑容面前败下阵来。

不过说到底，最惨的一位还是船上的那个向导——看起来仪表堂堂但实际上面对格里雷夫人的喋喋不休却没有一点儿办法。

当格里雷夫人一眼瞥到不远处的藤椅上还坐着一个看起来也是旅客模样的陌生人的时候，她的怒火一下子涌了出来。

“当时在办公室他们明明告诉过我这艘船上不会有别的旅客和我们同行！还美其名曰这是因为淡季不会有人来！”

“没错，夫人，”名叫穆罕默德的向导毫不惊慌，“船上除了您这一行人和另外一位绅士，就再没别人了。”

“但是他们跟我说船上就只会有我们这一行人。”

“说的没错，夫人。”

“这根本就不对！他们骗人！那个人在这里干什么？”

“夫人，他是在您买好票之后才买的票。今天早上刚刚决定的。”

“彻头彻尾的骗局！”

“夫人，您放心，不会有问题的。他不过就是位安静的老先生，人很好，很安静。”

“你这个傻瓜！你懂什么。麦克诺顿小姐，你在哪儿？哦，我看见你了。我跟你说过多少遍让你待在我身边。我的头有点晕，快扶我回房间，我需要一片阿司匹林。对了，不要让穆罕默德这家伙靠近我，他一直在说‘没错，夫人’，这简直让我忍不住要发火。”

麦克诺顿小姐一声不吭地把胳膊伸了出去。

麦克诺顿小姐高个子、皮肤黝黑、长相温和，看起来三十五岁上下。她扶着格里雷夫人进了房间，看着后者吃了药，继续听她的嘟嘟囔囔。

已经四十八岁的格里雷夫人从她十六岁的时候就开始抱怨钱太多，

三十八岁的时候便嫁给了穷困潦倒的准男爵乔治·格里雷。

格里雷夫人是个大个子，除了脸上的皱纹还有凸显岁月痕迹的妆容，长得不算难看。头发依次呈现出淡淡的金色和红褐色，总体上给人一种很疲惫的感觉。而且，她的穿着也过于夸张了些，一身的珠光宝气。

“去告诉乔治爵士，”她终于停止了抱怨，开始吩咐从刚才起就一直面无表情地站在一旁的麦克诺顿小姐，“跟他说他必须想办法把船上的那个男的赶下去！我需要个人空间。最近真是受够了——”说完她就闭上了眼睛。

“是，格里雷夫人。”麦克诺顿小姐答应一声就走出了房间。

此时，船已经行驶至卢克索[①] 附近。躺椅上那位让人不爽的临时旅客正顺着船只前进的方向极目望去——远处的群山在墨绿色的天际线上洒下点点的金光。

顺路扫了一眼那位旅客，麦克诺顿小姐在大厅找到了乔治爵士。后者正一脸疑惑地看着手里的串珠。

“麦克诺顿小姐，你告诉我，这次应该不会再有问题了吧？”

“确实不错。”麦克诺顿小姐瞅了一眼那串天青色的珠子。

“你觉得格里雷夫人会开心吗——呃？”

“噢，不，我不该多嘴的。乔治爵士，您知道，没有什么事情能够让她开心。这是一个不争的事实。顺便说一句，她刚才让我转告您，她想让您赶走那个多余的乘客。”

乔治爵士听了下巴差点没掉下来。

“我能有什么办法？我要怎么和那个家伙说？”

①卢克索（Luxor），埃及南部上埃及城镇，位于尼罗河畔。

“您当然不能这么做，”埃尔希·麦克诺顿用一种轻快的语调体贴地说，“就告诉她无计可施好了。”

“不会有问题的。”她又加了一句。

“你确定，呃？”乔治爵士一副哭笑不得的可怜模样。

埃尔希·麦克诺顿的语气变得越来越轻柔，她说：“乔治爵士，您不用把这些事情放在心上。您知道，她有病。别当真。”

“你觉得她的情况真的很糟吗？”

一丝阴云爬上了麦克诺顿小姐的脸庞，她用一种异样的声音说：“是的，我——我不看好她的状况。但是不用担心，乔治爵士。千万不要，千万不要。”她友善地望着他笑了笑就离开了。

这时，穿着一身清爽的白衣的帕梅拉走了进来。

“您好呀，叔叔。”帕梅拉懒洋洋地说。

“你好，我亲爱的小帕。”

“您在看什么？噢，真不错！”

“我很高兴你这么说。你觉得你婶婶也会这样认为吗？”

“她什么都不喜欢。我实在搞不懂叔叔您为什么会娶她。”

乔治爵士无言以对，他的脑海中迅速浮现出一幅关于赌马失败、债主逼债和一个有着强大控制欲的女人的令人费解的全景图。

“可怜的人，”帕梅拉继续说，“我猜您一定是被逼的。但是她真的让我们两个备受煎熬，不是吗？”

“自从她生病之后——”乔治爵士补充道。

“她没有生病！真的没有。她可以做任何她想做的事情。你之前在阿斯旺的时候她快乐极了——就像一只蟋蟀。我敢打赌麦克诺顿小姐一定知道她在装。”

“真不知道要是没有麦克诺顿小姐我们该怎么办。”乔治爵士唉声叹气。

“她确实很重要，”帕梅拉接过话头，“不过，我可不像叔叔您一样那么宝贝她。您就是的！别不承认。您觉得她很棒。从某方面来讲，确实是的。但她毕竟有点让人捉摸不透。我根本就不知道她脑子里在想什么。不过话说回来，她把那只老猫倒是照顾得还不错。”

“听我说，小帕，你不可以这样说你的婶婶。她对你非常好。”

“是啊，她帮我们付账单，对吗？但是这样的生活就像地狱一般。”

“说真的，我们要拿这个和我们上了一艘船的家伙怎么办？”乔治爵士及时转移了话题，“你婶婶不希望这艘船上还有外人。”

“这不可能，”帕梅拉冷冷地说，“那位先生看起来还不错。他名叫帕克·派恩。我认为他应该是个从事档案管理工作的公务员——如果真的有这样的职位的话。有趣的是，我好像还真在哪里听过这个名字。巴兹尔！”帕梅拉一下子叫住了刚刚走进来的秘书，“我是不是在什么地方看到过帕克·派恩这个名字？”

“《泰晤士报》头版的私人专栏里。”小伙子随即脱口而出，“‘你快乐吗？如果不，请洽询帕克·派恩先生。’”

“不可能！这太有意思了！我们现在就去找他倾诉吧，在到达开罗前可以说上一路。”

“我没什么可说的，”巴兹尔·韦斯特直截了当地说，“我们马上就要冲下尼罗河了，一会儿就可以看到神庙了。”他一边说一边悄悄留意着乔治爵士的一举一动，直到看见后者拿起了一张纸，他才用一种几乎只有自己才能听到的声音说完了挂在嘴边的最后两个字：“一起。”

声音虽然很轻，但是一旁的帕梅拉却听得一清二楚。

“巴兹尔，你说得对，”帕梅拉和巴兹尔对视了一下，“活着真好。”

乔治爵士起身准备往外走。

“你怎么了，我的小甜心？”巴兹尔看到帕梅拉阴着脸。

“我那个令人讨厌的婶婶——”

“别担心，”巴兹尔安慰道，“你难道还在意她怎么想？别跟她对着干。你懂的，”他笑了笑，“这正适合伪装。”

这时，帕克·派恩先生走进了休息室，跟在他后面的是准备发言的小个子穆罕默德。

“女士们，先生们，我们现在开始。几分钟后我们将会在右手边看到卡尔纳克神庙[①]。我先来给大家讲一个关于一个小男孩去给他父亲买烤羊的故事……”

2

刚刚从丹德拉神庙[②]游览回来的帕克·派恩先生一个劲儿地摩挲着前额。方才的骑驴项目让他觉得有点不舒服，毕竟他的块头不小。当他正要解开领口的时候，梳妆台上的一张便签让他停了手。他打开纸条，几行字赫然映入他的眼帘：

> 亲爱的先生，如果您可以不去阿拜多斯[③]，我将不胜感激。留在船上，我有事相洽。
>
> 真诚的，
>
> 阿里阿德涅·格里雷

①位于尼罗河中游的卢克索。

②丹德拉神庙（Temple of Dendera），位于尼罗河西岸，距离卢克索约六十公里。

③阿拜多斯（Temple of Abydos），埃及传说中死亡之神奥西里斯的头部的埋葬地。

帕克·派恩先生苍白的大脸上绽露出一个笑容。他拿过一张纸，拧开钢笔写下一行字：

亲爱的格里雷夫人（他写道），很抱歉我要让您失望了，我现在还在度假，所以不会接见任何客人。

他把签过名的便签交给船上的一个管家后就径直去了卫生间。回来的时候一张新的便签立刻被递到了他的手上。

亲爱的帕克·派恩先生，我知道您在度假，但是我打算出一百英镑的咨询费。

真诚的，

阿里阿德涅·格里雷

帕克·派恩先生扬了扬眉毛，若有所思地用手里的钢笔敲了敲牙齿。一方面他很想去阿拜多斯，毕竟来一趟埃及的花费比他想象中的高，但另一方面一百英镑也不是个小数。

亲爱的格里雷夫人，我不去阿拜多斯了。

真诚的，

J. 帕克·派恩

不过，帕克·派恩拒绝下船却让穆罕默德深感遗憾。

“那里有很棒的神庙。我的客人都很喜欢。我给您备车，您全程坐着就可以，我让人抬着您走。”

然而这些小诱惑都没能让帕克·派恩先生改变主意。

其他人陆续下了船，帕克·派恩先生独自等在甲板上。不一会儿，一个房间的门开了，格里雷拖着步子从里面走了出来。

“真热呀，”她风度翩翩地四下张望了一圈，“我看您一直都站在后面，派恩先生。这很明智。我们要不要去厅里用个茶？”

帕克·派恩先生立刻起身，跟随其后。不可否认，他对这个女人充满了好奇。

交谈中，格里雷夫人好像一直都在兜圈子，她总是在慌慌张张地聊聊这个又说说那个。不过最后她终于用一种听起来很不一样的声音说：“派恩先生，我要告诉您的都是绝密！您明白的，对吗？”

“这个自然。”

她顿了顿，深吸一口气。

“我想知道我丈夫是不是正在给我下毒。”

这个问题完全超出了帕克·派恩先生的预想，他的惊讶溢于言表。

“格里雷夫人，这种指控可不是随便说说而已的。”

“我不傻，也不是刚出生的小孩。我对此已经怀疑有一段时间了。只要乔治不在，我就会好起来，不但吃得很好，连感觉都焕然一新。这其中肯定有原因。”

“格里雷夫人，您说的这件事情很严重。我不是侦探，这您是知道的。但您要真说我是做什么的，我想我是个心理专家——”

“呃——”她急忙打断他，“您难道不觉得这件事令我很困扰吗？我要找的不是警察——我可以照顾好我自己，谢谢你——这才是我想要的。我只是想知道真相。我不是一个邪恶的女人，派恩先生。我对待身边的人都是将心比心，说话算话。这是我的原则。我不但替丈夫还债，而且从不限制他花钱。”

听罢，帕克·派恩先生突然对乔治爵士心生怜悯。

“还有那个姑娘——我的侄女，她衣食无忧，要什么有什么，”格里雷夫人继续说，“我要的不过就是他们最起码的感恩。”

“格里雷夫人，感恩之心是没有办法强加于人的。”

“瞎说！”格里雷夫人毫不客气地打断了派恩先生的话，“事情就是这样！给我找出真相！一旦我知道——”

格里雷夫人的话让帕克·派恩先生感到十分好奇，他盯着她的眼睛问：“一旦你知道，什么，格里雷夫人？”

“这不关你的事。”后者双唇紧闭。

帕克·派恩先生迟疑了一会儿，接着说：“恕我冒昧，格里雷夫人，您对我并没有做到完全的坦诚。”

“这太可笑了。我已经明确地告诉过你我要你帮我做什么了。”

“是的，但是没有告诉我这是为了什么。”

两人四目相对了片刻，格里雷夫人首先败下阵来。

“我想这个原因可以说是不言自明吧。”

“不，因为我对一点有疑问。”

“什么？”

“您希望您的猜测最终被证明是正确的还是错误的呢？”

“真是够了，派恩先生！”怒火中烧的格里雷夫人浑身颤抖地站了起来。

“是的，是的，”帕克·派恩先生轻轻点了点头，“但是您还没有回答我的问题。”

“噢！”格里雷夫人一时语塞，只得以最快的速度离开了房间。

独自待在房间的帕克·派恩先生陷入了沉思。正当他琢磨得出神时，麦克诺顿小姐走了进来。

“你们这么快就回来了。”帕克·派恩先生看到了坐在他对面的麦克诺顿小姐。

“其他人还没回来。我说我头疼先回来的，”麦克诺顿小姐显得有点迟疑，“格里雷夫人呢？”

“我想她应该正在房间里躺着。”

“噢，那正好。我可不想让她知道我已经回来了。”

“所以你回来不是为了找她？”

“不，我回来是为了见你。”麦克诺顿小姐摇摇头。

麦克诺顿小姐的话让帕克·派恩先生大吃一惊。他差点就把自己对她的印象说出口：一看就是自己可以摆平各种麻烦的人，根本不需要别人的意见或建议。但现在看来他错了。

“从一上船我就开始观察你了。我感觉你是一个阅历丰富、判断力很强的人。而我现在急需的正是他人的建议。”

“不好意思，麦克诺顿小姐——但是我觉得你并不是那种经常寻求别人建议的人。或者我应该说你是那种对自己的判断力相当自信的人。”

“一般情况下是。但是我现在的处境十分特殊。”

她犹豫了一会儿，继续说：“我一般不会谈自己的事，但是这一次我觉得有必要。派恩先生，当初格里雷夫人带我离开英国的时候她还是一个很简单的人。也就是说，她没什么问题。我这么说也许不一定对，但是过度的金钱和无所事事的确会让人变得病态。如果每天都要擦洗好几层楼的地板，并且还要照顾五六个孩子，那么格里雷夫人估计会是一个身体健康而且更加快乐的女人。”

帕克·派恩先生点了点头。

“作为一个见识过那么多精神病患者的护士，我敢说格里雷夫人一直都在拿她的健康状况做文章。我要做的就是尽量巧妙地顺着她——这样我才能让自己的旅程愉快些。”

“这很合理。”

“但是派恩先生，事情已经发生了变化。格里雷夫人所抱怨的那些各种不适症状现在看来都是真的，而不是她自己编的。”

“你是说？”

“我怀疑格里雷夫人被人下了毒。”

“你从什么时候开始怀疑的？”

“刚刚过去的这三个星期。”

“有没有你觉得比较可疑的人？”

麦克诺顿小姐垂下了眼睛。

“没有。”她的语气也变得十分敷衍，从开始到现在这还是头一次。

“还是我替你说吧，麦克诺顿小姐。你有怀疑的对象，那个人就是乔治·格里雷。”

“噢，不，不可能，我不相信会是他！他是那么孩子气、那么有同情心。他不可能是一个冷血的下毒犯。”麦克诺顿小姐看上去很生气。

“正如你所注意到的，乔治爵士不在的时候他太太的情况就会好转，但只要他一回来，格里雷夫人的病情就又会变差。”

麦克诺顿小姐默不作声。

“你怀疑是什么毒？砒霜？”

“类似那种东西。砒霜或者锑。”

“你都采取了什么行动？”

“我已经尽我所能把关格里雷夫人的吃喝了。”

“你觉得格里雷夫人她自己有所察觉吗？”帕克·派恩先生一边点头一边问。

“噢，不，我敢肯定她还被蒙在鼓里。”

“那你就错了，”帕克·派恩先生仿佛就在等着对方说出这句话，“她已经开始怀疑了。”

麦克诺顿小姐的惊讶之情溢于言表。

“格里雷夫人比你想象得更沉得住气，”帕克·派恩先生继续说，“她是个知道如何保守自己秘密的女人。”

“这太不可思议了。”惊诧之余，麦克诺顿小姐吐出了这几个字。

“我还想再问你一个问题。你觉得格里雷夫人喜欢你吗？”

“我从没想过这个问题。”

话音刚落，春风满面的穆罕默德拖着长袍风风火火地走了进来。

“夫人，她听见您回来了，要见您，她问为什么您没有去找她。”

埃尔希·麦克诺顿慌忙站了起来。

“明早我们再谈，你有时间吗？”帕克·派恩先生紧随其后也站了起来。

“好的，时间正好。格里雷夫人通常会睡到很晚才起来。但与此同时我还是要多加小心。”

“我想格里雷夫人自己也会很小心的。”

麦克诺顿小姐离开后，帕克·派恩先生直到晚餐前才又见到格里雷夫人。

她正坐在一边抽烟，还在烧一封看起来像是信件的东西。她完全没有理睬帕克·派恩先生，这让后者觉得她一定还在生他的气。

晚餐后，帕克·派恩先生、乔治爵士、帕梅拉和巴兹尔几个看起来心事重重的人聚在一起打桥牌。因为大家都无心恋战，所以没打几局就都散了。

几个小时之后，帕克·派恩先生被前来寻他的穆罕默德从床上叫了起来。

“老夫人，她快不行了。她身边的护士被吓得不轻。我到处在找医生。”

帕克·派恩先生随便穿上几件衣服就匆匆赶往格里雷夫人的房间。他刚到门口就看到巴兹尔·韦斯特、乔治爵士和帕梅拉已经全部等在房间里了，护士埃尔希·麦克诺顿正在拼命地救治她的病人。而当他踏入房门的那一刻，他所看到的却是可怜的格里雷夫人在一阵抽搐过后，整个身体渐渐扭曲至僵硬，继而又重重地倒在了身后的枕头上。

帕克·派恩先生轻轻地把帕梅拉拉到屋外。

“太可怕了！”帕梅拉不住地抽泣，“太可怕了！她，她——”

“死了？是的，我恐怕一切都结束了。

他把她交给了巴兹尔。

“我从来没想过她是真的有病，”乔治爵士一脸茫然地从房间里走了出来，嘴里不住地嘀咕，“从来没有想过。”

帕克·派恩先生没有理会他，只是擦着他的肩膀转身走回房间。

“他们派医生过来了吗？”一直留在屋子里的埃尔希·麦克诺顿小姐面色惨白，憔悴不堪。

“是的。”帕克·派恩先生回答。接着他又问：“是不是士的宁[①]毒？”

“是的。从当时的抽搐状况来看应该不会错。噢，我简直无法相信！”麦克诺顿小姐一边说一边瘫坐在椅子里掉眼泪。

帕克·派恩先生上前轻轻拍了拍她的肩膀。突然，他好像想起了什么，大步流星地回到了客厅。在那里，他找到了烟灰缸里一小块刚

---

①又名番木鳖碱，一种剧毒的化学物质，一般用来毒杀老鼠等啮齿类动物。对人类亦有剧毒（成人的致死量约为五毫克／千克体重）。

才没有被格里雷夫人烧尽的纸片。纸片上还仅存着几个可辨的词语：

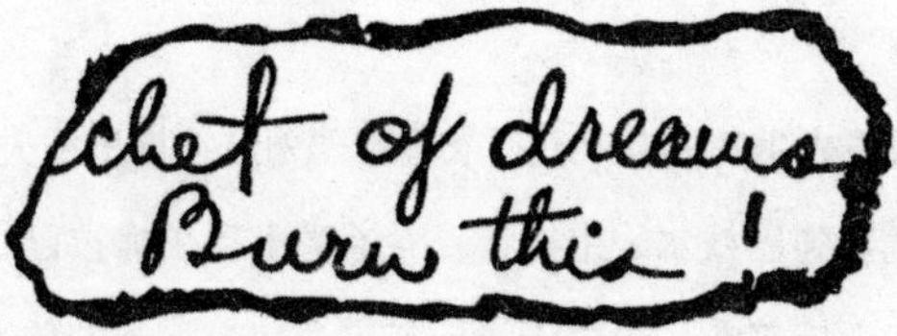

梦幻胶囊

烧掉！

“这下有好戏看了。”帕克·派恩先生自言自语道。

3

“证据就在这里。”帕克·派恩先生若有所思地说。和他在一起的是一位人高马大的开罗官员。

“是的，相当完备。真是蠢到家了。”

“乔治爵士绝对不是个有脑子的人。”

“同意！”官员借此又重新总结了一下案情，“应格里雷夫人的要求，她的护士做了一碗牛肉汁给她。但是熬制汤汁的时候她用到了乔治爵士调制的雪利酒。结果两个小时后格里雷夫人就因为士的宁中毒身亡。之后，在乔治爵士的房间里和他吃晚餐时穿的夹克衫的兜里都发现了士的宁。”

“相当详尽。”帕克·派恩先生回应着。接着，他又问：“另外，这些士的宁是从哪里来的？”

"关于这一点还有一些疑问。护士那里有一些——以防格里雷夫人心脏病发——但是她的说法前后有出入。开始时她说她存的士的宁没有少，但现在又说有变少。"

"她不可能是这种拿不准的人。"帕克·派恩先生斩钉截铁地说。

"在我看来，这件事情他们两个人都有份儿。他们手里都有对方的把柄。"

"有可能。不过，如果是麦克诺顿小姐动了杀念，她一定会不露声色地就把事情搞定。她可是个能干的年轻人。"

"是这么回事。所以我认为一定是乔治爵士干的。他逃不了。"

"好吧，好吧，让我来看看我能做些什么。"帕克·派恩先生一边说一边找到了帕梅拉。

"叔叔不会做这样的事情的——不可能——不可能——不可能！"愤愤不平的帕梅拉面色苍白。

"那是谁干的？"帕克·派恩先生似乎早就等着说出这句话了。

"你知道我是怎么想的吗？是她自己干的。她最近古怪得很，常常幻想出各种事情。"帕梅拉往帕克·派恩先生身边凑了凑。

"什么事情？"

"奇怪的事情。比如说巴兹尔。她总是暗示别人巴兹尔钟情于她。但是巴兹尔是和我——我们——"

"我知道。"帕克·派恩先生面露微笑。

"关于巴兹尔的那些事全部都是她的想象。我估计是她无法忍受我的叔叔，所以就对您编造了一个故事，事先把士的宁放到叔叔的房间和衣服口袋，然后给自己下毒。一定有人这么干过，是不是？"

"确实有人这么干，"帕克·派恩先生神情严肃，"但我不认为格里雷夫人会这样做，如果你允许我这么说的话。"

“但是她那些幻觉是怎么一回事？”

“没错，关于这点我需要和韦斯特先生聊一聊。”

巴兹尔正等在自己的房间里，似乎早就知道帕克·派恩先生会如何问他。

“我不想让您感觉我很自大，但是她真的对我有意思。所以我不敢让她知道我和帕梅拉的事情，那样的话她会让乔治爵士炒掉我的。”

“你觉得格里雷小姐的说法有可能吗？”

“很有可能，我想。”巴兹尔看起来并不十分确定。

“但这还不够，我们得找点别的什么更有说服力的东西。”帕克·派恩先生不动声色，说着说着竟然陷入了沉思。

大概过了一两分钟，他突然说：“最好是坦白，”他一边说一边拧开钢笔，又拿出一张纸，“你要不要写出来？”

“我？你到底在说什么？”巴兹尔·韦斯特一脸惊诧。

“亲爱的年轻人，”帕克·派恩先生像一个父辈般语重心长地说，“我全都知道。你最初是怎么勾引夫人的。夫人她是怎么迟疑不决的。你又是怎么爱上夫人那可爱却身无分文的小侄女的。还有你是怎么安排下毒的——这种慢性中毒最后可能出现的状况就是由于肠胃炎引起的自然死亡——如果到不了这一步，那么一切就都会被推到乔治爵士身上。你早就精心设计过了，故意把乔治爵士是否在场与夫人的身体状况联系到一起。后来，你发现夫人已经开始有所怀疑并且找到了我。于是，你就立刻采取了行动！你从麦克诺顿小姐那里拿了一些士的宁，先是在乔治爵士的房间和衣袋里都分别放了一些，接着又把足量的剂量放进胶囊，最后连同一张便签把那颗胶囊交给了夫人，还告诉她那是‘梦幻胶囊’。多么浪漫的点子啊！你早就算好夫人她一定会在护士离开后的第一时间就把胶囊吞下去，那样的话就没人知道了。但是，年轻人，你却犯了一个错误，那就是你让夫人把你们之前往来的书信都烧掉。而实际上信件一封也没有被烧掉，全部被我看到了，包括关于胶囊的那封。”

听到这里，巴兹尔·韦斯特面色铁青，昔日的风姿早已消失不见，他看上去就像是一只掉入陷阱的老鼠。

“可恶，”他咆哮着，“你什么都知道了。你这个该死的多管闲事的帕克。”

帕克·派恩先生对巴兹尔的反应早有准备，就在后者将要对他拳脚相加的时候，他事先安排好守在虚掩的房门外的证人及时冲了进来。

4

帕克·派恩先生又一次和他的官员朋友聊起了格里雷夫人的案子。

“我什么证据都没有！只有一小块被烧过的纸片，上面写着‘烧掉！’。整个故事都是我自己编的，说给他听也只是想看看他的反应。但没想到却触及了事情的真相。那些信件起了很大的作用。其实格里雷夫人早就把他写的东西都烧掉了，只是他不知道而已。格里雷夫人确实不同寻常。一开始我很费解她为什么会来找我帮她证明她丈夫在给她下毒。后来我明白了，因为一旦这一点得到了证明，她就可以和年轻的韦斯特远走高飞。她想要充分的借口去这么做。真是个奇怪的家伙。”

“只怕那个可怜的小姑娘要难过一阵子了。”派恩先生的官员朋友感慨万千。

“她不会有事的，”帕克·派恩先生不动声色地说，“她还年轻。我倒是更在意乔治爵士是不是可以及时享乐一把。过去这十年间他过得太憋屈了。如今总算可以得到埃尔希·麦克诺顿的温柔相待了。”

微笑就像一抹阳光，照亮了帕克·派恩先生如释重负的脸颊。

“我现在得考虑给自己改个名字然后到希腊去。我需要一个真正的假期！”

德尔斐的神谕

1

在威拉德·J. 彼得斯太太的眼里，这次的希腊之行纯属对牛弹琴。对她来说，德尔斐[①] 不过就是一个毫无意义的名字。

巴黎、伦敦、里维埃拉的那些房子才是她心目中的理想家园。她是一个住酒店住不腻的女人，她所向往的酒店卧房一定要铺着脚感柔软的地毯，摆着一张宽大舒适的睡床，旁边放着一盏亮度恰到好处的床头灯，房间里还要有一系列可以让整个房间都灯火通明的灯饰，充足的冷热水供应以及一部她躺在床上就能拿到的、可以随时和朋友谈天说地、要吃要喝的电话。

而德尔斐的这家酒店尽管房间外的风景看起来相当迷人，床铺和整个房间都一尘不染，但是简陋的椅子、脸盆架、抽屉柜还有总是洗不上的热水澡无疑都让彼得斯太太失望透顶。

①德尔斐（Delphi），古希腊神秘之地，也是古代“世界的中心”，在一九八七年被列入“世界遗产目录”。该地以位于约八公里外悬崖峭壁下的古德尔斐遗址最吸引游客。距离雅典两个小时车程。

一想到以后和别人说起自己去过德尔斐将会是一件很有面子的事情，彼得斯太太便尽可能地去发掘自己对古希腊的兴趣点。但只要一看到四下里那些残垣断壁她立刻就泄了气。在她看来，那座矗立在威拉德·彼得斯先生墓碑上的大理石天使雕像反倒更有气势一些。

不过，她并没有让别人察觉到她的这些想法，尤其是她的儿子，生怕会被他看不起。她其实是陪儿子威拉德来的，从而不得不忍受对她来说又冷又不舒服的房间，以及令人不悦的司机和保姆。

威拉德（目前为止大家都称呼他小威拉德——尽管他不喜欢这个称呼）是彼得斯太太八岁的儿子，被她视为掌上明珠。小小年纪就已经戴上眼镜的小威拉德面色苍白、体型瘦削，这次的希腊之行完全是一个爱子心切的母亲为了满足他对于古代艺术作品的渴望。

他们陆续走访了包括奥林匹亚、帕特农神庙[1]在内的一些地方，但彼得斯太太不是嫌弃奥林匹亚乱糟糟的让人心神不宁，就是抱怨雅典是一个毫无生机的城市，尽管她觉得神庙本身很有意思。

继之前的柯林斯[2]和迈锡尼[3]一行让彼得斯太太和司机都大为光火后，德尔斐便被一直都闷闷不乐的彼得斯太太当成了此次希腊之行中的最后一根稻草。然而，德尔斐却是一个除了走在路上看废墟别无选择的地方。小威拉德倒是劲头十足，他时不时就会跪下来看那些用希腊文字刻成的碑文，一边看一边说："妈妈，听听这个！有没有感到很辉煌？"然后他还会对他妈妈念一些听起来像天书的东西。

一天早上，小威拉德起了个大早，准备去看拜占庭时期的马赛克工艺。彼得斯太太因为实在提不起兴趣就找了个借口不去。

---

①帕特农神庙（Parthenon），位于雅典，希腊人用以祭祀雅典娜女神的神庙。
②柯林斯（Corinth），希腊海港城市。
③迈锡尼（Mycenae），希腊南部古城。

“我理解，妈妈，”小威拉德似乎看出了母亲的心思，“你就是想一个人坐在剧场或者竞技场里往下面看，好感受那种被包围的感觉。”

“你说得没错，孩子。”

“我就知道你会喜欢这样的地方。”小威拉德兴高采烈地出了门。

看着儿子走出去，彼得斯太太叹了口气，准备起床吃早餐。

她到达餐厅的时候，那里已经坐了四个人：一对在她看来穿着十分罕见（有腰部装饰的短裙）的母女正在谈论着墙上的一幅舞者自画像；昨天下火车时帮她拿了一下行李的身材圆润的汤普森先生；昨天晚上刚刚到达的光头中年绅士。

餐厅里的几个人性格迥异。汤普森先生一直表现得很消沉（彼得斯太太管这个叫作英国人的保守）；那对母女的身上则散发着一种优越感十足又自视清高的味道，尽管那个姑娘和小威拉德相处得还算不错；最晚到的光头中年绅士才是最让彼得斯太太感到心情愉悦的那一位。因为他最晚离开餐厅，所以友善又健谈的彼得斯太太很快就和他聊了起来。

这位绅士虽然知道很多事情却一点都不自大。他给彼得斯太太讲述了好几件有趣又易懂的希腊小事。后者从他栩栩如生的描述中渐渐感受到了一个跳出了那些历史书籍冗长文字的有温度的希腊。彼得斯太太也向她平易近人的新朋友介绍了她的儿子小威拉德是一个多么聪明的孩子，以及他是多么热爱文化。

虽然聊了很多，但是彼得斯太太却对这位绅士的职业和名字依然一无所知。她只知道他一直都在旅行，并且正在享受一段彻底脱离工作（什么工作？）的假期，所以才不想过多地谈论自己。

这样一来，彼得斯太太的这一天过得要比预想的快得多。从博物馆出来后，那对母女和汤普森先生的态度还是十分冷淡。汤普森先生甚至故意避开了彼得斯太太和她的新朋友。

然而这个小动作却没能逃过彼得斯太太新朋友的眼睛，他皱着眉头朝汤普森先生看了看。

“我倒是很好奇那个人是谁！”

彼得斯太太立即报上了名字，但除此之外她也一无所知。

“汤普森——汤普森。这个人看起来很面熟，但我想不起来之前在哪里见过。”光头绅士若有所思地说。

下午，彼得斯太太找了块阴凉的地方安静地打了一个盹儿，之后便开始津津有味地读起了一本名叫《谜之河》的书。本来她儿子给她推荐的是一本关于希腊艺术的书，但是相比之下，《谜之河》这本书里所描述的四起谋杀案、三起绑架案再加上一大帮危险的罪犯更能让她感受到一种热血沸腾又酣畅淋漓的快感。

估算着小威拉德差不多该回来了，彼得斯太太四点钟赶回了酒店。进门的时候酒店的管家交给她一封信，说是一个陌生人下午送过来的。

不过，她当时没有多想，接过来之后好一会儿才心不在焉地撕开了那封脏得一塌糊涂的信。读了一行字后，她的脸开始变得煞白，要不是伸手撑了一下，整个人就摔倒在地上了。从字迹上来看，这封信是外国人用英语写的。

夫人（信的开头），——我们绑架了您的儿子，他现在被关在一个很安全的地方。如果您真心诚意地照我们说的去做，我们是不会伤害一个这么优秀的年轻人的。我们要求的赎金是一万英镑。如果酒店管家或者警察还是其他什么人通过您知道了这件事情的话，那我们就只能杀掉您的儿子了。好好考虑一下吧。明天会告知赎金应该送去哪里。到时候如果不照做，我们就会把这个年轻人的耳朵割下来寄给您。如果还不照做，第二天我们就会杀掉他。再说一遍，这不是一个随随便便的威胁。让基里娅再考虑一下吧——以上——不要说出去。

黑眉德米特里厄斯

可怜的彼得斯太太一头雾水，她搞不懂为什么这样一封措辞幼稚、要求荒谬的信竟然让她一下子置身险境。还有威拉德，她的孩子，娇弱敏感的威拉德。

她想要去报警、去寻求邻居的帮助，但只要一想到这样做可能会带来的后果，她便退缩了。

她站起身，走出房间去找酒店管家——酒店里唯一一个可以讲英语的人。

"已经很晚了，"她故作镇定地说，"我儿子还没有回来。"

"确实。先生把骡子放了，他想自己走回来。差不多应该到了，不过他一定是在路上游游荡荡地耽搁了一些时间。"看上去一脸笑意的酒店管家微笑着说。

"告诉我，"彼得斯太太略显唐突地问，"这附近有没有坏人？"

小个子管家的英语水平有限，他一下子没听懂"坏人"这个词，彼得斯太太只好用更直白的话给他重新解释了一番。尽管如此，她得到的回答不过就是一些类似德尔斐的人都很好、很安静、对外国人很有感情这样的安慰。

之后，欲言又止的彼得斯太太费了好大的气力才没让自己把那个骇人的威胁说出口。有可能这不过就是一个天大的玩笑，但万一不是呢？她想起了那个在美国因为报警，孩子被绑匪撕票的朋友。确实有这样的事情。

不知所措的彼得斯太太已经近乎疯狂。一万英镑——那是什么？——那可是四五万美金！但是，与小威拉德的性命比起来，这笔钱对她又算什么？就算是这样，她要怎么搞到这么大一笔钱呢？这对身上只有一张几百英镑信用证的她来说可谓是困难重重。

绑匪能理解她的难处吗？他们能少要一些吗？他们能等吗？

彼得斯太太的脑海里思绪万千，完全没有心思理会过来找她的用人，粗暴地让她退了下去。晚饭时间，身心俱疲的彼得斯太太被拉到餐厅用餐，她机械地把食物不停地送进嘴里，直到上水果的时候一个信封出现在她眼前。看到信，她先是紧张了一下，但是信封上一手与之前截然不同的整洁字体还是让她平静了下来。她心不在焉地拆开信封，完全没有想到里面的内容会让她眼前一亮：

在德尔斐，虽然神谕已不再可得，但是还有帕克·派恩先生。

文字的下面还附上了一条从报纸上剪下来的广告，此外还有一张护照相片。而相片上的人正是她早上刚刚认识的光头绅士。彼得斯太太把那张剪报一连念了两遍。

你开心吗？如果不，请洽询帕克·派恩先生。

开心？快乐？还有谁会像我这样不开心吗？这话就好像是说给祷告者听的。

尽管有些犹豫，彼得斯太太还是从包里翻出一张活页纸，在上面潦潦草草地写下一行字：

救我。十分钟后在酒店外碰头好吗？

她把字条放进一个信封，让服务员拿去交给一个坐在窗边的先生。十分钟后，彼得斯太太裹上一件毛皮大衣向寒冷的夜幕中走去。一出酒店，她就踱着步子缓缓地往废墟的方向走，帕克·派恩先生已经在那里等着她了。

“您能来真是我的一大幸事，”彼得斯太太惊讶得竟然有些喘不上气来，“可我得知道您是怎么知道我遇到了大麻烦的。”

“看表情就知道了，我亲爱的女士，”帕克·派恩先生轻声说，“我一看就知道一定是发生了什么事情，但究竟发生了什么还得您来告诉我。”

一眨眼的工夫，彼得斯太太就把绑匪的信交到了帕克·派恩先生的手里。后者从衣兜里掏出一只手电筒，就着灯光读了起来。

“嗯，”帕克·派恩先生念念有词，“很重要的一份文件，相当重要。里面提到了几点——”

不过，彼得斯太太可没有心情听对方跟她讨论信中的细节，她脑子里想到的只有被她视为珍宝的小威拉德，她要怎么去救他？

帕克·派恩先生看出了她的焦虑，试图通过描述一幅有关希腊绑匪日常生活的画面来让她放松，比如他们通常都会很小心对待抓来的人质，因为那个人很可能就是一个金矿。听着听着，彼得斯太太冷静下来。

“可是我该怎么办？”彼得斯太太痛苦万分地说。

“明天再说，”帕克·派恩先生不紧不慢地说，“除非您想直接去报警。”

话音未落，彼得斯太太就发出了一声惊恐的尖叫。她很怕她的小威拉德会因此被杀掉。

“您觉得我的小威拉德会安然无恙地回来吗？”

“毫无疑问，”帕克·派恩先生的口吻令人感到安心，“唯一的问题就是您是否需要付那一万英镑就可以赎回您的儿子。”

“我只要我的孩子回来。”

“是的，是的，”帕克·派恩先生宽慰道，“顺便问一句，这封信是谁拿来的？”

“管家说他不认识。一个陌生人。”

“啊！那么明天过来送信的人可能会被跟踪。还有，您打算怎么跟酒店里的人解释您儿子没和您在一起？”

“我还没想过。”

“我在想，”帕克·派恩先生一边想一边说，“我想您可以开始慢慢透露他已经失踪的情况。这样就会有人去找他了。”

“您难道不觉得那些绑匪会——”彼得斯太太说不下去了。

“不，不会的。只要没提到绑架或者赎金这些字眼他们就不至于翻脸。毕竟儿子失踪了你不能依旧无动于衷。”

“您能帮我吗？”

“这是我的工作。”帕克·派恩先生一点儿不含糊。

两个人一边说一边往酒店走，路上还差点撞到一个大个子。

“那人是谁？”帕克·派恩先生当即问道。

“我想是汤普森先生。”

“噢！”帕克·派恩先生摆出一副思考的样子，“汤普森，是吗？汤普森——嗯。”

2

当晚，彼得斯太太临睡前愈发觉得帕克·派恩先生方才的话非常有道理，因为送信的人一定和绑匪有过接触。她感到一阵欣慰，很快就进入了梦乡。

第二天一早，彼得斯太太正在换衣服的时候发现窗户旁边的地板上突然出现了一个信封。她走了过去——有那么一瞬间心脏仿佛已经停止了跳动。她捡起来的正是一只同上次一样又脏又破的信封，让人生厌的字迹再一次映入眼帘：

早上好，夫人。您考虑得怎么样了？您的儿子正和我们在一起，毫发无损——至少现在还是。不过，我们是要钱的。对您来说，那笔钱可能不是一个小数，但是我们也听说您身上有一串成色非常不错的钻石项链。您可以用它来交换。听好，以下事项你需要照做。你或者你的委托人必须把那串项链带到体育场，从那里出发继续走，直到遇到一块大石头和旁边的一棵树。一路上都会有人在暗中监视你是不是独自前往。到了那里就可用项链换人了。时间是明天早上六点钟日出后。如果你事后报了警，那么在你开车去车站的路上我们就会开枪杀了你的儿子。

夫人，这将是我们最后一次通信。如果明天早上我们没有拿到项链，那你就等着查收你儿子的耳朵吧。再过一天我们就把他杀了。

此致

敬礼

德米特里厄斯

彼得斯太太立刻找到了帕克·派恩先生，后者接过信聚精会神地读了起来。

“钻石项链，”帕克·派恩先生开了口，“确有其事？”

“没错。我丈夫花一万美金买的。”

“这些绑匪还真是消息灵通。”帕克·派恩先生咕哝了一声。

“你什么意思？”

“我在考虑事情的几个方面。”

“哎呀，派恩先生，我们没有时间去多方面考虑了。我得把孩子救出来。”

“但您是一个有骨气的女人啊，彼得斯太太。您甘愿让自己就这么被白白骗去一万美金吗？您甘愿把自己的钻石项链拱手让给那些流氓无赖吗？”

“这个，当然，如果您要那样说的话！”彼得斯太太的思绪在骨气与母性之间不住地缠斗着，“我也想跟他们较量一番——那帮懦弱的畜生！派恩先生，我只要一把儿子救回来，我就会动用整个区域的警力去抓他们，而且，如果有必要的话，我还会雇一辆装甲车把我和小威拉德送去火车站！”心怀仇恨的彼得斯太太满脸通红。

“是的——”帕克·派恩先生接过话头，“不过，亲爱的夫人，我所担心的是他们可能对你的行动计划早有准备。他们知道，一旦小威拉德被交还给你，你就会义无反顾地在整个地区布下警力。因此他们必然有备而来。”

“那么，您想怎么做？”

帕克·派恩先生微微一笑。“我想尝试一下我自己的计划。”他边说边环顾一下已经大门紧闭、别无他人的餐厅。“彼得斯太太，我在雅典认识一个人——一个珠宝商。他专门经营人造钻石——都是一等一的好货，”帕克·派恩先生渐渐放低嗓音，“我等下给他打个电话，今天下午他就能带着精挑细选的石头赶过来。”

“你是说？“

“他会把真品拿走，再留下一个赝品。”

“这难道不是我听到过的最棒的事情吗！”彼得斯太太一脸崇拜地望着帕克·派恩先生。

“嘘！小声点。你能帮我个忙吗？”

“当然。”

“我打电话的时候帮我看好周围，不要让人听到。”

彼得斯太太点了点头。

酒店经理帮帕克·派恩先生接通电话后就十分配合地把整间办公室都留给了后者。他出门时正好撞见了在门口等待的彼得斯太太。

“我在等帕克·派恩先生，我们打算出去走走。”

“噢，好的夫人。”

这时，汤普森先生也正巧出现在大厅里。他先是朝着彼得斯太太他们走过去，接着又拉住酒店经理聊个不停。

德尔斐有没有可以外借的别墅？没有吗？不过酒店上方确实有一栋？

“那是一位希腊绅士的私产，先生。他从不外借。”

“再没有别的了吗？”

“在这个村子另外一边有一栋，那是一位美国夫人的，现在关门谢客。还有一栋在伊泰阿[①] 的悬崖边上，主人是一位英国绅士——艺术家。”

“哎呀，”彼得斯太太也不知道哪里来的勇气，故意大声插起话来，

①伊泰阿（Itéa）：希腊港口。

“我就喜欢这里的别墅！那种未经雕琢的自然之美足以让我为之着迷，你是不是也有同感，汤普森先生？如果你想住别墅的话，这儿绝对是最好的选择。你是不是第一次来这里？不会吧。”

彼得斯太太就这样想方设法地让自己不断地往下说，直到看见帕克·派恩走出办公室后朝她轻轻地笑了一下。

汤普森先生踱着步子，不慌不忙地下了楼梯往外面走去。路上，他碰到了那对自大的母女，光着胳膊的两个人正因为穿得少而在冷风中瑟瑟发抖。

一切进行得都很顺利，珠宝商在晚餐前同满满一车游客一起赶到了酒店。帕克·派恩先生拿着彼得斯太太的项链回了房间，低声示意了一下，珠宝商就开始讲起了法语。

“那位夫人大可放心。我能搞定。”他一边说一边开始从小袋子里翻找出工具准备干活。

十一点的时候，彼得斯太太的房门被敲响了。

“拿好！”帕克·派恩先生出现在门口，把一个小小的麂皮袋子交到彼得斯太太的手上。

“我的钻石！”后者接过袋子，往里看了一眼。

“嘘！这条项链上的钻石都是铅质玻璃做的。很棒，不是吗？”

“绝了！”

“阿里斯多普洛斯是个聪明能干的家伙。”

“你不觉得他们会怀疑吗？”

“怎么会？既然他们知道你有项链，那你把项链交给他们就行了。他们怎么会想到其中有诈？”

“我只是觉得这太不可思议了。”彼得斯太太调整了一下自己的措辞。接着，她就把项链交还给帕克·派恩先生。“您可以把东西给绑匪送过去吗？这个要求是不是有点过分？”

“没问题，交给我。把信也交给我，以免我走错路。谢谢。那么你现在可以睡个好觉了，晚安，加油。您明天早上就可以和儿子共进早餐了。”

“噢，如果真是这样就太好了！”

“好了，不要担心。一切交给我。”

彼得斯太太彻夜难眠，一闭上眼就开始做噩梦，梦见一群全副武装的绑匪坐在装甲车里朝着一身睡衣正从山上跑下来的小威拉德扫射。

庆幸自己没能睡着的彼得斯太太终于等到了黎明的第一缕曙光，她起身换好衣服，又坐了下来，继续等待。

七点钟，彼得斯太太终于听到了敲门的声音，但她却感到喉头一阵发紧。

“进来。”她费了半天劲才挤出两个字。

门被推开了，她一眼就看到了汤普森先生。一时语塞的彼得斯太太直勾勾地盯着对方，心里仿佛已经预感到有灾难要发生。

“早上——好，彼得斯太太。”汤普森先生的嗓音浑厚、温柔，毫无矫揉造作。

“你竟敢！你怎么敢——”

“这么早就来拜访实在冒昧，还请您原谅，”汤普森先生不慌不忙地说，“但是您看，我有件事情需要处理一下。”

“所以就是你绑架了我儿子！根本就没有什么绑匪！”彼得斯太太往前探了探身子，指责的眼神像利剑般盯住对方。

“当然不是绑匪干的。很多地方都无法令人信服，至少可以说干得一点都不漂亮。”

彼得斯太太似乎没有注意对方在说什么，仍旧一根筋地问：“我儿子在哪里？”眼睛里充满了可以置人于死地的怒火。

“他就在门外。”汤普森先生说。

“威拉德！”

门猛地一下被推开了，戴着眼镜、灰头土脸、胡子拉碴的小威拉德一头挤进了彼得斯太太的怀抱。

“平安无事就好，”彼得斯太太一边说一边回过神来，对着一旁正满眼温情地看着他们母子的汤普森先生说，“我会把你绳之以法的。我一定会的。”

“你全都搞错了，妈妈，”小威拉德抢过话头，“是这位先生救了我。”

“你刚才在哪里？”

“悬崖边的一栋房子里，离这儿不过一英里。”

“彼得斯太太，现在请容许我，”汤普森先生没有理会彼得斯太太方才的话，“将您的物品完璧归赵。”

说着，他把一个小小的软纸包交了出去。

“彼得斯太太，不要再把你手里的那包石头当宝贝了，”汤普森先生眼看着对方剥开软纸包，笑着说，“真的钻石还在原来的项链上，鹿皮袋子里的那些石头不过是些高仿货。正如你朋友所说，阿里斯多普洛斯是个聪明能干的家伙。”

“我不明白这究竟是怎么一回事。”彼得斯太太有气无力地说。

“您需要站在我的立场上来看整件事情，”汤普森先生不紧不慢地说，“我是因为一个名字而关注此事的。我曾经擅自跟踪过你和你那位胖胖的朋友，可以坦白地告诉你，我在门外偷听了你们的谈话。我觉得其中一定有鬼，所以我就向经理表明了来意。他后来就把你那位巧舌如簧的朋友拨打的那个电话号码记录了下来，并且安排了一个服务员偷听你们今天早上在餐厅里的对话。

“这个计谋的目的很明确。您就是被一伙狡猾的珠宝盗贼盯上了。他们对您的钻石项链了如指掌，先是故意尾随您来到这里，紧接着就绑架了您的儿子，然后您就收到了那封颇有点滑稽的勒索信。而您会对他们的头目敞开心扉也都在他们的计划之中。

“您上钩之后一切就都好办了。那位好心的先生交给您一袋子假钻石之后就会和他的同伙逃之夭夭。这样一来，一旦今天早上您的儿子没有回来您就会开始抓狂，并且认为您的那位朋友也被绑架了。据我所知他们已经安排人手明天去别墅，那个人会帮你找回儿子，之后等到你们团聚时你就会意识到其中的蹊跷。但要真到了那个时候，那帮强盗也早就不知去向了。”

“那现在呢？”

“噢，他们现在都已经被严密监控起来。我早有安排。”

“强盗，”彼得斯太太一想到她当初是怎么上当受骗的，就抑制不住地咬牙切齿起来，“那个油嘴滑舌的强盗！”

“绝对不是什么好人。”汤普森先生在一旁随声附和。

“我倒是觉得您能看出这件事的破绽很了不起。”小威拉德一脸崇拜，“您可真聪明。”

“不，这没什么，”汤普森先生摇了摇头，“要是你在匿名旅行的时候发现有人正在冒用你的名字的话——”

“那么你又是谁？”彼得斯太太好像突然想到了什么。

“帕克 · 派恩先生。”

情牵波伦沙[①]

①波伦沙（Pollensa Bay），西班牙地名。

1

清晨，帕克·派恩先生乘坐的从巴塞罗那开出的蒸汽船缓缓驶达马略卡岛[①]。刚刚上岛，帕克·派恩先生就被来了个下马威——酒店全部爆满！他当时所能挑到的最好的住处就是城中心一家酒店内庭上方的一间密不透风的隔间。帕克·派恩先生显然不打算买账，但酒店老板也并没有因此做出任何表示。

“您还想要什么？”酒店老板耸了耸肩。

此时正值帕尔马[②]的旺季！岛上生意繁忙，就好像英国人、美国人都选择在冬天出现在马略卡岛上一般！到处人满为患，以至于帕克·派恩先生这位英国绅士是否能找到一处落脚的地方还真要被打上一个问号——除非他会考虑房价高到连外国人都会敬而远之的佛门托[③]。

帕克·派恩先生在临时歇脚的酒店里用了一些咖啡和面包后就出

①马略卡岛（Majorca），地中海群岛，位于西班牙的东部，首府是帕尔马。马略卡岛上到处是砂质的海滩、陡峭的悬崖、种植着橄榄或是杏树的田野等自然风光。

②帕尔马（Palma），马略卡岛主要城市和港口，同时是西班牙巴利阿里群岛自治区的首府。

③佛门托（Formentor），位于马略卡岛北部。

门了。他本想好好欣赏一下大教堂辉煌的建筑风貌，却无奈地发现自己完全没有心情。

后来，他遇到了一位不但人好又能说一点法语的西班牙出租车司机，他们聊起了包括佛门托、索列尔、阿尔库迪亚、波伦沙在内的马略卡岛的周边地区——这些地方的共同特点就是酒店很棒，但价格不菲。

聊着聊着，帕克·派恩先生不禁对酒店的价格产生了兴趣。

从司机口中得知，那些酒店大都是漫天要价——难道还有人不知道英国人会来此地是因为价格便宜公道吗？

帕克·派恩先生没有否认，仍旧继续追问佛门托的酒店价格。

“贵得离谱！”

“非常好——但到底要多少钱？”

拗不过帕克·派恩先生，司机最后只好说出了具体数字。

但实际上，这个价钱对于不久前刚住过耶路撒冷和埃及那些天价酒店客房的帕克·派恩先生来说却实在算不得什么。

就这样，帕克·派恩先生决定亲自去找住处。待所有行李一股脑儿都被搬到车上之后他们便出发了。开始的时候他们还绕岛行驶，企图路遇一些便宜的小客栈，但到后来就直接锁定佛门托了。

不过他们最终并没有抵达这些豪宅，因为他们一路顺着波连萨狭窄的街巷和蜿蜒的海岸线到达了皮诺道罗酒店——一家坐落于海边的小旅店。清晨的迷雾中，旅店周围的景色像极了一幅精美考究的日本版画。帕克·派恩先生几乎打第一眼起就认定了这家旅店。他示意司机停下车，满怀希望地走上前推开油漆大门。

旅店的主人是一对既不会说英语也不会说法语的老年夫妇。不过这一点都不妨碍他们之间的沟通，一会儿工夫，帕克·派恩先生就拿到了一间海景房的钥匙。帮帕克·派恩先生把所有的行李都搬下车后，如释重负的出租车司机替他的客人感到欣慰，一边接过报酬一边兴奋地用西班牙语打了个招呼就扬长而去。

帕克·派恩先生扫了一眼手表，见时间还早——不过十点十五分，便径直走向依旧沐浴在晨光中的露台，为自己又点了一份咖啡和面包当作早餐。

露台上一共摆着四张桌子，除了一张用来收拾残羹剩饭和一张他正在用的，另外两张桌子旁都坐着人。离他近一些的那桌是父母二人加上两个女儿的一家德国人。稍远一些，在露台角落里的那桌很明显可以看出来是一对英国母子。

英国母亲大概五十五岁上下，头发花白得恰到好处——即使是并不时尚的花呢外套和短裙也遮挡不住她精明的气质——那种泰然自若的状态让人一看就知道是那种经常出国旅行、见过世面的英国妇人。

坐在她对面的年轻人约莫有二十五岁，个子不高不矮，长得虽然不算英俊但也绝不普通，一副他这个阶层和年龄的典型外表。很明显，他们的母子关系非常好——小伙子不仅陪着母亲说笑话，还不厌其烦地帮母亲拿这拿那。

在和儿子说话的时候，英国妇人和帕克·派恩先生两个人的眼神不期而遇地碰到了一起。虽然良好的教养让英国妇人及时地撤回自己的目光，但帕克·派恩先生早就清楚地知道自己已经被注意到了。

他知道，一旦他被认出是英国人，就会有一些无关痛痒的闲聊接踵而至。

帕克·派恩先生倒也并没有对此特别反感。尽管他的那些英国老乡不论男女都会让他感到些许的无聊，他还是希望可以尽可能友善地对待他人——尤其是住在这样一家彼此抬头不见低头见的小旅店里。他十分确定眼前的这个英国妇人绝对是个深谙住店礼节的老手。

男孩儿站起身，说笑了几句就转身进了房间。母亲看到儿子走开后便拿上手包和几封信找了一张面朝大海的椅子舒舒服服地坐了下来，开始翻动手里的《大陆每日邮报》。

帕克·派恩先生就坐在她的后面，他喝干杯中最后一滴咖啡的时候，眼睛正好扫过她的背影，不料这不经意的一瞥竟然让他有一种全身血液瞬间凝固的感觉。他有预感——预感到自己尚且平静悠闲的假期有可能会就此结束！多年的丰富阅历告诉他，眼前这个僵硬紧绷的背影意味着什么——不用看脸就可以断定这个背影的主人正在如何努力强忍泪水。

像只时常需要警惕捕猎者的动物一样，帕克·派恩先生小心翼翼地溜回了房间。半个小时后他接到前台的通知去签名。

他工工整整地在签名簿上签下了自己的名字—C．帕克·派恩，伦敦。

接着，他又往上扫了几行，看到了几个名字：R．切斯特夫人，巴兹尔·切斯特先生——霍尔姆公园，德文郡。

于是，帕克·派恩先生又拿出笔，飞快地在自己的名字上添了几笔，让它变成很难辨认出的几个字——克利斯多夫·派恩。

这样，就算R．切斯特夫人在波伦沙有什么不开心的事情也无法轻而易举地找到帕克·派恩先生了。

一直以来，帕克·派恩先生都在琢磨：为什么在国外遇到的很多人都知道他的名字、看过他的广告，而在每天都有上千人读《泰晤士报》的英国，竟还会有人一五一十地告诉他，他们从来没听说过帕克·派恩这个名字。想着想着他就明白了，因为人们在异国他乡的时候，读起报纸来总是会更加仔细，不会放过任何消息，即使是广告专栏。

之前有好几次，帕克·派恩先生都因为需要插手解决各种各样的事情而不得不中断自己的假期，谋杀案也好、有预谋的绑架案也罢，对他来讲各种案件无奇不有。因此，他决定抓住这次马略卡之旅好好享受一下。然而，他的直觉却告诉他，他平静的假期即将会被那个闷闷不乐的母亲所打破。

帕克·派恩先生在皮诺道尔酒店住得很舒心。不远处有一个大一些的酒店，名叫马里波萨，里面住着许多英国人，周边还有一个艺术家的聚集地。此外，沿着海岸线便可以走进一个渔村，村里有几家小店铺和一家人气很旺的鸡尾酒吧。上身裹着各色鲜艳大方巾的姑娘们穿着宽松的裤子走来走去；留着长发、头戴贝雷帽的小伙子们聚拢在一起聊着艺术；一切都让人感到宁静和愉悦。

第二天，切斯特夫人找到帕克·派恩先生攀谈了几次，他们的对话不是关于景色就是天气。之后，她又去找德国女士聊了一会儿编织，又到两个早起后已经徒步行走十一个小时的丹麦男士那里发表了一下自己对于政局的见解。

而帕克·派恩先生则在这段时间内对巴兹尔·切斯特这个小伙子萌生出了极大的好感。巴兹尔称呼他为“先生”，在他面前总是谦卑有度。有时候这三个英国人吃过晚饭后还会聚在一起喝咖啡。

第四天，三个人又凑在一起喝咖啡，因为巴兹尔有事先离开，帕克·派恩先生得到了一次和他的母亲独自倾谈的机会。他们两个人从爱花聊到养花；从对英镑处境的扼腕叹息说到法郎升值得多么离谱；同时还抱怨找不到好喝的下午茶。

从那天起，每晚巴兹尔先行离开之后，帕克·派恩先生就发现切斯特夫人总是先要掩饰一下自己的不安，不过很快她又会欣然聊回到方才的话题上面。

渐渐地，切斯特夫人开始对帕克·派恩先生讲起了巴兹尔的事情——他在学校的表现是多么出色——“要知道他可是排名前六呢”；他是多么受大家的欢迎；要是他父亲还活着的话将会如何以他为傲；她自己又是多么感恩巴兹尔从未“出去野混”过。

“我自然总是会劝他要多和年轻人相处，但是他却好像真的很喜欢和我待在一起。”切斯特夫人虽然有点不好意思，却也是一脸幸福。

不过，帕克·派恩先生这一次并没有给出他以往轻而易举就可以想到的回答。

“噢！我们这里有很多年轻人呢——不在酒店里面，在周边。”帕克·派恩先生说。

然而，话一出口他就注意到切斯特夫人的异样。

“这附近确实有很多艺术家。”她冷冷地说。

这可能是因为她过于因循守旧——真正的艺术自然另当别论，但却绝不等同于很多年轻人为了憧憬无所事事而捏造出来的借口——更何况有些姑娘也喝得太多了。

“先生，我非常高兴能在这里遇到您——特别是从我母亲的立场来看。她很享受每晚和您的谈话时间。”巴兹尔次日对帕克·派恩先生说。

“你们刚来这里的时候都做些什么？”

“我们那时候经常玩皮克牌[①]。”

“明白。”

“当然，那个东西玩久了大家都会厌倦的。其实我在这里交到过一些朋友——一群非常活跃的人。但是我母亲可不怎么认同他们——”巴兹尔笑了笑，觉得自己说了一个笑话。“我妈是一个特别保守的

①纸牌牌戏，供两人玩，另有供三人或四人玩的变种。

人……就连女孩穿长裤都让她无法接受！”

“是这么回事。”帕克·派恩先生应声说。

“我跟她说——一个人要与时俱进才行……我们家里的那些女孩儿都太无趣了……”

“我明白。”作为一个旁观者，帕克·派恩先生觉得自己已经被吊足了胃口。

接下来，帕克·派恩先生最担心的一幕还是发生了。他和切斯特夫人在茶叶店巧遇了他的熟人——一位言辞夸张的女士，而且她就住在不远的马里波萨酒店。

女士一看到帕克·派恩先生就叫了起来：

“这不是帕克·派恩先生嘛！还有阿德拉·切斯特！你们认识？噢，认识？你们住在同一家酒店？阿德拉，他可是个绝无仅有如假包换的世纪奇才——能帮你摆平所有的麻烦！你难道不知道？你一定听说过他的名字？他的广告你见过吗？‘你有麻烦吗？请找帕克·派恩先生。’他可谓是无所不能。它可以让吵架吵得不可开交的夫妻重归于好——也可以为你安排一次永生难忘的冒险，让你重拾对生活的热情。就像我说的，这个男人就是个奇才！”

帕克·派恩先生的仰慕者接下来又絮絮叨叨地说了一些，以至于他不得不见缝插针地为自己说上两句。他不喜欢切斯特夫人看他的那种眼神，更受不了看着她走回海滩和那个喋喋不休的仰慕者聊个没完。

事情发展得远比帕克·派恩先生预想的要快。当晚，咖啡时间过后，切斯特夫人就开始发问了。

“派恩先生，您可以跟我到那间小沙龙去一下吗？有些话我想和您说。”

帕克·派恩先生恭敬不如从命。

就在切斯特夫人快要控制不住自己情绪的时候，他们走进了小沙龙房间。就在门被关上的那一刹那，刚刚坐定的切斯特夫人泪如泉涌。

“帕克·派恩先生，是我的儿子。您得救救他。我们必须要救他。我的心都要碎了！”

“亲爱的夫人，我只是一个外人——”

“妮娜·威彻列说您无所不能。她说我会对您充满信心。她还建议我要对您全盘托出——那样您就知道该如何下手了。”

尽管心里在不住地咒骂多嘴多舌的威彻列，但帕克·派恩先生还是很好地控制住了自己的情绪。

“那么，就让我们来研究一下吧。我猜是和一个姑娘有关？”

“他和你提过？”

“只是间接说起。”

“那个女孩糟透了，喝酒骂人——从不穿正经衣服，”切斯特太太一肚子的不满像决堤的河水般奔涌而出，“她有个姐姐就住在这里——嫁给了一个荷兰的艺术家。这些人简直无可救药，他们当中有一半人都过着未婚同居的生活。巴兹尔和以前大不一样了，他以前很文静，只有严肃的话题才会勾起他的兴趣，他还想过要做考古学家——”

“这没什么，”帕克·派恩先生随声附和着，“顺其自然就好。”

“你这是什么意思？”

“对于年轻小伙子来说，只对严肃话题感兴趣可是很不利于健康的。他应该把自己当作白痴一样去追求姑娘。”

“派恩先生，请严肃一点。”

“我是认真的。你说的姑娘是不是就是昨天和你喝茶的那位？”

帕克·派恩先生的确对那个红唇姑娘有印象——她穿着一条灰色法兰绒质感的长裤，胸前松松地围着一条鲜红色的大方巾——而更令人印象深刻的是她喝的不是茶而是鸡尾酒。

“你看到她了？可怕至极！根本就不是巴兹尔想要的那种姑娘。”

“但你也没有给过他任何机会让他去喜欢一个姑娘。”

“我吗？”

“巴兹尔现在已经习惯于有你陪伴左右了！这非常不好！但我敢说他会克服这一点——只要你不插手。”

“您大概还没有弄明白。他要娶这个名叫贝蒂·格雷格的姑娘——他们订婚了。”

“已经到了这一步吗？”

“是的，帕克·派恩先生，您一定得做些什么。您不能让我的儿子陷入这样灾难性的婚姻中！要不然他的一辈子就毁了。”

“没有一个人的人生是可以被别人毁掉的，除非是他自己。”

“但是巴兹尔不同。”切斯特夫人态度坚决。

“我倒是不担心巴兹尔。”

“您不担心那个姑娘吗？”

“不，我担心的是您。您现在是在滥用您对子女的职权。”

切斯特夫人还是第一次听到这样的说法，眼前的帕克·派恩先生让她不禁怔了一下。

“一个人的二十岁到四十岁意味着什么？那是一段需要人际和情感关系束缚的时间。生活本来就是这个样子。但之后就会跨入一个新的阶段，那时候人们会开始思考和观察人生，发现他人也在寻找自我的本真，生命开始变得真正有分量。生命是一个过程，而不仅仅是有你出演的一幕。男女都一样，没有一个人可以在四十五岁之前成为真正意义上的自己，所以，在那之前，每一个人都还有机会。”

“我对巴兹尔付出了太多的心血。他就是我的全部。”切斯特夫人说道。

“不，您不应该那样看待他。而您现在也已经尝到了那样做的苦果。您完全可以给他尽可能多的爱——但同时要记住你是阿德拉·切斯特，一个独立的人——而不仅仅是巴兹尔的母亲。”

“如果巴兹尔的一生被毁掉，那我的心也碎了。”

巴兹尔母亲的话让帕克·派恩先生重新端详了一遍他眼前的这个女人——尽管脸上挂着岁月留下的细纹，还带着一副闷闷不乐的表情，但依然可以让人感受得到她的可爱之处。帕克·派恩先生不由得心生怜悯。

“我会想办法的。”

找到巴兹尔的时候，帕克·派恩先生发现对方其实比他更急于表述自己的观点。

“这件事情真是糟透了。我妈她真是无可救药——偏见、狭隘。她都不肯去了解贝蒂有多好。”

“贝蒂现在怎么样？”

巴兹尔叹了口气。

“贝蒂现在很难被说服！她要是能随和一点就好了——我是说比如一天不涂唇膏——那样的话事情还会好办一些。而事实是她好像总是要在我妈在身旁时显出很现代的样子。”

帕克·派恩先生微微一笑。

“贝蒂和你母亲是这世上你最爱的两个人。我本以为她们两个人会彼此欣赏、互相喜爱。你要学的还多着呢，小伙子。”

“我希望您可以跟我一起去见见贝蒂，好好和她谈一谈。”

帕克·派恩先生等的就是他这句话。

贝蒂和她的姐姐、姐夫一起住在离海边不远的一栋年久失修的别墅里。她们的生活简单到让人有一种焕然一新的感觉。所有的家具加起来不过只有三把椅子、一张桌子、一张床。墙上还钉着一个碗柜，杯子盘子都毫无遮掩地摆放在上面。汉斯是个留着金黄色寸头的热情小伙子。他在房间里一边走来走去一边说着又快又拗口的英语。与一头红发、满脸雀斑、眼神机灵的贝蒂·格里格相比，姐姐斯特拉就显得十分娇小和白净了。帕克·派恩先生发现她和前一天出现在皮诺多克酒店时一样几乎没有化妆。

贝蒂为帕克·派恩先生端来了一杯鸡尾酒。

"你被卷进来了？"她狡黠地眨了眨眼睛。

帕克·派恩先生点了点头。

"那你站在哪一边，老男孩？年轻的恋人——还是持反对态度的老人家？"

"我能先问你一个问题吗？"

"当然。"

"你之前是不是做得有点过火？"

"绝对没有，"格里格小姐直言不讳，"但是那个老家伙实在是把我惹毛了。"她一边说一边四下里看了看，确定巴兹尔不会听到他们的谈话。"我快要被他逼疯了。巴兹尔这些年一直被她捧在手心里——这让他变得十分愚钝。其实巴兹尔本身一点都不傻。不仅如此，那个老太太还总是摆出一副正人君子的样子。"

"这也并不是什么坏事。现在来看只是一点都不'时髦'。"

"你是说这就好像是先把齐本德尔[1]式椅子从古董店里搬出来放到维多利亚时代？等以后再把它们撤下来，说：'是不是很不可思议？'"

①十八世纪的英国家具设计家。

贝蒂·格里格眼睛一眨，计上心来。

“差不多这个意思吧。”

“也许你是对的。我应该诚实。真正把我惹毛的其实是巴兹尔——他实在是太紧张我会给他母亲留下一个什么样的印象了。我已经忍无可忍了。到现在我都觉得他会放弃我——如果他母亲对他恩威并施的话。”贝蒂·格里格琢磨了一会儿。

“很有可能，”帕克·派恩先生附和说，“如果他母亲的伎俩使用得当的话。”

“你会告诉她应该要怎么做吗？你知道，凭她自己是想不到的。她只会一味地反对，尽管起不到任何作用。但是如果你提点她一下的话——”贝蒂咬了咬嘴唇，用她那双蓝色的眼睛坦率地望着帕克·派恩先生。“帕克·派恩先生，我听说过您。您应该对人性很有见解。您觉得我和巴兹尔是不是可以试一试？”

“你得先回答我三个问题。”

“匹配度测试吗？没问题，请吧。”

“你睡觉的时候窗户是开着还是关上？”

“开着。我喜欢空气流通。”

“你和巴兹尔喜欢同一类型的食物吗？”

“是的。”

“你喜欢早睡还是晚睡？”

“私下里实话跟你说，我喜欢早睡。晚上一到十点半我就开始打呵欠——而且早上我会觉得精神饱满——不过当然我不敢承认这一点。”

“你们应该很般配。”帕克·派恩先生总结道。

“真是个肤浅的测试。”

“怎么会。我至少知道七对完全破裂的婚姻都是由于丈夫或者妻子总是要熬夜到凌晨才睡，但另一半九点半就已经睡着这样的原因。”

“可惜的是，”贝蒂说，“我们所有人都没法开心。巴兹尔、我，还有他的母亲。”

“我想，”帕克·派恩先生清了清嗓子，“事情还是有回旋余地的。”

“我现在倒是怀疑，”贝蒂·格里格一脸疑惑地看着帕克·派恩先生，“你是不是在欺骗我？”

对此，帕克·派恩先生不动声色，没有做出任何回答。

在切斯特夫人那边，帕克·派恩先生总是尽可能地让她宽心，但同时也经常用一些“订婚不等于结婚”这样闪烁其词的说法。其间他还到索列尔[①] 待了一周的时间。同时，他还建议切斯特夫人行事不要太过强硬，要表现出勉强同意的样子来。

帕克·派恩先生在索列尔尽情地享受了一周的假期。而迎接他归来的却是一个完全超出预想的事态进展。

他一走进皮诺道尔酒店就看到切斯特夫人和贝蒂两个人在一起喝茶。在看上去有点咄咄逼人的切斯特夫人面前，贝蒂那张几乎没有上妆的脸看起来毫无血色，如果仔细看眼睛，还会发觉她刚刚哭过一场。

看到帕克·派恩先生走进来，两位女士都礼貌地打了招呼，不过谁也没有提到巴兹尔。

突然，贝蒂好像被什么弄痛了似的，倒吸了一口冷气，引得帕克·派恩随着她的视线也把头转了过去。

他们看到的是正从海边走来的巴兹尔，不过，他身边却多了一位美得让人窒息的姑娘——姣好的身姿被黝黑的肤色衬托得愈发迷人。不仅如此，除了身上裹着一件淡蓝色的绉纱，这姑娘几乎可以说是一

①索列尔（Soller），西班牙城市名称。

丝不挂。脸上涂的是橘红色的唇膏、赭石色的粉底——尽管看起来很厚重，却让她看起来更加美艳摩登。至于年轻的巴兹尔，他的眼睛几乎就没看向别处。

“巴兹尔，你迟到了很久，”切斯特夫人嗔怪儿子，“你不是要带贝蒂去麦克酒吧的吗？”

“都怪我，”还没来得及做自我介绍的姑娘娇滴滴地说，“我们刚才只是到处逛了一下。”接着，她转过头对巴兹尔说：“亲爱的——来点有意思的吧！”

说着，她就踢掉了鞋子，露出和手指甲同样染成祖母绿色并且修剪整齐的脚趾甲。

“这岛上真可怕，”她完全没有把在场的另外两个女人放在眼里，只是稍微地朝着帕克·派恩先生那边凑了凑，“遇到巴兹尔之前我简直都要无聊死了。他可真是个迷人的家伙！”

“拉蒙纳小姐——这位是帕克·派恩先生。”切斯特夫人介绍道。

“我大概会直接管你叫帕克，”前者似乎并不在意这个介绍，只是敷衍地笑了一下，“我叫德洛丽丝。”

这时，巴兹尔端着饮料走了回来。拉蒙纳小姐便开始和在场的两位男士聊了起来（大部分时间其实是在眉来眼去），完全不把一旁的切斯特夫人和贝蒂放在眼里。贝蒂倒是有几次想要插话，不过一看到另一个姑娘正哈欠连天地盯着她就立刻没有了兴致。

突然，德洛丽丝站了起来。

“我得先走了。我住的酒店在那一边，有人要跟我一起回去吗？”

“我跟你去。”巴兹尔一听就跳了起来。

“巴兹尔，我的宝贝——”一直没发声的切斯特夫人忍不住开口了。

“我去去就回，妈妈。”

“他该不会是个娇生惯养的妈宝男吧？”拉蒙纳小姐毫不避讳地大声说，“就知道跟她嘟囔个不停。”

巴兹尔的脸一下子就红了，显得十分窘迫。拉蒙纳小姐对帕克·派恩先生笑了笑，一脸灿烂地朝切斯特夫人点了下头就拉着巴兹尔走开了。

他们走后，在座的其他三人陷入了一阵令人尴尬的寂静。故意默不作声的帕克·派恩先生一边坐着边玩手指头边对着大海发呆的贝蒂·格里格，一边坐着气得涨红了脸的切斯特夫人。

“要不要说说我们在波伦沙的新相识？”贝蒂不慌不忙地第一个打破了寂静。

“有点儿——呃——异国风情。”帕克·派恩先生小心翼翼地接话。

“异国风情？”贝蒂苦笑了一下。

“她真是太可怕了——可怕。巴兹尔一定是疯了。”

“巴兹尔没有问题。”贝蒂厉声说。

“看看她的脚趾甲。”切斯特夫人一边说一边嫌弃地抖了抖身子。

“切斯特夫人，我想我得回去了，晚餐别等我。”贝蒂突然站了起来。

“噢，亲爱的——那样的话巴兹尔会很失望的。”

“会吗？”贝蒂轻轻笑了一下，“管他呢，我想我得走了，有点头痛。”

她冲帕克·派恩先生和切斯特夫人笑了笑就离开了。

“真希望我们从来没有来过这里——从来没有！”切斯特夫人把头转向帕克·派恩先生。

后者忧伤地摇了摇头。

“你前段时间不该离开，”切斯特夫人继续说，“如果你在的话就不会是现在这样了。”

帕克·派恩先生仿佛被什么触动了一下，他觉得是该说些什么了。

“亲爱的夫人，我可以向你保证，只要是关系到漂亮姑娘的事情，我就没法对你儿子产生任何影响。他——呃——好像天生比较容易动情。”

“他以前不是这样的。”切斯特夫人泪眼婆娑。

“那么好吧，”帕克·派恩先生故意摆出一副精神抖擞的样子，“至少现在这个姑娘的出现，看样子已经打破了他之前对格里格小姐的迷恋。起码这是个令你满意的结果吧。”

“我不明白你是什么意思，”切斯特夫人避而不答，“贝蒂是个好姑娘，从她的所作所为就能看出来她对巴兹尔是真心的。我看巴兹尔一定是疯了。”

切斯特夫人惊人的态度大转变并没有让帕克·派恩先生感到意外。他早就看透了女人的善变。

“倒也不是疯了——只是一时冲昏了头脑。”帕克·派恩先生温和地说。

“那个姑娘是个外国人。他们之间是不可能的。”

“但是真的很漂亮。”

切斯特夫人不屑地哼了一声。

这时，从海边回来的巴兹尔出现在不远的台阶上。

“妈，我回来了。贝蒂呢？”

“她说头有点痛，先回去了。我知道是为了什么。”

“你是说，生闷气吗？“

“巴兹尔，我觉得你对贝蒂做得有点太过分了。”

“妈妈，看在上帝的份儿上，您就别唠叨了。如果我一和别的姑娘说话贝蒂就会这样小题大做的话，那么我想我俩将来一定会过得‘不错’。”

“你已经订婚了。”

“噢，是的，我们订婚了。但是那并不意味着我们就不能再有自己的朋友。现如今每个人都得对自己的生活负责，而不是去嫉妒别人。”

巴兹尔顿了顿。

“那么，如果贝蒂都不打算和我们一起吃晚餐的话——我想我还是回马里波萨好了。他们邀请我一起吃饭……”

“噢，巴兹尔——”

巴兹尔不耐烦地看了一眼母亲就急急忙忙跑下了台阶。

“你都看到了。”切斯特夫人意味深长地看了一眼帕克·派恩先生。

几天后，几乎就要不了了之的事情又出现了新的情况。本来和巴兹尔约好出去走走、然后再一起野餐的贝蒂在她到达皮诺道顿酒店的时候，才发现巴兹尔已经把他们的约定抛在脑后，和德洛丽丝·拉蒙纳一伙人跑去佛门托了。

贝蒂用力地绷住嘴唇，不让自己露出任何情绪。一会儿工夫，她就到了露台。

“没什么，”贝蒂对同在露台上的切斯特夫人说，“没关系的。但是我想——还是要——做个了断。”

说着，她从手指上取下了巴兹尔之前送的戒指——只是枚象征性的戒指。

“切斯特夫人，您可以帮我把这个还给他吗？告诉他我没什么——不要担心……”

“贝蒂，不要这样，亲爱的！他是爱你的——真的。”

“看起来是，不是吗？”贝蒂笑了笑，“不……还是让我留些自尊吧。跟他说一切都好，还有，我……祝他好运。”

巴兹尔回来的时候太阳已经落山了。

他先是被劈头盖脸地骂了一顿，然后就看到了那枚似曾相识的戒指。这让他不禁脸红起来。

“这就是她的所思所想，对吗？好吧，我敢说这是最好的结局。”

“巴兹尔！”

“实话和您说吧，妈妈，我们最近一直都相处得不怎么好。”

“谁的错？”

“我不认为是我的错。嫉妒是魔鬼。而且我实在不明白您为什么要抓着这件事情不放手。当初可是您求我不要娶贝蒂的。”

“那是因为之前我还不了解她。巴兹尔——我的孩子——你不会是想娶那个姑娘吧？”

“如果她心里有我的话我立刻就娶她——但恐怕她心里根本没有我。”

切斯特夫人感到一阵脊背发凉，她四处寻觅，终于找到了正窝在角落里看书的帕克·派恩先生。

“您得做些什么！您一定要做些什么！我儿子的人生就要被毁了。”

“我能做些什么？”尽管切斯特夫人的话已经让他感到些许的不耐烦，但帕克·派恩先生还是接了话。

“去看看那个可怕的小妖精。必要的话就用钱收买她。”

“那可是要花很多钱的。”

“我不在乎。”

“那样太可惜了。应该还有别的办法。”

她一脸疑惑。他摇了摇头。

“我不保证——但是会尽我所能。我之前处理过类似的问题。顺便说一句，不能告诉巴兹尔——这一点很关键。”

“当然不会。”

午夜时分，帕克·派恩先生从马里波萨返回自己住的酒店。

“怎么样了？”等候多时的切斯特太太屏住呼吸。

“德洛丽丝·拉蒙纳小姐明天一早就会离开波伦沙，明晚就离岛。”帕克·派恩先生眨了眨眼睛。

“噢，帕克·派恩先生！你是这么做到的？”

“分文不花，”后者又眨了眨眼睛，“我想那大概就是我对她的支配力吧——事实证明我是对的。”

“您真是太棒了。妮娜·威彻利没有说错。你得告诉我——呃——你要怎么收费——”

“分文不取，”帕克·派恩先生抬了抬手，“能帮上忙是我的荣幸。希望一切顺利。你儿子在发觉拉蒙纳不辞而别后一定会失望一阵子，那一两周的时间里你多忍让他一些就可以了。”

“要是贝蒂能原谅他就好了——”

“她当然会的。他们是一对甜蜜的恋人。顺便说一句，我明天也要走了。”

“噢，帕克·派恩先生，我们会想念您的。”

“就算不是明天，我也一样要赶在你儿子爱上另一个姑娘之前离开。”

2

蒸汽船渐渐驶离帕尔马。帕克·派恩先生倚着甲板上的围栏，望着岛上远去的灯火，用一种欣赏的口吻对站在身旁的德洛丽丝·拉蒙纳说："干得不错，玛德琳。当初拍电报叫你来真是我的明智之举。你宅在家里文静起来的感觉还真是有点奇怪呢。"

德洛丽丝·拉蒙纳和玛吉·塞纳斯的扮演者——玛德琳·萨拉略显拘谨地说："帕克·派恩先生，您开心我也开心。有时候，经历一点小小的改变是好事。船快要开了，我想我得下去睡一会儿了，我可不是个合格的水手。"

几分钟后，帕克·派恩先生感到一只手搭在了自己的肩膀上，回头一看，那人正是巴兹尔·切斯特。

"派恩先生，我是专程来送您的，我和贝蒂太感谢您了。您出的主意真是太棒了。她现在和我母亲两个人简直就是亲密无间的朋友。欺骗老人看起来好像有点可耻——但是我妈她实在是太难缠了。好在现在一切都已没问题。我再多小心谨慎几天就好了。我和贝蒂对您感激不尽。"

"祝你永远幸福。"

"谢谢。"

两个人都沉默了片刻之后，巴兹尔故作无心地问："萨拉小姐——她——现在在哪儿？我也想谢谢她。"

"萨拉小姐怕是已经睡下了。"帕克·派恩先生目光犀利地看着对方。

"噢，太糟了——不过，也许我什么时候会在伦敦遇见她。"

"实际上她马上就要去美国为我出公差。"

"噢！"巴兹尔的声音一下子变得空洞起来，"那我得慢慢适应……"

帕克·派恩先生笑了笑，朝自己的客舱走去。路上，他敲了敲玛德琳的舱门。

“你还好吗，亲爱的？没事吧？我们的年轻朋友刚刚来过。和所有被玛德琳迷住的人一样，他需要一两天时间才能恢复过来。你还真是让人魂不守舍啊。”

失窃的钻石

1

“这地方还不错。”

艾萨克·博恩茨先生把嘴里叼着的香烟拿开了一些，语气里满是赞许。

似乎是出于对达特茅斯[①]这个地方的认同，他干脆掐掉香烟，换上了一副自我感觉良好的神情，开始琢磨起自己的外表、周遭事物乃至整个人生来。

说到外表，五十八岁的艾萨克·博恩茨先生身体和精神状况都很好，给人一种很舒服的感觉。已经开始有些发福的他穿着一身并不太符合年龄的游艇套装——大到褶皱、小到扣子全部被他打理得妥帖利索——一张深色且颇具东方韵味的脸孔在游艇帽的帽舌下笑容满面。此时，他正被身边的一群朋友围绕着——合伙人利奥·斯坦先生，乔治爵士和他的夫人马洛维，来自美国的生意伙伴萨谬尔·莱瑟恩先生

①达特茅斯（Dartmouth），英国港口。

和他的女儿伊夫，拉斯廷顿夫人和埃文·卢埃林。

早上刚刚看过赛艇的这一行人乘坐着博恩茨先生的“人鱼号”游艇靠了岸，打算到游园会上去找找乐子——砸椰子、大力士、蜘蛛侠还有旋转木马。毫无悬念，伊夫·莱瑟恩是一行人当中玩得最尽兴的那个。

“噢，博恩茨先生——我还想去大篷车那里找正宗的吉卜赛人帮我算算命呢。”听到博恩茨先生招呼大家移步前往乔治王酒店吃晚餐，伊夫不满地央求道。

尽管博恩茨先生十分怀疑吉卜赛人算命的真实程度，但出于对小孩子的宠溺他还是答应了。

“伊夫实在是太喜欢这个游园会了，”萨谬尔·莱瑟恩先生略带歉意地为女儿解释，“如果您想先过去，不用在意我们。”

“不着急，”博恩茨先生亲切地说，“就让我们这位小姑娘玩个痛快吧。利奥，跟我去玩掷飞镖。”

“二十五分或以上就有奖。”鼻音很重的摊主哼哼道。

“赌我赢你，五块钱，要不要？”博恩茨说。

“赌。”斯坦轻快地说。

两个男人立刻全身心地投入了战斗。

“看来伊夫并不是这场聚会上唯一的小孩，”看到刚才一幕的马洛维夫人跟埃文·卢埃林嘀嘀咕咕。

看起来心不在焉的卢埃林笑了笑。这已经是他一天当中不知第几次走神了，有时候他甚至答非所问。

帕梅拉·马洛维见状，又跑去对她的丈夫说：“那个小伙子一定是有什么心事。”

“也有可能是在想什么人？”乔治爵士一边低声说，一边迅速地把目光扫向珍妮特·拉斯廷顿。

马洛维夫人皱了皱眉。这个高个子女人的妆容十分精致——红色的指甲油恰到好处地呼应着一对同色系的珊瑚耳钉，乌黑发亮的眼睛里充满了警惕。至于乔治爵士，尽管他已经很努力地不让自己表现得太过明显，但他那双蓝色眼睛里所闪现出的警惕还是和他太太的一样。

与哈顿花园[①] 的两位钻石商艾萨克·博恩茨和利奥·斯坦不同，乔治爵士和马洛维夫人可以说是来自另一个世界——他们徜徉于昂蒂布—朱安雷宾[②]，在圣让德吕兹[③] 打高尔夫球，冬天的时候又跑去马德拉[④] 泡泡温泉。

在外人眼里，他们就像是没吃过苦又不劳作的花朵。但又有谁知道真相呢，毕竟劳作和吃苦的方式多种多样。

“那个孩子又过来了。”埃文·卢埃林对拉斯廷顿夫人说。

埃文是个皮肤黝黑的小伙子——还有那么一点能够让有些女人动心的野性。

但至于他是不是拉斯廷顿夫人的菜就很难讲了，因为后者总是把自己的情绪隐藏得很深。珍妮特·拉斯廷顿很年轻的时候就出嫁了——但是那段悲剧性的婚姻却只持续了不到一年。从那时起，别人就很难再猜得出她的心思——她总是保持着同一种待人接物的方式——迷人却又疏离。

埃文的话音刚落，一头金色长发的伊夫就已经蹦蹦跳跳地来到了

①哈顿花园（Hatton Garden），伦敦珠宝商集散地和钻石交易中心，地下设有大规模的基础设施，包括密室、隧道、办公室和工作坊。

②昂蒂布—朱安雷宾（Antibes and Juan les Pins），法国著名的滨海旅游度假区。

③圣让德吕兹（St. Jean-de-Luz），法国西南部的旅游胜地。

④马德拉（Madeira），北大西洋岛屿，全年度假村。马德拉是欧洲的一个较高级的旅游地，许多英国人出于传统会选择到马德拉旅游。

他们跟前，这个十五岁的姑娘虽说有点奇怪但也算活力四射。

“我十七岁的时候就要结婚了，”小女孩上气不接下气嚷着，“我会嫁给一个很有钱的人。我们会有六个孩子。我还会把每周二和四当作是我的幸运日，那两天我都要穿上绿色或蓝色的衣服，而且祖母绿是我的幸运石——”

“好了，孩子，我想我们得走了。”莱瑟恩先生在一旁提醒。

伊夫的父亲莱瑟恩先生肤色白皙，个头很高，一副消瘦的面容让人不免心生怜惜。

此时，博恩茨先生和斯坦先生刚刚结束了掷飞镖比赛。

“还是要看运气。”斯坦先生垂头丧气地说。

而脸上笑开了花的博恩茨先生则笑呵呵地拍了拍自己的口袋。

“五块钱拿来吧。靠的是技巧，孩子，是技巧。我老爸当年可是一流的飞镖玩家。好了，我们都得过去了。伊夫，你算过命了吗？他们有没有告诉你要小心黑不溜秋的男人？”

“是黑不溜秋的女人，”伊夫煞有介事地说，“她的一只眼睛有点斜视，我相信她说的话。我十七岁就会嫁人。”

说完，她便随着大家往乔治王酒店的方向一路欢快地小跑起来。

心思缜密的博恩茨先生早就为大家备下了晚餐，一行人到达酒店时已经有侍者在鞠躬迎接了。他们被带到了位于二层的一个包间。房间里摆着一张大圆桌，巨大的弓形窗户正对着港口广场，从广场环岛那边传过来的刺耳的尖叫声不断地从敞开的窗户里钻进房间。

“最好关上窗户，否则谁也别想听见谁说什么。”博恩茨先生一边走过去关窗一边冷冷地说。

博恩茨先生目光如水，温柔地环视着他的一桌子客人，从心底油然而生一股身为东道主的骄傲。他把每一个人都细细地琢磨了一遍。

首先是马洛维夫人——人很好——不过当然不是他要找的那个人——他清清楚楚地知道马洛维这个名字和他心目中的精英中的精英毫无关系——即便他自己也不是什么精英中的精英。但不管怎么样，就算马洛维这个看起来很精明的女人在打桥牌的时候耍了滑头他也不会在意。接下来是目光呆滞又总是厚着脸皮急于求成的乔治爵士。鉴于可以十分确定他在这里捞不到太多的好处，博恩茨先生就没怎么把他放在心上。

至于莱瑟恩这个老伙计——和大多数啰里八嗦的美国佬一样——他总是喜欢讲一些长得让人感觉不到尽头的故事。而且他还特别喜欢对精确数字刨根问底，问一些譬如“达特茅斯的人口有多少？”“海军学院是哪一年成立的？”这样的问题。巴不得他问到的每一个人都是一本会说话的旅游指南。而他的女儿伊夫——一个能和他说笑打趣的小姑娘，却是一个相当聪明的孩子。

再说卢埃林——一个沉默寡言的年轻人。也许是因为手头拮据，他总是显得心事重重——这大概是靠写作为生的人们的一种常态。不过他好像倒是对温良、迷人又聪明的珍妮特·拉斯廷顿十分上心。后者总是爱写一些不切实际的东西，随便你看或者不看。不过，你休想听到她说话。最后说到别来无恙的利奥！这位乐呵呵的先生是怎么也想不到自己的老搭档博恩茨先生竟然会琢磨起自己来。纠正完莱瑟恩先生关于沙丁鱼和德文郡以及康沃尔之间联系的说法后，博恩茨先生决定开始享用晚餐。

“博恩茨先生。”伊夫开口的时候，刚刚把热气腾腾的鲭鱼端上桌的侍者正好走出房间。

“说吧，小姑娘。”

“您现在有没有把那颗大钻石带在身上？就是您昨天晚上给我们看

的那一颗。您说您会一直把它带在身边的。”

“没错，”博恩茨先生笑出了声，“那是我的护身符。我带着呢。”

“我觉得那真是太危险了。游园会上那么多人，钻石很容易就会被人拿走。”

“他们做不到，”博恩茨先生说，“我盯得很紧。”

“但还是有可能，”伊夫语气坚定，“英国也是有流氓歹徒的，就跟我们美国一样，您遇到过吗？”

“他们拿不到我的‘晨星’，”博恩茨先生胸有成竹地说，“首先，我已经把它放在了一个特殊的内袋里。而且，不管怎么样——老博恩茨对自己有把握。没有人能得手。”

“嗯——我就能得手，要不要赌一把！”伊夫笑逐颜开。

“我赌你拿不到。”博恩茨先生冲她眨了眨眼睛。

“我赌我拿得到。昨天晚上躺在床上的时候我就开始琢磨了——就是你把钻石拿给我们这一桌人看过之后。我已经想到了一个妙计。”

“什么妙计？”

“现在还不能告诉你。”伊夫把头歪向一边，一头金发自然地垂了下来，“那您拿什么打赌？”

“六双手套。”博恩茨先生在脑子里搜索了半天跟童年有关的回忆后说。

“手套，”伊夫一脸嫌弃，“谁还会戴手套啊？”

“那——你穿不穿尼龙丝袜？”

“这还用问吗？我今天早上穿的就是我最好的那一双。”

“那太好了。就赌六双最好的尼龙丝袜——”

“举双手赞成，”伊夫欣喜地说，“那您想要我赌什么？”

“我嘛，想要一个新的香烟袋。”

"好，成交。不过您是得不到香烟袋的。现在我可以告诉您我要怎么做。您得像昨天晚上一样把钻石拿出来——"

正说着，见有两个侍者走进来收拾盘子，伊夫立刻停了嘴。

"小姑娘，你可要记住了，如果你真的想当小偷的话，我可是要送你去警察局的，到时候你还会被搜身。"趁着大家都盯着刚刚被端上桌的鸡肉的工夫，博恩茨先生说。

"我没问题。其实您不需要真的让警察介入。马洛维夫人或者拉斯廷顿夫人都可以代劳帮忙搜身。"

"那就这么办吧，"博恩茨先生说，"你打算演什么？一流的珠宝窃贼吗？"

"我很有可能会以此为生——如果真能得到回报的话。"

"如果'晨星'真的落到你的手上，它就能让你大赚一笔。就算你把它拿去重新切割，那至少也能值上三万英镑。"

"天呐！"伊夫听得目瞪口呆，"这要是换成美元该是多少钱啊？"

"你竟然随身携带这样一块价值不菲的石头？"马洛维夫人在发出一声惊叹后禁不住嗔怪起来，"三万英镑啊。"

"这真是一大笔钱……"拉斯廷顿夫人轻声说，"况且这块石头本身就魅力四射……实在是漂亮。"

"不过就是一块碳。"埃文·卢埃林插了一嘴。

"你的这种说法一向都被我认为是珠宝窃贼在分赃不均时所用的说辞，"乔治爵士不屑一顾，"这样说才能拿到最大的份额——呃，还是什么？"

"别啰唆了，"伊夫急不可耐地插起嘴来，"我们开始吧。先把钻石拿出来，然后把昨天晚上的话再重复一遍。"

"各位，不好意思，我想她是太激动了。"莱瑟恩先生赶紧站出来为女儿刚才的言行向大家道歉。

“没问题的，老爸。”伊夫并没有理会，“那现在，就有请博恩茨先生——”

面带笑容的博恩茨先生先是在内兜里翻找了一会儿，之后他就把一个熠熠发光的东西用掌心托着举到了大家面前。

“钻石……”

有那么一瞬间，博恩茨先生感到有些语塞。不过他很快就想起了前一天晚上在“人鱼”号上的演讲内容。

“女士们，先生们，我想你们大概会对我手里的这个东西感兴趣。这可是一块美到不可方物的石头。我管它叫‘晨星’，是我的护身符——走到哪里带到哪里。想不想看一看？”

第一个接过来看的是马洛维夫人。惊叹一番过后，她把石头传到了莱瑟恩先生手里。

“真不错——确实不错。”后者逢场作戏般地念叨了几下就把石头赶紧交给了卢埃林。

这时，因为从外面进来了几个侍者，钻石就停在了卢埃林的手上。

“很不错的石头，”侍者一走，埃文·卢埃林就把东西交到了利奥·斯坦的手上。后者拿到东西后什么也没说便直接转交给了伊夫。

“多美啊。”伊夫颇为激动地高声说。

“噢！”突然，随着她的手一动，伊夫惊慌失措地大叫起来，“东西掉了。”

紧接着，她往后挪了挪椅子，开始在桌子底下摸索起来。坐在她右手边的乔治爵士见状也弯腰下去打算帮忙。混乱中，桌上的一个玻璃杯掉了下去。就这样，斯坦、卢埃林还有拉斯廷顿夫人都加入了帮忙的队伍，到最后就连马洛维夫人也参与其中。

整个过程中，博恩茨先生始终保持着一脸冷笑，坐在位子上轻轻地啜着杯中的红酒。

“噢，天呐，”伊夫的语气仍旧十分夸张，“太可怕了！能滚到哪里去呢？哪里都找不到。”

渐渐地，帮着伊夫找东西的几个大人都纷纷站起身来。

“这下好了，东西不见了。”乔治爵士笑着说。

“做得好，”博恩茨先生赞许地点了点头，“伊夫，你应该会是个出色的演员。那么现在的问题是，东西究竟是被你藏起来了还是一直都在你身上？”

“搜我的身啊。”伊夫虚张声势地说。

博恩茨先生向四周环视了一下，发现房间的角落里有一扇屏风。于是，他先冲着屏风的方向点了点头，然后又朝马洛维和拉斯廷顿两位夫人使了使眼色。

“两位夫人能不能帮个忙——”

“这还用说，当然。”马洛维夫人笑脸相迎。

说着，她便和拉斯廷顿夫人一同起身。

“博恩茨先生，别担心。我们会好好搜一搜她的。”

说完，在场的三位女性都消失在了屏风的背面。

与此同时，耐不住闷热的埃文·卢埃林起身去开窗户。大概是正巧看到有个卖报纸的小贩经过楼下，他回到位子上的时候手里多了一份报纸。

“匈牙利的局势还是不怎么好啊。”埃文一边翻报纸一边说。

“你看的是本地的报纸吗？”乔治爵士似乎来了兴致，“我看好的那匹马——英俊少年，今天应该在哈尔顿比赛。”

“利奥，”博恩茨先生突然说，“去把门锁上。在事情没有解决之前还是不要让那些侍者进进出出为好。”

“英俊少年三比一获胜。”埃文回了乔治爵士一句。

“险胜。”后者轻描淡写地说。

“差不多都是一些有关赛舟会的新闻。”埃文一目十行地扫着手里的报纸。

这时，三位女士从屏风后面走了出来。

“什么都没有。”珍妮特·拉斯廷顿第一个开口。

“相信我，东西不在她身上。”马洛维夫人补充道。

博恩茨先生对她的话深信不疑。

“伊夫，快告诉我，你该不会是因为害怕就把那玩意儿吞下去了吧？”莱瑟恩先生变得焦虑起来。

“她要是真这么做的话我早就看到了。”利奥·斯坦不紧不慢地说。

“我怎么可能吞得下去，”伊夫一边说一边摸了摸自己的屁股，朝博恩茨先生看了看，“这下要怎么办，大男孩？”

“你就站在那里不要动。”

后者话音刚落，在场的其他男士便走上前来把圆桌彻底翻过面来。但博恩茨先生细细检查过一番却发现并无结果之后，他便把注意力转移到了伊夫以及伊夫旁边两个人坐过的那三把椅子上面。

可以说搜查工作已经做得非常到位，但仍然没有半点发现。此时，站在屏风不远处的伊夫·莱瑟恩正靠着墙壁津津有味地看着一群寻寻觅觅的大人不住地发笑。

五分钟后，博恩茨先生愤愤地站起身来，沮丧地用手弹了弹裤子上的灰尘。

“伊夫，”面对事实，他不得不承认说，“我服了。你是我遇到过的所有珠宝窃贼中最能干的。你偷钻石的手段实在是高明。不过，既然东西不在你身上，那它一定还在这个房间里。我认输。”

“袜子都是我的了吗？”伊夫追问。

“都是你的了，小姑娘。”

“伊夫，你这个小家伙到底能把东西藏到哪里呢？”拉斯廷顿夫人掩饰不住好奇。

“看我的，”伊夫兴奋地往前凑了凑，“你们一定会抓狂的。”

说着，她便走到堆放着好多还未经收拾的碗盘的边桌旁，拿起一个小小的黑色晚礼服手包——

“瞪大眼睛看好了。就在……”

“噢，”突然，她原本趾高气扬的声音一下子变得十分微弱，“噢……”

“怎么了，亲爱的？”莱瑟恩先生关切地看着女儿。

“东西不见了……不见了……”伊夫的声音几乎变成了耳语。

“这究竟是怎么回事？”博恩茨先生立刻走上前去。

“是这样的，”伊夫性急地说，“我这个手包的扣子上本来有一粒假钻石，但昨天晚上您给我们大家看钻石的时候我正好发现我那粒石头不见了。两块石头大小正好一样，因此，我昨晚睡觉时就想到了把您那粒钻石拿过来用橡皮泥嵌在我包上的这条妙计。我非常肯定不会有人察觉。所以刚才我就这样做了。我先是故意把钻石掉在地上，然后在弯腰去找之前先拿好我的手包，为的是一有机会就用橡皮泥把手里的东西粘在那个空槽里。之后我再顺其自然地把手包放在一边继续回去假装和大家一起找钻石。我想这应该和《失窃的信》[①] 里面的情节差不多——你知道——东西其实就藏在你们大家的眼皮子底下——但

①美国作家爱德华·爱伦·坡撰写的短篇小说。

看起来不过是一颗完全不会让人怀疑的人造钻石。事实证明行动相当成功——你们谁都没有注意到。”

“我怀疑。”斯坦先生嘟囔了一声。

“你说什么？”

博恩茨先生拿过伊夫的包，看着那个依然还粘着一块橡皮泥的空槽不紧不慢地说：“东西可能已经掉下来了。我们得再找找看。”

话音落下，一群人又开始四下摸索起来。

尽管这次的气氛要比上次紧张得多，但结果依然是大家以放弃告终，站在原地面面相觑。

“东西已经不在房间里了。”斯坦首先提出他的想法。

“而且没有人离开过房间。”乔治爵士一本正经地补充道。

一时间，大家都没了声音，只有伊夫兀自笑出了眼泪。

“好了，好了。”莱瑟恩先生赶紧上前拍了拍女儿的肩膀，一脸尴尬。

“斯坦先生，”乔治爵士转过头，“刚才我问您是不是嘀嘀咕咕地说了些什么，您说没什么，但其实我已经听到了。伊夫小姐刚才说我们当中没有一个人注意到她把钻石放到哪里的时候，您小声嘀咕的是：‘我怀疑。’我们得考虑的一种可能性就是有人注意到了——那个偷东西的人现在就在我们当中。所以，公平起见，我建议每个人都要被搜一遍身。钻石一定还在这间屋子里。”

乔治爵士的这一番话听起来虽然愤怒却也不乏诚意，在场的所有人竟无话可说。

“发生这样的事情，搞得大家都很不愉快呢。”博恩茨先生的脸沉了下来。

“都是我的错，”伊夫在一旁抽抽搭搭，“我不是故意要——”

“孩子，打起精神来，”斯坦先生安慰道，“没人责怪你。”

“当然，我觉得我们大家都会举双手赞成乔治爵士的提议。我没问题。”莱瑟恩先生一板一眼地说。

“我同意。”埃文·卢埃林接过话茬。

拉斯廷顿夫人看了一眼马洛维夫人，后者点头示意了一下，两人就开始往屏风后面走，伊夫一边抽泣一边跟在后面。

这时，门外传来了侍者敲门的声音，不过立刻就被轰走了。

五分钟后，八个满脸狐疑的人再次面面相觑地站到了一起。

“晨星”真的消失了……

2

“当然，”帕克·派恩先生若有所思地望着坐在他对面的小伙子，“卢埃林先生，你是威尔士人。”

“跟这件事情有关系吗？”

“我承认，一点都没有，”帕克·派恩先生摆了摆他保养得很好的宽大手掌，“我只是喜欢按照族群将人类的不同情感反应分类罢了。好了，让我们说回你的问题吧。”

“我其实也不知道为什么会来找您，”一脸憔悴的埃文·卢埃林不安地绞着两只手，不住地在帕克·派恩先生如炬的目光下躲躲闪闪。“我不知道为什么会来找您，”他重复了一遍，“但是我还能去哪儿？我对我现在的处境无能为力……我看到了您的广告，那让我想起有人之前提到过您，说您很有办法……所以——嗯——我就来了！我猜我这样做还挺愚蠢，毕竟我现在的处境任谁都帮不上忙。”

“怎么会，”帕克·派恩先生适时地接过话茬，“你找我就对了。我专门处理这类事。很明显，你说的事情已经给你带来了很多痛苦。你能确定你告诉我的那些都是事实吗？”

“知无不言。博恩茨把钻石拿出来让大家传着看，然后那个荒唐的美国小孩就把钻石嵌在她的手包上了，等到我们拿出她的包要一看究竟的时候却发现钻石已经不见了。谁的身上也没有——就连博恩茨先生他自己都主动要求搜他的身——我发誓钻石肯定不在房间里！而且也没有人离开过——”

“连侍者也没有吗？”帕克·派恩先生试图启发。

卢埃林摇了摇头。

“在那个小女孩开始捣乱之前侍者们就已经出去了，后来博恩茨先生为了不让他们进来还把门都锁上了。这件事情就发生在我们几个人当中。”

“看起来当然是这样。”帕克·派恩先生若有所思地说。

“还有那份可恶的晚报，”埃文·卢埃林愤愤地说，“他们已经怀疑——他们一定觉得是报纸有问题——”

“再跟我讲讲到底发生了什么。”

“很简单。我当时去开窗户，正好看到有卖报纸的小贩经过，就扔给他一个硬币买了一份报纸回来。结果就是，您看——这成了钻石离开房间的唯一办法——我把钻石扔给了一个在楼下接应我的同伙。”

“这可不一定是唯一的办法。”帕克·派恩先生不紧不慢地说。

“您还有什么别的办法？”

“如果不是你把东西扔出去的，就一定还有别的办法。”

“噢，我明白了。您能说得再具体些吗？我只能说我没有扔那颗钻石。我不指望您会相信我——更不指望其他人。”

“噢，我相信你。”帕克·派恩先生脱口而出。

“真的吗？为什么？”

“你不是那类人，”帕克·派恩先生娓娓道来，“不是会犯偷盗珠宝罪的那类人。你当然有可能会为了别的事情犯罪——不过，这不是我们现在要讨论的。总之我不认为你是偷走‘晨星’的窃贼。”

“其他人可不这样认为。”卢埃林愁眉不展。

“我明白。”

“他们当时看我的眼神都特别古怪。乔治爵士还拿起报纸往窗外看。他虽然没说什么，但博恩茨先生一下子就明白了！我知道他们在想什么。尽管没有公然的指责，但这才是最可怕的。”

“确实很糟。”帕克·派恩先生同情地点了点头。

“没错。这还仅仅是怀疑。有一个人已经开始不停地盘问我了——他管这叫例行公事。我猜他就是个便衣警察。他很有手段——不明着说要知道什么，只是好奇我一个手头拮据的人是怎么突然又过得风生水起的。”

“你是吗？”

“算是吧——两匹马的运气。不过可惜的是我下注从来都是有一搭没一搭——所以无法证明我的钱是这样赚来的。当然，他们也不能否认——赌马赚钱的确是一个人在说不清楚自己钱财来历的时候最容易想到的借口。”

“我同意。他们还有很多要搞清楚的事情。”

“噢！我其实根本不怕自己被当成小偷抓起来。至少那样还直接一点。真正让我受不了的其实是那些人对我的怀疑。”

“有没有什么人很特别？”

“您指什么？”

“建议而已——没什么——”帕克·派恩先生又摆了摆他质感十足

的手，“在这整件事情里有一个人很特别，不是吗？我们是不是该聊聊拉斯廷顿夫人？”

听到这个名字，卢埃林的脸一下子就红了。

“为什么要提到她？”

“噢，亲爱的先生——我能很明显地感受到有某个人的想法对你的影响非常大——应该是一位女士。整件事情里都有哪几位女士？美国小丫头？马洛维夫人？不过，以我对马洛维夫人的了解，东西要真的是你偷的话，你在马洛维夫人心目中的地位一定只升不降，如此你自然不会在意。这样看来，就只剩下拉斯廷顿夫人了。”

“她……她的生活相当不幸，”卢埃林酝酿了半天才把话说出口，“她的丈夫就是个穷困潦倒的无赖。这使得她不愿意再相信任何人。她——如果她想……”

卢埃林说不下去了。

“是这么回事，”帕克·派恩先生接着说，“这很重要。我们得搞清楚才行。”

“说起来容易。”埃文笑了一下。

“做起来也不难。”帕克·派恩先生接着说。

“您这么认为？”

“噢，是的——问题很好解决。我们已经排除了那么多可能性，最终的答案一定非常简单。而且事实上我已经隐约有些线索了——”

借着卢埃林不可思议目光，帕克·派恩先生拿出了本子和笔。

“也许你得帮我简略地描述一下在场的所有人。”

“我不是已经描述过了吗？”

“我是说他们每个人的外貌特征——比如头发的颜色之类的。”

“可是，派恩先生，这有关系吗？”

“大有关系，年轻人，大有关系。归纳分类。”

抱着将信将疑的心态，埃文把乘坐游艇来到这里的一班人的外貌都描述了一番。

“非常好，”帕克·派恩先生记了几条后就把本子推到了一边，“顺便说一句，你刚才是不是提到了一个打碎的红酒杯？”

“是的，”埃文一下子又警觉起来，“杯子被碰落到地上之后又被踩了几脚。”

“一塌糊涂，满地碎玻璃渣，”帕克·派恩先生继续问，“那个酒杯是谁的？”

“我想是那个孩子的——伊夫。”

“啊！当时谁坐在她那一边？”

“乔治·马洛维爵士。”

“你有没有看到是他们两个当中的哪一个把杯子碰下桌的？”

“恐怕没有。这有关系吗？”

“不，没有。我随便问问，”帕克·派恩先生站起身来，“祝你今天愉快，卢埃林先生。三天后再来可以吗？我想到那时整件事情就会有一个令人满意的说法。”

“您在开玩笑吗，帕克·派恩先生？”

“亲爱的先生，我可从来不拿工作上的事情开玩笑，因为这可能会引起客户的不信任。星期五十一点半怎么样？谢谢你。”

3

星期五上午，同时怀揣着希望和疑问的埃文惴惴不安地走进了帕克·派恩先生的办公室。

“上午好，卢埃林先生，”帕克·派恩先生微笑着起身迎接，“请坐。要不要来支香烟？”

“怎么样了？”卢埃林摆摆手谢绝了。

“非常顺利，”帕克·派恩先生说，“那一伙人昨天晚上已经被警察逮捕了。”

“一伙人？哪一伙儿？”

“阿玛尔菲那一伙儿。你当初跟我说你的事情的时候，我一下子就想到他们了。我先是认出了他们的手法，再加上你又描述了一遍在场的所有人，我就更加确信无疑。”

“阿玛尔菲那伙儿人里都有谁？”

“父亲、儿子和儿媳妇——如果彼得罗和玛丽亚真是夫妻的话——这一点还不能确定。”

“我不明白。”

“很简单。看名字你就知道这是一伙意大利人，只不过阿玛尔菲本人出生在美国。他的惯用伎俩就是先把自己乔装打扮成一个商人，以此去接近一些欧洲有名的珠宝大亨，然后行窃。他这次就是冲着‘晨星’来的，他对博恩茨先生的脾气秉性都了如指掌。玛丽亚·阿玛尔菲负责扮演他女儿（一个至少二十七岁的人去扮演一个十六岁的角色）。”

“伊夫根本就不是伊夫！”卢埃林愕然。

“没错。这一伙里还有另外一个人，那个人扮演的是乔治王酒店里的一个临时侍者——要知道当时是假日，酒店总是需要额外的人手。他应该是收买了一个正式员工，跟他替换了身份。一切安排妥当后，伊夫先是唆使博恩茨先生跟她打赌，让他像前一天晚上一样把钻石拿出来给大家传看。钻石传到莱瑟恩那里的时候，正好有侍者进来，所以他就一直把钻石拿在手里，直到侍者离开后才把东西传给下一个人，但那个时候真的钻石已经被一块小小的口香糖粘在彼得罗端出去的盘子底下了。非常简单！”

“但是他确实有把钻石传到我的手上。”

“不，那个不是，你看到的是个赝品，乍看上去和真品没有两样。你还跟我说过你把东西传给斯坦的时候他连看都没怎么看就直接传给了伊夫。后来伊夫把假钻石扔到地上，再打碎一个玻璃杯，用脚同时踩踏假钻石和玻璃碎片，外人根本分辨不出。这样一来，伊夫和莱瑟恩先生当然无所谓被别人搜身了。”

“哦——我——”埃文摇了摇头，尽力想说些什么，“您说您是从我的描述中发现那一伙人的。他们是不是以前也这么干过？”

“不太一样——不过他们的作案方式很类似。是那个叫伊夫的小女孩一下子引起了我的注意。”

“为什么？我从来没怀疑过她，没有人怀疑过她。她看上去就是个——孩子。”

“这就要得益于玛丽亚·阿玛尔菲的特殊基因了。她确实比其他小孩子看起来都更像小孩！还有橡皮泥！这一点是我无意中发现的——那位年轻的女士总是橡皮泥不离手。她一定有什么预谋。所以她一下子就成了我怀疑的对象。”

“帕克·派恩先生，我对您的感激之情溢于言表。”卢埃林起身说。

“分类法，”帕克·派恩先生小声嘟哝着，“我对不同类型的犯罪分类很有兴趣。”

“您得告诉我多少钱——呃——”

“我的收费不高，”帕克·派恩先生不紧不慢地说，“不会让你用赛马的赢利破费太多。同样的，小伙子，我想我应该劝你以后都不要再碰赛马了。马真是一种令人难以捉摸的动物。”

“没问题。”埃文和帕克·派恩先生握了握手，迈着大步走出了办公室。

门外，卢埃林上了一辆出租车。追随着他对未来的憧憬，车子朝拉斯廷顿夫人的公寓驶去。

图书在版编目（CIP）数据

惊险的浪漫 /（英）阿加莎·克里斯蒂著；林元译．—北京：新星出版社，2017.8

ISBN 978-7-5133-2805-0

Ⅰ.①惊… Ⅱ.①阿… ②林… Ⅲ.①侦探小说－小说集－英国－现代 Ⅳ.① I561.45

中国版本图书馆 CIP 数据核字（2017）第 190274 号

午夜文库

谢刚 主持

惊险的浪漫

（英）阿加莎·克里斯蒂 著；林元 译

责任编辑： 王 怡
统筹编辑： 王 欢
责任印制： 李珊珊
封面插图： 宣 和
装帧设计： 周伟伟

出版发行： 新星出版社
出 版 人： 谢 刚
社　　址： 北京市西城区车公庄大街丙3号楼　100044
网　　址： www.newstarpress.com
电　　话： 010-88310888
传　　真： 010-65270449
法律顾问： 北京市大成律师事务所

读者服务： 010-88310811　service@newstarpress.com
邮购地址： 北京市西城区车公庄大街丙 3 号楼　100044

印　　刷： 三河市兴达印务有限公司
开　　本： 910mm × 1230mm　1/32
印　　张： 9.625
字　　数： 130千字
版　　次： 2017年8月第一版　2017年8月第一次印刷
书　　号： ISBN 978-7-5133-2805-0
定　　价： 38.00元
